DIE TOTE IM ALTEN SCHACHT

Kriminalgeschichten

Buch

Eine Frauenleiche im alten Bergwerksschacht bei Goslar, ein Harzer Serienmörder, abgründige Familienbeziehungen und verzweifelte Frauen, denen das Leben übel mitgespielt hat. Verstörende Kriminalfälle, die vor der düsteren Kulisse des Harzes bei steigender Spannung aufgerollt werden und den Harz-Fans unter den Lesern so ganz nebenbei hochinteressante Informationen zur Regionalgeschichte bieten.

Autorin

Barbara Ehrt studierte Kunst und Malerei in Berlin, Kassel und Marburg, arbeitete als Pädagogin in Amsterdam und Goslar, schrieb für Zeitungen, malte, betrieb für kurze Zeit eine Kunstgalerie und schlug sich in Notzeiten mit allerlei Gelegenheitsjobs durch. Schauplatz ihrer Bücher, die sie gern selbst herausgibt, ist der Harz. Sie ist Mitglied im Freien Deutschen Autorenverband (FDA) und im Verband deutscher Schriftsteller(VS).

Weitere Veröffentlichungen:
Der Venediger
Die Harzfrau
Skurriles zwischen Himmel und Harz
Das Herz des Kaisers - Die Magd vom Bodfeld
Eine kleine Geschichte des Harzes
Ein zwölfter Kaiser im Huldigungssaal? In: *Unser Harz, 2014*
Die Pfalzkapelle Sankt Ulrich in Goslar, in: *Unser Harz, 2019*

BARBARA EHRT

DIE TOTE IM ALTEN SCHACHT

Kriminalgeschichten

© Barbara Ehrt

Herstellung und Verlag:

BoD – Books on Demand, Norderstedt

https://www.bod.de

Überarbeitete Neuauflage, 2020
Satz: ehrt art&design, Goslar
Umschlagfoto: B. Ehrt

2012 erschienen bei Papierflieger-Verlag GmbH
Clausthal-Zellerfeld

Bibliografische Information der Deutschen Nationalbibliothek Die Deutsche Natinalbibliothek verzeichnet diese Publikation in der Deutschen Nationalbibliografie; detaillierte bibliografische Daten sind im Internet über http://dnb.ddb.de abrufbar

ISBN: 9783751935135

Inhalt

Ähnlichkeiten mit lebenden Personen sind zufällig

DIE TOTE IM ALTEN SCHACHT

Sonntag, 11. August

Im Halbdunkel eines gotischen Gewölbekellers waren die Umrisse von zwei Männern zu erkennen. Einer der beiden tastete mit den Händen die Wand nach einem Schalter ab und erschrak, als der grelle Schein der Deckenlampe plötzlich ein unglaubliches Szenario beleuchtete: auf dem flauschigen Teppichboden des aufwendig restaurierten Souterrainraumes, mit leiser Musik atmosphärisch ausgestattet, lag eine etwa vierzigjährige blonde Frau. Um ihren Hals wand sich ein Strick, ihre Brüste quollen aus einer knallroten Lederkorsage hervor und von den Hüften abwärts war sie unbekleidet. Ihr qualvoll verzerrter Mund stand in groteskem Widerspruch zu ihrem in lustvoller Pose daliegenden Leib.

Klaus Rossmann starrte auf den leblosen Körper und begriff nicht oder wollte nicht begreifen, was geschehen war. Am liebsten wäre er wieder nach Hause gerannt. Horst Adam hockte geduckt und kümmerlich in einem Sessel und wiederholte immer wieder, dass er das Ganze bedaure und nichts dafür könne und dass man jetzt irgendwas tun müsse.

Er hatte sich für seine Sexspiele eine Prostituierte bestellt, um mit ihr Wege zu beschreiten, die andere Frauen nicht bereit waren zu gehen. Auf einmal hätte die Frau nicht mehr geatmet. Er könne nichts dafür, die sei selber schuld, die wollte eine ganz besonders geile Technik ausprobieren und er habe nur zögernd mitgemacht. Verräterisch oft beteuerte er, dass er selber niemals auf so eine Idee gekommen wäre und Rossmann, der ihm genau das Gegenteil zutraute, schnaubte verächtlich. Da

saß der nur mit Boxershorts bekleidete, sonnenstudioge-
bräunte Adam und jammerte, sie, die Nutte, hätte darauf
bestanden, nicht nur gefesselt und geknebelt, sondern
auch stranguliert zu werden. Und dabei sei es dann eben
passiert. „Du musst mir helfen, Klaus! Ich bin ruiniert,
wenn das rauskommt. Es war ein Unfall, glaub mir!"

Adam erinnerte ihn unnötigerweise an ihre Blutsbrüderschaft und wiederholte noch einmal, dass das völlig
harmlose Treffen einfach aus dem Ruder gelaufen sei.
Rossmann war klar, das er soeben erpresst worden war,
ganz subtil, aber dennoch deutlich. Er verstand sofort
die Tragweite der bescheiden vorgebrachten Bitte und
erkannte, dass er nicht einen Millimeter Spielraum besaß, um abzulehnen. Vor einer halben Stunde hatte sein
Handy geklingelt.

„Kannst du mal kommen, es ist dringend!"

Die sonst forsche Stimme des alten Freundes war so
hilflos und gleichzeitig nachdrücklich durchs Telefon zu
ihm gedrungen, dass er sofort wusste, mit der Nachtru-
he war es vorbei. Er fragte nicht einmal, worum es ging,
sondern nur, wo er sei, vergewisserte sich, dass Vera so
laut schnarchte wie immer, wenn sie ihre Tabletten genommen hatte und schlich nach draußen. Unbemerkt
eilte er durch die stillen Gassen der Goslarer Altstadt, bis
er die Bergstraße erreicht hatte. Doch was ihn dann erwartete, damit hatte er nicht gerechnet.

„Oh Gott, oh Gott, was soll ich nur tun?", wimmerte
Adam und immer mehr beschlich Rossmann der Verdacht, dass sich die Ereignisse auch ganz anders abgespielt haben könnten. Juristische Begriffe wie Mord,
Totschlag und fahrlässige Tötung schossen ihm durch
den Kopf, über die er im allgemeinen nur in der Zeitung

las. War das Beihilfe zum Mord, was er gerade im Begriff war, zu tun?

„Verdammt! Ich muss ja verrückt sein, dass ich dir bei so was helfe! Hast du Gummihandschuhe? Wir müssen sie einpacken und von hier wegbringen!"

Adam verließ den Raum und kam nach einigen Minuten zurück. „Ich kann nichts finden. Soll ich den Verbandskasten aus dem Auto holen?"

Wortlos blickte Rossmann sich um, riss wütend eine schwere Wolldecke vom Bett und begann, die Frau darin einzuwickeln. Er ekelte sich vor dem schlaffen Körper und vermied es, mit den Händen die Haut der Toten zu berühren. Ächzend verschnürten sie gemeinsam das Bündel mit einem Strick, packten jeder ein Ende, hoben es an und schleppten es eine weiß gekalkte Steintreppe empor.

Während die Männer sich abmühten, erklang noch immer gedämpfte Musik.

Sie hatten die Leiche auf dem gefliesten Dielenboden abgelegt und standen unschlüssig neben der Tür.

„Was jetzt?", fragte Klaus Rossmann. Seine kräftige Statur, die gebogene Nase und die dauergewellten, schwarzen Löckchen erinnerten an einen gut gebauten griechischen Satyr, während man den anderen eher als ein wenig unförmig bezeichnet hätte. Um die unvorteilhaften Teile seiner Figur zu kaschieren, gab Adam sehr viel Geld für Garderobe aus und da er im weiteren Verlauf des Abends seine Kleidung beschmutzen würde, hatte er sich einen saloppen Hausanzug übergezogen. Der eitle Junggeselle wollte keinesfalls eines seiner teuren Stücke ruinieren oder mit verräterischen Flecken in die

Reinigung bringen. Obwohl er den Eindruck erweckte, völlig aufgelöst zu sein, war er durchaus noch imstande, derart nüchterne Überlegungen anzustellen.

Er wischte sich den Schweiß von der Stirn und sagte: „Keine Ahnung, Klaus, ich bin völlig fertig, mein Gott, wie konnte das nur geschehen?"

Rossmann zischte wütend: „Du Idiot! Wenn du dich nur an die Regeln gehalten hättest!" Er schlug sich mit der Faust gegen die Stirn. „Sex ohne Spielregeln, das geht doch nicht! Ich verstehe sowieso nicht, was du an diesem Sado-Maso-Zeug findest!"

„Aber ich kann doch nichts dafür! Da ist einfach was schief gelaufen!" Der Mittvierziger winselte und wäre um ein Haar in Tränen ausgebrochen, wenn der andere ihn nicht angefahren hätte. „Los jetzt, reiß Dich zusammen! Es wird bald hell und wenn ich nicht so schnell wie möglich wieder im Bett liege, merkt meine Frau, dass ich weg war. Also - wohin??!"

Ratlose Stille breitete sich aus. Beide überlegten fieberhaft und plötzlich rief Adam aus: „Mir fällt was ein. Es gibt da im Wald einen uralten Schacht, die Öffnung ist längst zugewachsen. Da könnten wir sie doch... ich meine, da findet sie doch keiner."

„Und wo soll das sein?" „Hinter Goslar, Richtung Clausthal, links oben am Hang. Da war mal ein Bergwerk, das ist schon seit Jahrhunderten abgetakelt." Er grinste. „Genau wie die hier!"

Rossmann hätte ihm am liebsten eine reingehauen.

„Bist du sicher, dass da auch wirklich keiner mehr reingeht?" Adam runzelte die Stirn und grübelte angestrengt nach. Er hielt den Kopf gesenkt und wagte nicht, dem

Freund in die Augen zu sehen.

„Würde mich wundern, wenn das überhaupt noch wer kennt. Ich hab das mal zufällig vor Jahren entdeckt, auf einer Flurbegehung mit den Leuten vom Rammelsberg. Geht allerdings ein ganzes Stück bergauf und könnte 'ne ziemliche Plackerei werden, aber dafür ist die Alte dann auch restlos verschwunden." Rossmann erwog schnell die Vor- und Nachteile. Wenn jemand die Tote fand und Nachforschungen anstellte, dann kriegten sie ein Problem. Aber – hatte er eine Wahl? Er schaute auf die Uhr: 0:40 Uhr. Die Nacht war klar und hell, Vollmond. Er verfluchte die abartige Sexsucht von Adam, der im Stadtbauamt beschäftigt war und dem er leider sehr viel zu verdanken hatte. Durch ihn war er an einen äußerst lukrativen Auftrag gekommen, der ihn aus einer schweren Krise herausmanövriert hatte.

Als branchenfremder Neueinsteiger in der Firma seiner Frau war es ihm vor Jahren gelungen, gleich zwei Großaufträge in den Sand zu setzen und das durfte nie wieder passieren. Wenn es etwas gab, was Vera Federlein nicht ausstehen konnte, dann waren es Verlustgeschäfte und finanzielle Versager. Sie verglich den Ehemann ständig mit ihrem Vater, dem sie ein Vermögen von mehreren Millionen zu verdanken hatte und der geradezu legendär erfolgreich gewesen war. Das Motto von Otto Federlein hatte gelautet: *Pass auf, wohin du trittst!* Und seit Rossmann dessen Tochter, die Erbin und Inhaberin der gut florierenden Harz-Baumarkt GmbH & Co KG, geheiratet hatte, balancierte er wie ein Seiltänzer am Rande des Abgrunds. Ein falscher Schritt und er fiele ins Bodenlose.

Vera hatte vor der Hochzeit darauf bestanden, einen

Ehevertrag mit Notar und allem drum und dran aufzusetzen und eine der zahlreichen Vereinbarungen enthielt die Forderung, sich tatkräftig um die Belange der Firma zu kümmern und im Interesse derselben einige öffentliche Ämter zu bekleiden. Zum Ratsherrn war Rossmann bereits aufgestiegen, doch das genügte seiner Frau nicht. Sie wollte, dass ihr Ehemann das Amt des Oberbürgermeisters ausübte.

Schnaufend bückte er sich nach dem verschnürten Stoffbündel.

„Okay, dann los! Vera nimmt Schlafmittel, aber wenn sie aufs Klo muss, dann wird sie wach und das ist meistens so gegen 3:00 Uhr der Fall."

Er versuchte, im Halbdunkel der Diele das Zifferblatt zu erkennen: 0:45 Uhr. Das könnten sie schaffen. Im Carport des Altstadthauses stand der Wagen und gemeinsam trugen sie die schlaff zwischen ihnen hängende Bürde über den Hof. Am Auto angelangt, suchte Rossmann nach dem Verbandskasten, fischte ein paar Gummihandschuhe heraus und streifte sie über. Adam lehnte ab.

Die Lage des verwinkelten Gebäudes aus dem 16. Jahrhundert hatte sich für die erotischen Neigungen des Hausherrn als äußerst günstig erwiesen. Der Bauingenieur erwarb das verfallene Objekt zu einem Spottpreis und nutzte geschickt seine Beziehungen, um öffentliche Gelder zur Sanierung des denkmalgeschützten Hauses aufzutun. Dichtes Gebüsch und die Reste eines gemauerten Wehrganges umstanden das unzugängliche Grundstück, das an die alte Stadtmauer grenzte und dessen Zufahrt nur über eine verlassene Sackgasse zu erreichen war. Schon beim Kauf des Hauses und bei der Restaurierung hatte Adam darauf geachtet, dass der kleine Innenhof von keiner Seite aus einsehbar war.

Sein Domizil war so unauffällig und verschwiegen wie die Dependance eines Geheimdienstes und niemand beobachtete die beiden Männer, während sie den Leichnam geräuschlos in den Kofferraum hievten. Nur das Mondlicht beleuchtete die gespenstische Szene. Adam stieg in den Wagen und zündete sich eine Zigarette an.

„Du, ich glaube, ich kann nicht fahren." Wie ein Kind streckte er Rossmann seine zitternden Hände entgegen.

„Könntest du??" Widerwillig ging der Ratsherr wortlos um den Wagen herum und wartete, bis Adam zum Beifahrersitz gerutscht war.

„Gib mir auch eine!" Gierig sog Rossmann den Rauch ein und blies ihn verächtlich wieder aus. Plötzlich ekelte er sich so sehr vor dem gekrümmt da sitzenden Adam, dass er am liebsten ausgespuckt hätte. Er besaß noch so etwas wie ein Gewissen und hätte sich nie im Leben darauf eingelassen, ihm bei der Beseitigung einer Leiche zu helfen, wenn er nicht so verdammt abhängig wäre! Das hatte er nicht nur dem Großauftrag, sondern auch ihrer Blutsbrüderschaft zu verdanken.

Eines Tages war Horst Adam nach einer Sitzung des Bauausschusses in seiner Nähe stehen geblieben und hatte geduldig gewartet, bis Rossmann sich vom letzten Mitglied des Stadtrates verabschiedet hatte. Gemeinsam waren sie die Außentreppe des fünfhundert Jahre alten Gebäudes hinabgestiegen und Adam hatte ihn auf ein Bier in seine nahegelegene Stammkneipe eingeladen. Nur zögernd hatte er eingewilligt, doch als der Bauingenieur versuchte, ihn für die ASEN-Bruderschaft anzuwerben, hatte Rossmann aufgehorcht.

Die Bruderschaft war etwas ganz anderes als die zahlreichen Serviceklubs der Stadt. Die waren nach seiner Heirat mit der erfolgreichen Geschäftsfrau wie auf Kommando an ihn herangetreten, aber Rossmann hatte sich bedeckt gehalten. Clubs wie Rotary, Inner Wheel, Zonta, Lions und Schlaraffen buhlten um seinen Beitritt, die Freimaurerloge umwarb den Emporkömmling, doch Rossmann suchte nach einem Verein, in dem er vor Veras Zugriff sicher war. Zu den gängigen Männervereinen gehörte fast immer ein von Frauen organisiertes Pendant und in dem würde sich seine Gattin sofort betätigen, um ihn nicht aus den Augen zu verlieren.

Alles, was ihm Horst Adam über den exklusiven, altgermanischen Männergeheimbund erzählte, war ihm damals passend erschienen. Es gab in ganz Deutschland nur wenige Mitglieder, die Statuten waren von frauenfeindlichen Bekundungen durchsetzt und die Treffen fanden in Kassel statt, schön weit weg von Vera.

Semper fidelis! - lebenslange Treue lautete der im Aufnahmeritual geleistete Schwur und erlosch erst mit dem Tod eines Mitglieds. Und nun wurde er durch Adam gezwungen, seine bedingungslose Treue unter Beweis zu stellen.

Rossmann startete den Wagen, der BMW rollte aus dem Hof und fuhr mit leisem Motor in Richtung Clausthal.

„Wirst du das auch in der Dunkelheit finden?", fragte er und warf einen kurzen Seitenblick auf den zusammengesunkenen Adam. Der sog nervös an seiner vierten oder fünften Zigarette und brummelte: „Ja, ich denke schon, ich bin zwar nachts noch nicht hier gewesen, aber wir kriegen das schon hin, keine Panik."

Was für ein kümmerlicher Kerl! Aber zwischen derartigen Gestalten selbst immer mehr zu verkümmern, das war für Dr. Klaus Rossmann inzwischen gewöhnlicher Alltag. Er, ein intelligenter Mann mit einem IQ von beinahe 130, hatte vor ungefähr zehn Jahren das Studium der Betriebswirtschaft abgeschlossen, anschließend promoviert und war dann am Anfang einer vielversprechenden Karriere ins Bodenlose gestürzt. Nach der Pleite mit Ramona, seiner früheren Freundin und ihrer gemeinsamen Firma, steckte er bis zum Hals in einem Schuldenberg, den er zu Lebzeiten kaum hätte abtragen können.

In dieser Situation war er eines Abends der nicht mehr ganz jungen Vera begegnet und mit ihr im Bett gelandet. Die geschäftstüchtige Frau war von seiner sexuellen Ausdauer beeindruckt und ließ den Liebhaber so lange durch eine Detektei beobachten, bis sie herausgefunden hatte, dass er so käuflich war wie ein Investitionsobjekt. Bei einer Flasche Champagner hatte sie ihm mitgeteilt, dass sie gedachte, ihn zu heiraten und war anschließend so lange auf ihm herumgeritten, bis sie ihren dritten Orgasmus bekam. Seitdem wusste er, dass es auch bei Frauen so etwas wie Besitzgier gab und angesichts seiner finanziellen Notlage blieb ihm nichts anderes übrig, als sich mit Haut und Haaren von ihr verschlingen zu lassen. Im Gegenzug gewährte sie ihm unbeschränkten Zugang zu ihrem Geld. Er wurde ihr teuer erkauftes, neues Spielzeug.

„Warte, warte! Fahr langsamer, ich glaube hier ist es!" Rossmann drosselte das Tempo. „Ja, ja, fahr da rein! Da hinten sieht uns keiner, da kannst du parken." Sie bogen links ab und rollten im Schritttempo über eine Waldlichtung. Kein einziges Auto war ihnen begegnet. Rossmann machte die Zündung aus und erschrak vor der unheimlichen Stille des Waldes. Ein Blick zur Uhr bescherte ihm einen Adrenalinstoß: 1:15 Uhr! Seine lähmende Angst wurde von der schrecklichen Befürchtung verdrängt, nicht rechtzeitig zurück zu sein.

Er sprang aus dem Auto.

„Los, wir müssen uns beeilen. Wie weit ist es jetzt noch bis zum Schacht?"

„Keine hundert Meter! Da oben!" Adam wies mit der Hand den Abhang hinauf. Wie ein gut eingespieltes Team packten sie das Bündel und setzten sich in Bewegung. Durch das Mondlicht war der Weg mit seinem Geröll und den felsigen Unebenheiten gut zu erkennen, sodass sie keine Taschenlampe brauchten.

Die Frau hing schwer wie Blei zwischen ihnen. Rossmann keuchte laut und bekam plötzlich keine Luft mehr. Er blieb stehen und Adam sah ihn irritiert an. „Was ist los?"

„Und wenn man nach der sucht, mit Hunden und so?"

Unsicher tastete Rossmann mit den Augen die Umgebung ab, als bestünde überall die Möglichkeit, beobachtet zu werden.

„Die sucht keiner!" Verächtlich spuckte Adam auf den Boden.

„Das ist 'ne richtig abgetakelte Nutte! Ich hätte auch was besseres haben können, aber die hier, wie soll ich sagen, mit der hier konnte man eben so ziemlich alles machen. Die ist 'ne echte Nummer unter Kennern und absolut verschwiegen! Und keine Zuhälter, die ging ganz und gar solo anschaffen!" Er suchte nach einer beruhigenden Floskel für Rossmann, doch ihm wollte nichts einfallen. Die Angst, irgendwann als Täter überführt zu werden, lähmte sein Denken. „Nee, Klaus, mach dir mal keine Sorgen! Wenn wir die Leiche weg haben, dann ist Ruhe, echt!"

Sie setzten ihren Weg fort und bemühten sich, losem Geröll auszuweichen. Nach einigen Minuten blieb Adam stehen und sah sich suchend um.

„Da, ich glaube, da drüben ist es! Warte, ich bin gleich wieder zurück."

Er ließ die Füße der Toten abrupt fallen, entfernte sich ein paar Meter und war in der Dunkelheit nicht mehr zu erkennen. Nun hielt Rossmann den Oberkörper der Frau umklammert und als ihm bewusst wurde, wie makaber dieser Anblick sein musste, legte er sie hastig auf dem Boden ab.

Er zuckte zusammen. Adam stand plötzlich wieder neben ihm und sagte: „Da drüben!"

Zwischen tückischen Brombeerhecken und schlüpfrigen Gräsern tasteten sie sich bis zu einem eingesunkenen Maschendrahtzaun voran.

„Warte, ich muss erst den Eingang finden, irgendwo ist der Zaun nämlich kaputt."

Es dauerte diesmal etwas länger, bis Adam zurückkehrte. Wind war aufgekommen und schüttelte die Äste der Fichten. Rossmann war noch nie gern im Wald gewesen, schon gar nicht nachts und ihn schauderte. Wie drohende Finger griffen die Zweige nach ihm und er fürchtete sich wie ein kleiner Junge. Erleichtert sah er Adam aus dem Gebüsch hervorkriechen.

„Ist ein bisschen eng, Scheiße, ich hab nicht an eine Drahtschere gedacht."

Was er damit meinte, wurde ersichtlich, als sie eine ausgeleierte Lücke im Zaun erreicht hatten, hinter der ein unheimliches schwarzes Loch gähnte. Adam kroch auf die andere Seite, zog das Bündel zu sich heran und Rossmann schob. Dabei rutschten die Füße der Frau aus der Decke, ein Bein kam hochkant gegen den Zaun zu liegen. Rossmann musste sie wieder zurückzerren, erneut in die Decke einwickeln und dann drehten sie den Körper um. Erschöpft und aufgekratzt zugleich wie nach einer Überdosis Aufputschmittel, arbeiteten sie präzise und konzentriert. Adam packte fest zu und allmählich bekamen sie das unförmige Paket auf die andere Seite.

„Am besten, wir ziehen ihr das Zeug aus, bevor wir sie da reinwerfen, falls sie doch wer findet. Auf den Klamotten sind vielleicht unsere Fingerabdrücke."

Rossmann spürte, wie sein Herz viel zu schnell gegen die Brust hämmerte. Er wollte nur weg, ihm war alles egal. Erschöpft ließ er sich neben dem mit Wildpflanzen dicht überwucherten Mundloch des Schachtes auf die Erde fallen.

„Verdammt, warum hast du dir das nicht früher überlegt? Deine DNA-Spuren sind doch überall auf ihrer Haut?!", fuhr er Adam an.

„Du hättest Handschuhe anziehen sollen! Da waren doch jede Menge im Erste-Hilfe-Kasten! Idiot, du verdammter Idiot! Hast du dir überhaupt jemals irgendwas überlegt?"

Schweigend starrten sie in die Dunkelheit. Nur das Schnappen des Feuerzeuges unterbrach die unheimliche Stille. Adam sprach leise mehr zu sich selbst.

„Keiner von uns ist der Polizei bekannt. Wer käme

schon darauf, das ausgerechnet wir was damit zu tun haben?"

Er löste das Seil, das sie um die Decke gewickelt hatten und fummelte hektisch an den Schnüren und Bändern der Korsage herum.

„Schmeiß du sie allein runter!"

Adam gehorchte willig und Rossmann wurde übel. Ein dumpfer klatschender Aufprall, Stille. Brennende Scham stieg plötzlich in ihm auf. Das war doch ein Mensch gewesen, eine Frau mit Hoffnungen und Sehnsüchten, und sie hatten sie einfach in eine modrige Grube geworfen. Erbärmlich! Er hasste sich selbst. Wie sollte er diese Nacht je vergessen und wie sollte er in den kommenden Jahren so tun, als ob nichts geschehen wäre?

Müde stolperten sie den Berg wieder hinab. Rossmann schaltete kurz die Taschenlampe an und entzifferte die Uhr: 2.05 Uhr. Sie hatten länger gebraucht, als er gedacht hatte und jetzt musste er sich wirklich wahnsinnig beeilen. Der Mond wurde ab und zu von Wolken verdeckt und man konnte nicht immer sehen, wohin man trat.

Der Abstieg zog sich in die Länge und die Männer wären ein paar Mal fast hingefallen. Adam redete und brabbelte unaufhörlich vor sich hin. Immer wieder beschwor er ihre langjährige Freundschaft, erwähnte die gemeinsamen Saufabende, die Segeltörns, die sie unternommen hatten und die Wochenenden in der ASEN-Bruderschaft. Rossmanns Knie fühlten sich weich an, er hatte Angst, das Gleichgewicht zu verlieren und wäre am liebsten auf allen Vieren gekrochen. Ein Beinbruch in dieser Scheißsituation hätte ihm gerade noch gefehlt!

Nach mühseligen fünfzehn Minuten erreichten sie das

Auto und fuhren im Schritttempo, ohne das Licht einzuschalten. Erst als sie den Campingplatz an der Sennhütte erreicht hatten, machten sie die Scheinwerfer an. Erleichtert versicherten sie sich gegenseitig, dass ihnen die ganze Zeit niemand begegnet war. Beinahe geräuschlos rollte der BMW zurück in den Hof und in gedämpftem Ton besprachen sie kurz, wie sie sich in dieser Angelegenheit zukünftig verhalten würden. Adam sollte die Kleider der Frau in seinem Kamin verbrennen und gleich morgen früh den Kofferraum und die Wohnung gründlich säubern.

Plötzlich packte er den verdutzten Rossmann am Arm.

„Klaus, du weißt doch, ich bin dein Freund! Durch dick und dünn! Verstehst du, dein Freund, dein Kumpel! Lass mich bloß nicht hängen!"

Rossmann verzog im Dunkeln angewidert das Gesicht. Er klopfte dem noch immer vor Nervosität zitternden Mann auf die Schulter und sagte im Weggehen: „Du, ich muss los, wenn Vera irgendwas merkt, dann kann ich für gar nichts garantieren, du weißt doch, wie sie ist. Du musst jetzt allein zurechtkommen."

Er drehte sich noch einmal um. „Von mir hast du jedenfalls nichts zu befürchten, Horst, lass gut sein. Vergessen wir das Ganze am besten." Dann trennten sie sich.

Klaus Rossmann war es gelungen, sich unbemerkt ins Haus zu schleichen. In der Diele zog er sich hastig aus, nahm seine Sachen unter den Arm und stieg geräuschlos die Treppe hinauf. Die Teppiche schluckten jeden Schritt.

Er war froh, dass er sich damals mit der Wahl des Bodenbelages durchgesetzt hatte. Vera wollte Laminat oder Holzdielen, alles, nur keine Milbenfänger. Er zuckte zusammen, als er ihre verschlafene Stimme hörte und ehe sie das Licht anmachen konnte, warf er die Kleider schnell auf einen Stuhl.

„Schatz! Wo warst du denn?"

Schlaftrunken rekelte sich die blonde Frau auf dem riesigen Wasserbett und ihre Bewegungen erzeugten ein glucksendes Geräusch.

„Ich war nur kurz in der Küche, Milch trinken. Du weißt doch, ich kann dann besser schlafen."

Um zu verhindern, dass Veras Misstrauen erwachte, blieb ihm nichts anderes übrig, als sie ganz schnell auf Touren zu bringen, dann vergaß und verzieh sie alles. Ihm war vorher noch nie ein weibliches Wesen begegnet, das so unverhohlen gern und oft vögeln wollte wie seine Frau. Fast wie ein Kaninchen. Und er war sicher, seine verbissene Ausdauer, was diesen erotischen Sport betraf, hatte neben seiner Fügsamkeit den Ausschlag dafür gegeben, die Verbindung mit ihm anzustreben.

„Hmm!", gurrte sie, als er seine Hand zwischen ihre Beine schob, damit sie jedes Zeitgefühl verlor. Sex war das letzte, wonach ihm jetzt zumute war, immer wieder tauchte das Bild der zusammengeschnürten Frau vor ihm auf. Doch Vera durfte sich morgen an nichts anderes erinnern als an den Orgasmus, den er ihr beschert hatte. Aber sie gab ihm murmelnd zu verstehen, dass sie doch lieber weiterschlafen wollte und bald erklang neben ihm das altgewohnte laute Schnarchen.

Rossmann lag die ganze Nacht wach. Die Bilder des

nächtlichen Ausfluges wirbelten wie Filmsequenzen durch seinen Kopf und heizten seinen Kreislauf an. Panik machte sich breit und schließlich stand er im Morgengrauen auf und setzte sich mit einem Glas Whisky auf die Terrasse.

Seine Gedanken suchten nach Trost, fanden aber nur immer neue Bestätigungen dafür, dass weder sein Leben noch seine Beziehungen unter einem guten Stern standen und das verdankte er vor allem seiner früheren Freundin Ramona.

„Freundschaften und Blutsbrüder, alles Scheiße!", murmelte er wütend vor sich hin, leerte das halbvolle Glas mit einem Zug und schenkte sich erneut ein. Vielleicht sollte er auch eine von Veras Schlaftabletten nehmen. Oder gleich alle auf einmal!

Die Erinnerung an frühere Zeiten riss Wunden auf und war mehr als unangenehm. Dieses verdammte Miststück! Klaus Rossmann und Ramona Ehrenberg hatten zusammen Betriebswirtschaftslehre studiert und sich nach dem Studium zufällig wiedergetroffen. Seitdem verbrachten sie ihre Freizeit abwechselnd im Bett, im Kino oder im Restaurant. Rossmann war verliebt wie nie zuvor, aber Ramona liebte vor allem das Geld. Sie verbrachte viel Zeit am Computer, um die Börsenentwicklung im Internet zu beobachten. Die ganze Welt taumelte damals im Spekulationsfieber, denn die Erträge unbekannter kleiner Firmen und riesiger Konzerne schossen schwindelerregend in die Höhe.

New Economy hieß das Zauberwort. Rossmann war bald genauso hypnotisiert von dem virtuellen Geldwunder wie Ramona und so verfolgten sie gemeinsam die Entwicklung am Neuen Markt. Im World Wide Web herrschte damals noch Aufbruchstimmung und die internationale Geschäftswelt musste sich darauf einstellen, nur über eine eigene Webseite am virtuellen Marktgeschehen teilnehmen zu können.

Ramona schlug vor, eine eigene Firma zu gründen und den Unternehmen professionelle Webseiten zu kreieren. Sie war überzeugt, dass sie damit eine gigantische Marktlücke füllen konnten und reich werden würden. Gesagt, getan. Sie trugen ihre Geschäftsidee ein paar Geldinstituten vor und schon das erste, die Deutsche Bank, war von ihrem Konzept hellauf begeistert.

Die folgenden Schritte ergaben sich problemlos wie von selbst. Die Beiden gründeten eine Aktiengesellschaft, mieteten eine Büroetage, kauften Hard- und Software, stellten Designer, Grafiker, Übersetzer und Computerfreaks ein und arbeiteten rund um die Uhr. Alle waren hochmotiviert, begabt und einfallsreich und alle warteten auf das große Geld.

Die Nachfrage nach ihren Webseiten stieg dermaßen schnell an, dass der Platz nicht ausreichte und sie eine zweite und dritte Etage mieten mussten. Bereits ein halbes Jahr später vollführte die E-R-Pixel-Welt AG einen bühnenreifen Börsenstart, der auch bei den Medien auf großes Interesse stieß und nach einem weiteren halben Jahr schwammen Ramona und Klaus im Geld. Der Wert ihres Unternehmens hatte die Millionengrenze überschritten und Rossmann leistete sich einen Maserati. Schöne Frauen säumten wie bunte Girlanden seinen Weg, doch er hatte nur Augen für Ramona.

Rossmann trank das dritte Glas leer. Wäre er nur nicht so naiv gewesen!

Er hatte bei der Ausarbeitung der Geschäftsvereinbarungen einen großen Fehler gemacht. Bedenkenlos gab er seine Zustimmung zu der Klausel, dass die Unterschrift nur eines Gesellschafters genügte, um über sämtliche Gelder zu verfügen. Vertrauen gegen Vertrauen war das Motto für Rossmann gewesen, aber nicht für Ramona. Die war plötzlich verschwunden und dem ratlosen Rossmann flatterte ein beängstigendes Schreiben ins Haus. Die Deutsche Bank bat ihn höflich, die erste Rate des von Frau Ehrenberg, seiner Teilhaberin, aufgenommenen Kredites zu begleichen.

Rossmann fiel aus allen Wolken und es dauerte eine Weile, bis er alle Fakten zusammengetragen hatte und imstande war, die volle Wahrheit zu erfassen. Ramona musste den Zusammenbruch des Neuen Marktes vorausgesehen haben. Sie ahnte, dass ihre junge Firma den Börsencrash eines solchen Ausmaßes nicht überleben würde und ohne den Geschäftspartner zu informieren, nahm sie als Gesellschafterin der E-R-Pixel-Welt AG bei ihrer Hausbank einen Kredit von 800.000 DM auf. Eine vollkommen legale Transaktion, die Unterschrift nur eines Teilhabers genügte, um eine so hohe Summe ausbezahlt zu bekommen. Die clevere Frau hatte das Geld sofort weiter in die USA überwiesen und war dann untergetaucht. Soviel hatte Rossmann noch herausfinden können.

Nicht lange nach Ramonas Verschwinden folgte tatsächlich der große Crash und ihm folgte der Untergang der E-R-Pixel-Welt AG. Die gemeinsame Firma verschwand vom Börsenhimmel wie viele andere Unternehmen auch und Rossmann blieb auf einem gigantischen Schuldenberg sitzen.

Verzweifelt hatte er damals Trost im Alkohol gesucht

und abwechselnd an Rache und Selbstmord gedacht. Dann war er Vera begegnet. Sie tilgte seine Zahlungsverpflichtungen und übertrug dem zehn Jahre jüngeren Mann die Geschäftsvollmacht über ihre gesamte Firma. Seitdem arbeitete er seine Schulden eben bei ihr ab.

Rossmann streckte und dehnte die verkrampften Schultern, schenkte sich nochmals ein und ging nach dem vierten Glas Whisky wieder nach oben. Geräuschlos legte er sich neben Vera Federlein aufs Wasserbett.

Montag, 12. August

Gegen zehn Uhr morgens drückte sich eine schwarzweiß gefleckte Katze maunzend gegen die Tür eines kleinen Häuschens in der Goslarer Altstadt. Um diese Zeit bekam sie sonst immer ihr Futter von der Hausbesitzerin und das Tier verstand nicht, weshalb das heute anders sein sollte. Als sich bis zur Mittagszeit noch immer niemand gezeigt hatte, lief sie enttäuscht auf der kleinen Mauer an der Abzucht in Richtung Breites Tor davon.

Nicht nur die Katze, auch ein Mann war hungrig und überlegte am späten Vormittag, ob er sich selbst etwas kochen oder in die Mensa gehen sollte. Dr. Alexander Funke, Geologe und Naturschützer, war erst vor wenigen Monaten aus dem Ruhrgebiet in den Harz gezogen und bewohnte ein viel zu kleines Studentenappartement am Stadtrand von Clausthal. Da er ein eher menschenscheuer Charakter war, beschloss er, sich in seiner noch unvollständig eingerichteten Küche eine Dosensuppe zu erwärmen. Eigentlich war er heute mit einem Kollegen verabredet gewesen, aber der hatte in letzter Minute abgesagt und nun bedauerte Alexander mit knurrendem Magen, nichts anderes als Erbsensuppe vorrätig zu haben. Er musste endlich lernen, sich selber zu verpflegen!

Nach der Scheidung vor einem Jahr hatte er sich wie ein hilfloses, im Stich gelassenes Kind gefühlt und wehmütig an all die schmackhaften, abwechslungsreichen Mahlzeiten zurückgedacht, die ihm Anke, seine Ex-Frau, Tag für Tag zubereitet hatte. Die Mahlzeiten durfte jetzt sein ehemaliger Kollege genießen, bei dem sie sich angeblich zum ersten Mal in ihrem Leben wie eine richtige Frau gefühlt hatte und mit dem sie schon vor der offiziellen Trennung zusammengezogen war.

Anke behauptete, sie und Alexander seien doch mehr wie gute Kameraden gewesen, während es zwischen den beiden sofort gefunkt hätte. Er runzelte die Stirn. Bei ihm hatte sich bis zuletzt was geregt und noch heute dachte er gern an ihren verlockenden Körper zurück. Sie war doch immer diejenige gewesen, die keine Lust hatte. Na, egal, Schnee von gestern, seine gescheiterte erste Ehe sollte gewiss auch seine letzte sein. Nur gut, dass keine Kinder da waren, sonst hätte er nicht umziehen können und die verliebte Ex-Frau wäre ihm dauernd Hand in Hand mit ihrem Lover über den Weg gelaufen.

Den Ortswechsel hatte er nicht bereut, denn sein neuer Job an der Technischen Universität in Clausthal gefiel ihm sehr gut. Bevor er sich in weiteren Gedankengängen zu verlieren begann, mahnte ihn der Hunger, endlich den Dosenöffner zu suchen und die Suppe zu essen. Die vielen Exkursionen, Vorlesungen und das stundenlange Ausarbeiten am PC kosteten Kraft und er nahm sich vor, demnächst in eine Wohnung mit einer richtigen Küche zu ziehen.

Am Nachmittag wollte er sich einen alten Schacht ansehen. Seine Ausrüstung lag schon zusammengepackt im Auto und er war gespannt auf das historische Bergwerk mit seinen weitverzweigten, jahrhundertealten Stollen. Im Geist ging er noch einmal sein Gepäck durch und stellte fest, dass er vergessen hatte, die Batterie für die Stirnlampe zu laden und daher mit einer Taschenlampe auskommen musste. Der Teller war leer und seit er allein lebte, hinderte ihn keine falsche Rücksichtnahme mehr daran, nach dem Essen laut zu rülpsen.

Nachdem er einen Pulverkaffee getrunken hatte, machte er sich voller Vorfreude auf den Weg nach Goslar. Was für andere unheimlich und angsterregend war, das zog ihn unwiderstehlich in seinen Bann und am Harz faszinierte ihn besonders die geheimnisvolle Unterwelt des Bergbaus und der Höhlen, die es noch zu entdecken gab. Der Abstieg in verlassene Bergwerke bereitete ihm allergrößtes Vergnügen.

Langsam nahm er mit seinem alten Volvo eine enge Kurve nach der anderen hinunter ins Gosetal. Erst beim zweiten Anlauf fand der Geologe die gesuchte Abzweigung und beschloss, gleich vorn an der Einfahrt stehen zu bleiben. Die Uhr zeigte 13.30 Uhr und das Wetter konnte man treffend als sommerlich warm beschreiben. Er zog seine Bergstiefel an, hängte den Rucksack locker über eine Schulter und marschierte los. Schade, dass er nicht schon früher in den Harz gekommen war. Bis auf ein paar kurze Fachexkursionen kannte er das Gebirge nur aus der Literatur, aus Dokus und aus Filmen.

Der Zweiunddreißigjährige kletterte mit großen Schritten den Hang hinauf und hatte die verlassene Halde bald erreicht. Schon im 16. Jahrhundert soll es hier Bergbau auf Blei und Silber gegeben haben. Während er damit beschäftigt war, sich die Informationen ins Gedächtnis zu rufen, die er über die alte Anlage gelesen hatte, erregte ein Gegenstand seine Aufmerksamkeit und er bückte sich, um ihn näher zu betrachten. Ein breiter, goldener Ring blitzte im Sonnenlicht, in den ein lupenreiner Smaragd eingearbeitet war.

Verblüfft steckte er das Schmuckstück mit der Absicht in die Hosentasche, es irgendwann ins Fundbüro zu bringen. Schon nach wenigen Minuten hatte er es wieder vergessen.

Am Schacht angelangt, setzte er den Schutzhelm auf und machte sich vorsichtig an den nicht ganz ungefährlichen Abstieg in die Tiefe. Eine kindliche Freude überkam ihn am Anfang seines unterirdischen Wagnisses. Ins Innere der Erde vorzustoßen, setzte bei einem Mann wie Alexander sämtliche Glückshormone frei. Sein durchtrainierter hagerer Körper gehorchte ihm bedingungslos und hatte ihn noch nie im Stich gelassen. Wehleidiges Jammern oder verzagtes Aufgeben waren ihm unbekannt und ob er nun auf eigene Faust oder mit Kollegen gefahrvolle Expeditionen unternahm, er stand sie bis zum Ende durch.

Mit der Stablampe leuchtete er den Weg aus, der ins Dunkel hinabführte und erkannte mit geschultem Blick überall auf den kahlen Wänden alte Abbauspuren und andere untrügliche Zeichen menschlichen Einwirkens.

Ein Luftzug blies ihm ins Gesicht und er war froh, dass er nicht mit einem flackernden Grubenlämpchen unterwegs war. Der Sohn eines Waldarbeiters bewunderte die Bergleute aus früheren Zeiten. Mit unerschöpflichem Mut hatten sie die Gefahren gemeistert, denen sie Tag für Tag schutzlos preisgegeben waren und Alexander wurde plötzlich bewusst, dass er selbst ziemlich leichtsinnig vorgegangen war. Wenn er jetzt abrutschte und stürzte, dann würde ihm sein Handy auch nichts nützen. Hier unten gab es absolut keinen Netzempfang!

Im selben Augenblick blieb er stehen und umklammerte haltsuchend einen eisernen Haken, den man im Gestein befestigt hatte.

Der grelle Schein seiner Lampe hatte etwas beleuchtet, das aussah wie ein menschlicher Kopf. Ein derart grausiger Fund löste selbst bei dem furchtlosen Alexander rasendes Herzklopfen aus. Mit einer solchen Entdeckung hatte er nicht gerechnet.

Er beugte sich vor und konnte nun ganz deutlich erkennen, dass in einer Felsspalte unter ihm eine nackte Gestalt mit ganz verbogenen Gliedmaßen lag. Sein erster Gedanke war, den armen Menschen schnellstmöglich da rauszuholen und einen Krankenwagen zu rufen. Doch nachdem er auf den Knien vorsichtig ein Stück weiter gerutscht war, wusste er, dass für dieses Wesen jede Hilfe zu spät kam. Es handelte sich um eine Frau und ihre weit aufgerissenen, starren Augen ließen keinen Zweifel daran, dass ihr Leben längst erloschen war.

Alexander machte sich unverzüglich auf den Rückweg.

Um 15.10 Uhr ging ein Anruf bei der Polizeiinspektion Goslar ein. Der diensthabende Beamte leitete die alarmierende Meldung sofort an die Kollegen von der Kripo weiter und Alexander wurde einer äußerst misstrauischen Befragung unterzogen.

Nachdem sich der Beamte am anderen Ende der Leitung alles genau angehört hatte, schärfte er dem Anrufer ein, sich keinesfalls vom vermuteten Tatort zu entfernen!

„Herr Dr. Funke, Sie müssen dort bleiben! Wir sind in wenigen Minuten bei Ihnen, haben Sie verstanden! Sie können unten an der Straße auf uns warten, aber Sie dürfen sich nicht entfernen!"

Alexander fragte sich, ob sie ihn etwa für verdächtig hielten? Er setzte sich auf ein Grasbüschel und wartete.

Das Telefonat war frustrierend gewesen. Man hatte ihn mehrmals gefragt, ob er sich vielleicht in der Dunkelheit getäuscht hätte und nachdem er die Frage zum dritten Mal hörte, platzte ihm der Kragen und er schrie:

„Ich bin mir ganz sicher, da unten liegt eine tote Frau!"

Über gute Ortskenntnisse schien die Goslarer Polizei nicht zu verfügen, denn seine Beschreibung des Tatortes stieß immer wieder auf ratloses Unverständnis. Er bereute, den Anruf nicht anonym von einer Telefonzelle aus gemacht zu haben, denn allmählich geriet seine gesamte Planung hoffnungslos durcheinander. Er mochte keine unvorhergesehenen Veränderungen und nur der Gedanke an die arme Frau in ihrem schrecklichen Grab da unten stimmte ihn ein wenig milder. Für die Tote war die Zeit für immer stehen geblieben.

Ein weniger nüchtern denkender Mensch mit einer Neigung zur Furchtsamkeit wäre vermutlich so schnell wie möglich zurück zum Auto gelaufen und hätte es vorgezogen, in der Nähe der Straße auf die Beamten zu warten. Alexander kam gar nicht auf die Idee und verbrachte die Zeit damit, Mutmaßungen anzustellen, was passiert sein könnte. Er dachte an den Ring und wollte ihn schon neugierig aus der Tasche ziehen, da erinnerte er sich noch rechtzeitig an mögliche Fingerabdrücke und suchte nach einem Papiertaschentuch. Behutsam wickelte er das Schmuckstück darin ein und legte es neben sich auf den warmen Waldboden, um es später der Polizei auszuhändigen.

Dann überkam ihn doch die Neugierde. Er entfaltete das Tüchlein wieder und betrachtete den Ring genauer, ohne ihn zu berühren. Die Größe des Ringes ließ auf einen männlichen Besitzer schließen und im inneren Rand konnte er eine Gravur entziffern: „In Liebe - Vera - 2002".

Die Zeit verging und die Uhr zeigte bereits 15.55 Uhr. Die Polizei schien seinem Anruf keine gesteigerte Bedeutung beigemessen zu haben und als sich um 16.00 Uhr noch immer nichts getan hatte, streckte er sich resigniert am Boden aus und schloss die Augen. Alles ging schief.

Alexander war eingenickt und schreckte hoch, als Motorengeräusch erklang. Er hatte geträumt, die tote Frau sei wieder lebendig und würde ihn anflehen, er solle sich um ihre Katze kümmern. So ein Unsinn!

Ein schlanker, etwa dreißigjähriger Mann mit kurzgeschorenem Haar und einem Ohrring im linken Ohr sprang aus einem der Streifenwagen und kam auf ihn zu.

„Sie haben uns angerufen? Tut mir leid, es hat etwas länger gedauert als geplant. Ich bin Kommissar René Wienecke, das ist Frau Hübner von der Spurensicherung und die Kollegin Müller, für die Fotos. Na, dann wollen wir mal sehen, was Sie uns da beschert haben!"

Alexander war beunruhigt. Was bedeutete es, wenn ein Polizist sagte: Was Sie uns beschert haben? Wie war das gemeint?

Zwei weitere Beamte in Uniform stellten sich dicht neben ihn und die mit Fotozubehör behängte korpulente Frau musterte ihn sorgenvoll.

„Mein Name ist Alexander Funke, Geologe an der TU Claus-thal, ich wollte mir die alte Schachtanlage mal ansehen."

Seine Stimme bekam während des Sprechens einen professionellen Klang. Anderen etwas vorzutragen, war für den Dozenten Routine und während er die Umstände schilderte, die ihn zu dem grausigen Fund geführt hatten, war er darauf bedacht, nicht zu sehr auszuschweifen. Dabei registrierte er, dass der durchtrainierte Kommissar Wienecke mit robusten Bergstiefeln ausgestattet war. Sehr vorausschauend!

„Gut, Herr Dr. Funke, vielen Dank für den Bericht. Was meinen die Kolleginnen, soll ich zuerst allein da runter gehen und Sie warten hier?"

Die Frau von der Spurensicherung nickte mit skeptisch hochgezogenen Augenbrauen. Sie schien ihre Zweifel zu haben, was die Schilderung des Zeugen anbetraf und die korpulente Fotografin gab erleichtert ihre Zustimmung. Eine Kletterpartie!

„Na, dann los, wir sehen uns das jetzt mal an und falls sich ihr Verdacht bestätigt, sollten die Kollegen vom Bergamt umgehend informiert werden!" Die Männer verschwanden in der Tiefe des dunklen Schachtes.

Etwa zur selben Zeit fuhr ein grauer VW-Passat langsam die Clausthaler Straße entlang und die beiden Insassen suchten nach einem günstigen Halteplatz. Der Beifahrer studierte eine auseinandergefaltete Harzkarte und erst als sie den Ortsausgang von Goslar längst hinter sich gelassen hatten, bogen sie ab und ihr Auto holperte über einen mit Schotter bedeckten Forstweg.

„Halt an, von hier aus müssen wir zu Fuß gehen!" Die Redakteure der Lokalzeitung stiegen aus dem unauffällig hinter einem Gebüsch geparkten Wagen und beugten sich aufgeregt über die Karte.

„Wenn wir hier hoch gehen und dann da rüber, dann müssten wir sie eigentlich sehen und vor allem hören können!"

Eilig machten sie sich auf den Weg. Der Ältere, ein mittelgroßer Mann mit Glatze, bewegte sich trotz des üppigen Bauchumfanges erstaunlich leichtfüßig bergaufwärts. Er würde mindestens fünf Kilo weniger wiegen, wenn ihn sein ausgesprochenes Faible für exklusive Biersorten nicht so oft in die Stammkneipe locken und bis tief in die Nacht hinein dort festhalten würde. Um der drohenden Verweichlichung durch übermäßigen Alkoholgenuss entgegenzuwirken, hielt er sich eisern an sein Trainingsprogramm und betätigte mit Armen und Beinen die Hebel einer Fitnessapparatur, die er sich während einer TV-Sendung bestellt hatte. Bernd Mentzelers Leibesumfang würde zwar nie zu einem Waschbrettbauch zusammenschrumpfen, aber wenigstens blieb er beweglich und muskulös.

Vor einer Stunde hatte er von seinem Schwager, der bei der Goslarer Polizei arbeitete, einen heißen Tipp gekriegt.

„Du, da ist irgendwas am Laufen! Der Wienecke von der Kripo will mit der Spurensicherung ins Schärpertal fahren! Zum alten Schacht, in Richtung Clausthal, oben links. Beeil dich und mach was draus! Und, Bernd, du hast das nicht von mir!!"

Der alternde Redakteur hatte sofort seine Sachen gepackt. Er hoffte auf eine sensationelle Story mit viel prominenter Beteiligung und seine Sinne waren so geschärft wie in den guten alten Zeiten vor seinem Zusammenbruch. Damals bestimmte *er*, was in den Lokalteil kam und die ganze Stadt sprach über seine bissigen Artikel und Kommentare. Er war *der* Mann für brisante Themen gewesen!

Die Erinnerungen verursachten ihm ein geradezu körperliches Unwohlsein. Nachdem er ein halbes Jahr in einer Klinik verbringen musste, um sein Leben wieder in den Griff zu kriegen, hatte sich alles geändert. Man ließ ihn nur noch über Schützenvereine, Kaninchenzüchter, Ratssitzungen und Kleingartenversammlungen berichten und er sehnte die bevorstehende Pensionierung herbei. Vielleicht brachte ihm diese Story einen letzten Erfolg.

Der Weg den Hang hinauf war auch für den hageren Fotografen recht mühselig. Er keuchte und sah bedauernd auf seine weißen Sportschuhe hinab, die schon ganz verdreckt waren. Am Morgen hatte es geregnet und die Erde war nass und klebrig. Endlich hatten sie eine kleine Schneise erreicht, die den Blick auf mehrere Personen freigab, die am gegenüberliegenden Hang in einiger Entfernung geschäftig hin und herliefen.

Zwischen kahlen Baumstämmen war das aufgeschüttete Geröll der verlassenen Bergwerkshalde zu erkennen und als der Fotograf den Zoom seiner Digitalkamera einstellte, fragte der Redakteur hastig: „Und, kannst du sehen, wer da alles ist?"

„Zwei Uniformierte, die Hübner von der Spurensicherung, eine Fotografin, Kommissar Wienecke und ein

Unbekannter, wahrscheinlich der Typ, der die Tote gefunden hat." Der Redakteur drängelte. „Wir müssen da näher ran, ich kann nicht richtig was erkennen."

Geräuschlos bewegten sie sich ein Stück auf den Tatort zu und warteten dann gespannt die weitere Entwicklung der Dinge ab.

Bernd Mentzeler feixte, auf jeden Fall würde er die Titelstory schreiben und die würde so richtig einschlagen, immer vorausgesetzt, an der Sache war was dran. Er grinste voller Vorfreude, bis ihm bewusst wurde, aus welchem Anlass er eigentlich hier war. Verdammt, kein Grund zum Lachen! Wer war die Tote überhaupt und vielleicht kannte er sie ja sogar.

Dienstag, 13. August

„Herr Dr. Rossmann, was ist denn los mit Ihnen?" Regina Schröppke, die langjährige Sekretärin, blickte ihren Vorgesetzten besorgt an. Die unauffällig gekleidete Frau mit kurzen grauen Haaren, die man erst beim zweiten Blick im Vorzimmer wahrnahm, runzelte die Stirn. Er war heute so merkwürdig, so unkonzentriert und fahrig und hatte schon zum zweiten Mal einen wichtigen Termin vergessen. Rossmann schreckte hoch.

„Ach, tut mir leid, Fräulein Schröppke, heute ist einfach nicht mein Tag."

Seit der Geschäftsführer der Harz-Baumarkt GmbH & Co KG bemerkt hatte, dass sein Ehering verschwunden war, befand er sich in allerhöchster Alarmbereitschaft. Wo war der Ring? Vergeblich versuchte er sich zu erinnern, wann er ihn zum letzten Mal am Finger gehabt hatte, doch so sehr er sich auch bemühte, es wollte ihm nicht einfallen. Der Ring war ein Geschenk seiner Frau

34

und Vera trug denselben, nur etwas schmaler, mit der Inschrift: In Liebe - Klaus - 2002.

„Ich werde für heute Schluss machen. Wenn es etwas dringendes gibt, dann können Sie mich ja auf dem Handy erreichen."

Bei den Worten *Schluss machen* wurden bittere Erinnerungen in Rossmann wach. Wieder hatte ihn ein sogenannter *Freund* in eine hoffnungslos tiefe Krise gestürzt und wie damals mit Ramona erschien es ihm verlockend, sich dem ganzen Dilemma durch den Freitod zu entziehen. Inzwischen war er ziemlich sicher, den Ring bei der nächtlichen Aktion verloren zu haben. Er hielt es zwar für aussichtslos, ihn in dem dicht bewachsenen Gelände zu finden, aber er wollte es trotzdem versuchen.

Ungelesen warf er die zusammengefaltete Tageszeitung in den Papierkorb, nahm seinen Mantel und verließ das Büro.

Goslarer Tageblatt, Dienstag, 13. August - Grausiger Fund im alten Schacht bei Goslar - Tote Frau gibt Rätsel auf. In einem seit Jahrhunderten stillgelegten Bergwerk stieß ein Clausthaler Geologe durch Zufall auf eine Frauenleiche. Das Opfer starb eines gewaltsamen Todes und konnte noch nicht identifiziert werden. Die Bevölkerung wird bei der Identifizierung der Frau um Mithilfe gebeten. (Foto) 1,65 m groß, ca. 40 Jahre alt, blond, vollschlank, auffällige Tätowierung auf der linken Schulter.

Als Rossmann die Bundesstraße in Richtung Clausthal entlang fuhr, sah er schon von weitem an der Einfahrt zum Bergwerk das Blaulicht mehrerer Streifenwagen aufleuchten. Heftige Angst überfiel ihn und er fürchtete, sein Herz würde explodieren, so laut schlug es gegen seine Brust. Um keinen Verdacht zu erregen, fuhr er zügig weiter bis nach Hahnenklee und wählte für die Rückfahrt nach Goslar die Route durchs Innerstetal.

Seine Gedanken wirbelten hektisch durcheinander. Er hätte heulen können und die Augen brannten von unterdrückten Tränen. Der verdammte Adam! Alles war so gut gelaufen in letzter Zeit! Wie blöd musste man sein, um einem Mörder zu glauben und obendrein zu helfen?! Was der alles behauptet hatte: Es war nicht seine Schuld, niemand würde den Schacht je betreten, die Nutte würde keiner vermissen.

Alles gelogen!

Rossmann überlegte, ob er vielleicht eine Chance hätte, wenn er sich der Polizei stellte und alles zugab? Ihm war klar, dass er dann einen guten Anwalt brauchte und wovon sollte er den bezahlen? Er wusste, dass Vera für einen weiteren Ausrutscher ihres kostspieligen Ehemannes absolut kein Verständnis mehr hätte und ihn vor die Tür setzen würde.

Und wenn er gegen Adam aussagte, was würde die ASEN-Bruderschaft mit ihm machen? Die Statuten ließen keinen Zweifel daran, was mit einem wortbrüchigen Mitglied geschah. Niemals durfte einem Bruder die Treue versagt werden, niemals, egal, worum es ging! Rossmann war verzweifelt. Das Jagdgewehr! Er musste es aus dem Waffenschrank holen, ohne dass Vera ihn bemerkte. Sie hielt sich bis zur Mittagszeit im Fitnessstudio auf und wenn er sich beeilte, konnte er schnell ins Haus laufen, bevor sie zurückkam. Ein Schuss und alles wäre überstanden. Eisige Kälte kroch in ihm hoch.

Vera überflog die Titelseite und legte dann die Zeitung aus der Hand. „Eine Tote im alten Schacht und eine alte Schachtel sucht nach ihrem Mann", dachte sie bissig.

Auf dem Tisch standen zwei Schälchen mit Garnelensalat und Vera starrte hungrig auf die appetitlich angerichteten Portionen, die sie aus dem Feinkostladen mitgebracht hatte. Eine Scheibe Toast zum Frühstück war bisher ihre einzige Mahlzeit gewesen und das Training im Vitalis-Fitnessstudio hatte sie angestrengt. Wo blieb Klaus denn nur? Sie hatte darauf bestanden, dass sie sich nicht im Restaurant, sondern in ihrer Villa zum Brunch treffen sollten, denn sie hoffte auf einen netten kleinen Quicky zum Nachtisch.

Die Geschäftsfrau war nervös und unruhig, weil sie ihren Mann nirgendwo erreichen konnte. Sie holte einen Taschenspiegel hervor und suchte in ihrem sorgfältig geschminkten Gesicht nach frischen Falten. Sah man den Altersunterschied? Eigentlich nicht, fand sie, denn auch Klaus hatte seinen jugendlichen Schmelz eingebüßt, seit er dem täglichen Stress ihres Unternehmens ausgesetzt war. Dabei machte er seine Sache gut, sehr gut sogar, geschäftlich und privat, besonders privat. Sie lächelte in sich hinein. Er war so verdammt gut im Bett, dass sie ihn nicht teilen wollte, niemals! Die Vorstellung, er könnte mit einer anderen, womöglich jüngeren Frau zusammen sein, ließ sie aufspringen und im Zimmer umherlaufen.

Bisher war es ihr immer gelungen, ihre Gefühle unter Kontrolle zu halten, aber Vera wusste, dass sie zur Eifersucht neigte. Die heutige Ungewissheit erzeugte ein Vakuum in ihrem Kopf, das sich immer mehr ausdehnte. Lange würde sie sich nicht mehr beherrschen können und durchdrehen. Wo war er? Sie hatte im Büro angerufen und erfahren, dass Herr Dr. Rossmann schon gegangen sei. Das war vor einer halben Stunde gewesen und seitdem hatte sie ebenso hektisch wie ergebnislos herumtelefoniert. Da fiel ihr Adam ein. Es war zwar unwahrscheinlich, aber wer wusste schon, was Männer so alles ausheckten? Vielleicht besprachen sie einen neuen Auftrag und hatten sich irgendwie verquatscht?

„Stadtbauamt Goslar, Adam am Apparat!"

Die zackige Stimme klang nach riesigen Aktenbergen und Vera schluckte enttäuscht. Da war keine zweite Person im Büro.

„Vera hier. Weißt du, wo der Klaus sein könnte?"

Adam hatte sofort ein ungutes Gefühl, aber er ließ sich nichts anmerken. Unbeteiligt und höflich antwortete er:

„Nee, den Klaus hab ich seit Tagen nicht gesehen, was ist denn los?"

Vera hatte keine Lust auf ein längeres Gespräch mit dem Freund ihres Mannes und verabschiedete sich mit einer einsilbigen Floskel.

Langsam bekam sie Angst. Klaus war eigentlich absolut zuverlässig und hätte sie angerufen, wenn er in zeitlichen Engpässen steckte. Da stimmte irgendetwas nicht. Wo könnte er nur sein? Das einzige, was ihr noch einfiel, war die Jagdhütte. Aber um diese Zeit? Niemals. Oder jedenfalls unwahrscheinlich. Oder doch möglich? Einer Eingebung folgend, rannte sie in den ersten Stock und warf einen Blick auf den Waffenschrank. Das Jagdgewehr fehlte! Der Eindruck, dass etwas schlimmes passiert sein könnte, verstärkte sich und eine innere Stimme drängte sie, ihren Mann in der einsam gelegenen Hütte in der Goslarer Stadtforst zu suchen.

„Sind Sie Frau Rossmann?"

Gerade als sie das Haus am Clausthorwall verlassen hatte und in den Wagen steigen wollte, bog ein Mann um die Ecke und fragte nach ihrem Namen.

„Ja, bitte, ich bin in Eile, was gibt es denn?"

Der nicht unattraktive Fremde, dessen linkes Ohrläppchen von einem silbernen Ohrstecker verziert wurde, hielt ihr die Marke eines Kripobeamten unter die Nase und betrachtete dabei neugierig ihre Hände. „Gehört dieser Ring ihrem Mann?", fragte er und Vera erstarrte. Woher hatte der Kerl den Ehering von Klaus? Wurde ihr jetzt mitgeteilt, dass er ums Leben gekommen war? Bei einem tragischen Unfall? Sie war erstaunt über die Heftigkeit der Empfindungen, die sie bei der Befürchtung überkamen, Klaus könne etwas zugestoßen sein.

Ihre Ehe bestand seit zehn Jahren und beruhte auf respektvollem Entgegenkommen, sexuellem Einverständnis und einem Hauch von fürsorglicher Vertrautheit. Eine Verbindung mit dem viel jüngeren Mann einzugehen, war für die Geschäftsfrau nicht mehr als eine gut durchdachte, vernünftige Angelegenheit gewesen, die sowohl sie als auch ihre Firma bereicherte. Den ausgeklügelten Ehevertrag hielt sie nach wie vor für zwingend notwendig, weil sie sich über die Beweggründe ihres Mannes keine Illusionen machte. Er war von ihr aus einer Notlage befreit worden und er war ihr dankbar dafür. Vera war klar, dass er keinen zweiten Blick auf sie verschwendet hätte, wenn sie arm gewesen wäre.

Ihre Stimme klang gereizt. Erwartete der Polizist etwa einen Finderlohn?

„Geben Sie mir den Ring bitte zurück? Mein Mann

wird sich freuen, dass Sie ihn gebracht haben!"

René Wieneckes Hand schloss sich um das Fundstück. Leider war es ihm erst beim dritten Anruf in einem Goslarer Juweliergeschäft gelungen, die Käuferin des Ringes zu ermitteln und seitdem war kostbare Zeit verstrichen. Der Ring gehörte also dem Mann von Vera Federlein! Echt krass! Diese Schickibraut glaubte doch tatsächlich, er hätte nichts besseres zu tun, als den Leuten Fundsachen ins Haus zu tragen. Komische Schnepfe! Laut sagte er: „Nein, tut mir leid, Frau Rossmann, den brauchen wir noch und wir hätten ihren Mann gern gesprochen. Können Sie uns sagen, wo er ist?"

Vera atmete auf. Gott sei Dank, Klaus war nicht tot. Tausend Fragen brannten ihr auf der Zunge, doch sie unterdrückte ihre Neugierde. Etwas hielt sie davon ab, dem Beamten ihre eigene Ungewissheit einzugestehen.

„Tut mir leid, ich kann Ihnen da auch nicht weiterhelfen. Versuchen Sie es doch in der Firma. Bitte entschuldigen Sie mich, ich hab einen dringenden Termin."

Sie stieg in den Mercedes und fuhr davon.

Kommissar René Wienecke sah dem eleganten schwarzen Wagen nachdenklich hinterher.

„Protzdroschke!" Er schnaubt unwillig und suchte sämtliche Fenster der im Gründerstil erbauten Stadtvilla ab. Bewegte sich da was? Versteckte der Gesuchte sich etwa im Haus? Das riesige Grundstück war von einer beschnittenen Buchenhecke umgeben und hatte die Größe eines Fußballfeldes. Üppig blühende Wildrosen, ausufernde Rhododendronbüsche und sorgfältig gestutzte Buchsbäume teilten sich den Platz mit Kiefern, Birken und Lärchen. Eine besonders ebenmäßig gewachsene alte Rotbuche wiegte sich anmutig auf einem parkähnlichen Wiesenstück im Spätsommerwind.

Die Rossmanns waren angesehene Leute und gehörten zu den wohlhabendsten Familien im Ort. Der junge Kommissar, der noch am Anfang seiner Karriere stand, ermahnte sich, mit dem allergrößten Fingerspitzengefühl zu ermitteln. Er hatte keine Lust, sich den Rüffel seines Vorgesetzten einzufangen, weil der vielleicht mit dem Mordverdächtigen zusammen Tennis oder Golf spielte. Ein Täter aus der Goslarer Oberschicht, das hatte ihm gerade gefehlt.

In seinem Haus in der Altstadt beugte sich Horst Adam über den niedrigen Wohnzimmertisch und schüttete etwas Kokain auf einen Glasspiegel. Tränensäcke ließen ihn verquollen und alt aussehen. Zum Teufel mit Rossmann und seinem Verschwinden! Er brauchte jetzt Entspannung, die letzten Tage waren der reinste Horror gewesen.

Nach Veras Anruf hatte ihn das Gefühl beschlichen, irgendwas würde gar nicht gut laufen. Schon das Lesen der Zeitungsmeldung hatte ihn wie ein Hammer getroffen und er hatte sich für den Rest des Tages freigenommen.

Er bückte sich und sog das schneeweiße Pulver durch ein Röhrchen mit der Nase auf. Die Reste leckte er genießerisch mit der Zunge ab. Sollte er den Termin mit den jungen Tschechinnen, die heute Abend gebracht wurden, absagen? Die Wirkung des Kokains setzte ein und Adam verwarf den Gedanken. Wenn es hart auf hart ging, würde er alles abstreiten. Schade, dass Rossmann auf die Idee gekommen war, sich Gummihandschuhe anzuziehen, sonst hätte er ihm den Mord anhängen können. Für Adam war es zu spät gewesen, Handschuhe zu benutzen, seine verdammte Geilheit hatte dafür gesorgt, dass genug DNS-Material in der Toten war, um eine ganze Stadt zu überführen!

Hinter herabhängenden Fichtenzweigen sah Vera den roten BMW ihres Mannes stehen. Ihr Herz schlug bis zum Hals und sie verließ das Auto mit zitternden Knien. Hoffentlich war es noch nicht zu spät! Klaus hatte ihr vor Jahren gestanden, dass sein Leben nach der Sache mit Ramona nur noch an einem seidenen Faden gehangen hatte und sie wusste, dass er in schweren Krisen suizidgefährdet war. Sie drückte gegen die Tür der Jagdhütte. Sie war angelehnt und der Schlüssel steckte.

Vera holte tief Luft und wappnete sich für den nun folgenden Anblick. Die Hütte, die nur aus einer rustikal eingerichteten, geräumigen Diele bestand, war leer. Ratlos sank sie in einen Sessel, zündete sich eine Zigarette an und versuchte, nüchterne Überlegungen anzustellen. Ihre Eifersucht war verflogen. Klaus würde sie nicht so plump betrügen. Sie hatte zwar einen Moment lang geglaubt, er hätte den Ring bei einer anderen Frau verloren, aber wegen eines Seitensprunges würde ein Polizist wohl kaum Hausbesuche machen. Da musste was anderes passiert sein. Sie stellte sich in den Türrahmen und blickte nach draußen. Was wurde hier gespielt?

In dem stickigen Raum geriet sie immer mehr außer sich und wenn das so weiterging, würde sie bald wieder Beruhigungsmittel einnehmen müssen. Sie sah sich im Raum um, eine dicke Staubschicht lag überall auf den Möbeln. Sie war lange nicht hier gewesen, aber in der kleinen Bar müssten eigentlich noch ein paar Flaschen stehen. Sie brauchte jetzt dringend etwas starkes zum Trinken. Sie erhob sich, füllte ein Glas bis zum Rand mit Whisky und trank es leer.

Plötzlich fiel ihr die Schlagzeile im Goslarer Tageblatt wieder ein. Klaus hatte doch nicht etwa mit dieser Mordsache zu tun? Ihr Mann, verwickelt in einen Mord? Sie hörte schon das Tuscheln und Raunen hinter ihrem Rücken und sah die abschätzigen Blicke, die einen trafen, wenn man nicht mehr dazugehörte. Bisher war ihr die Meinung der Leute ziemlich egal gewesen, glaubte sie jedenfalls. Sie hatte ja auch immer brav ihre Rolle gespielt, aber mit Klaus war das eine andere Sache. Er hatte sich in den vergangenen Jahren zwar gut bewährt, aber die Geschichte mit seiner Riesenpleite war unter den Goslarer Geschäftsleuten, die so unerhört stolz auf ihre Tüchtigkeit waren, noch lange nicht vergessen.

Vera erhoffte sich viel von den bevorstehenden Oberbürgermeisterwahlen. Ein so mächtiges Amt zu bekleiden, hätte den Ruf ihres Mannes komplett wiederhergestellt, aber einen Kandidaten, der Besuch von der Kripo bekam, den konnte man knicken! Zum ersten Mal in ihrem Leben versetzte ihr die Angst vor einem gesellschaftlichen Absturz einen feinen Stich ins Herz.

Während seine Frau sich schwere Sorgen machte, irrte Klaus Rossmann orientierungslos durch den Wald. Er war in einer schlimmen Verfassung. Das Jagdgewehr, mit dem er nur ein einziges Mal losgezogen war, um einen befreundeten Rechtsanwalt zum Abschuss von Wildschweinen zu begleiten, baumelte schwer an seiner rechten Schulter. Nach wenigen Schritten blieb er stehen und nahm wieder einen Schluck aus der Flasche mit billigem Weizenkorn, den er im Supermarkt gekauft hatte.

Rossmann war am Ende. Er sah für sich keinen anderen Ausweg als den Tod. Vera würde sich von ihm trennen und, so stand es im Ehevertrag, seine sechsstellige Restschuld auf ihn zurückübertragen. Damit er nicht auf dumme Gedanken kam und sie womöglich sofort wieder verließ, nachdem sie damals den Kredit für ihn bezahlt hatte. Grauenhaft. Eheglück auf notarieller Basis, Liebe ausgeschlossen.

Er war es leid, er war es gründlich leid, für andere Leute den Hampelmann zu spielen! Zum Abhauen fehlte ihm der Mut, also gab es nur eine Möglichkeit.

Doch dem todunglücklichen Rossmann, der in seinem Leben bisher nur Statistenrollen gespielt hatte, fehlte die Kraft, sein Vorhaben in die Tat umzusetzen. Viermal schon hatte er sich das Gewehr fest entschlossen in den Mund gesteckt und heulend wieder weggezogen. Er schaffte es einfach nicht, abzudrücken. Auch nicht mit anderthalb Flaschen Korn im Blut, die nur bewirkt hatten, dass er überhaupt nicht mehr wusste, wer er war und wo er war. Mit dem Gedanken an Selbstmord zu spielen, war eine Sache, ihn tatsächlich zu vollziehen, eine andere.

Rossmann schimpfte lallend, als er über eine Baumwurzel stolperte und der Länge nach auf dem morastigen Waldboden hinschlug. Aber das war eigentlich genau richtig so, er gehörte in die Erde und obwohl er schon vollkommen durchnässt war, blieb er einfach liegen und schloss die Augen. Vielleicht konnte man so auch sterben. Er hätte seinen Kopf nur noch gern ein einziges Mal an Veras Brust gelegt, wie ein Kind!

Der Gedanke an Vera löste einen Tränenstrom bei ihm aus und seine Schultern zuckten in haltlosen Schluchzern. Rossmann öffnete die Augen. Er weinte ja! Oh Gott, er weinte wie ein siebenjähriger Junge. Seit dreißig Jahren hatte er sich keine Tränen mehr gestattet. In seinem Kopf summte es wie in einem Bienenstock, ihm war übel, er würgte und fürchtete, an seinem Erbrochenen zu ersticken. Er stemmte sich hoch, wollte weiter, doch es gelang ihm nicht, das Gleichgewicht zu halten. Er taumelte ein paar Schritte und sank auf die Knie. Dann gab er es auf und ließ sich einfach fallen. Nur fort von Vera. Vera durfte ihn so nicht sehen. Aber es war schon zu spät. Vor ihm stand seine Frau und starrte ihn an wie einen Geist.

Die Erleichterung, die sie empfand, stand in keinem Verhältnis zu dem abstoßenden Anblick, den ihr sonst so gepflegter Ehemann bot. Seine sorgfältig frisierten Löckchen klebten dicht an seinem Kopf und ließen ihn geschrumpft und klein wirken. Außerdem sah man die Stirnglatze, die er sonst geschickt unter der Dauerwelle verbarg. Seine Kleidung war feucht und verdreckt und einen Schuh musste er wohl verloren haben. Vera lachte. Wie er aussah! Schwankend versuchte Rossmann erneut, aufzustehen und wegzukommen, weg von dieser Frau, die sich über seinen ekelerregenden Anblick lustig machte.

Sie beugte sich über ihn.

„Klaus, wir sollten in die Hütte zurück gehen, du wirst dich sonst erkälten!"

Er starrte sie ungläubig an. Ihr Gesicht verschwamm, verdoppelte sich und kreiselte hin und her. Er hörte noch, wie sie sagte:

„Ich weiß nicht, was passiert ist, Klaus, aber wir stehen das schon irgendwie zusammen durch! Komm jetzt!"

Rossmanns Beine sackten unter ihm weg. Ihm war so übel, dass er immer wieder alles erbrach, was er in der letzten Zeit gegessen und getrunken hatte. Vera nahm das Gewehr und ließ die Patronen unauffällig herausfallen.

Es war nicht einfach, aber sie schafften es, die paar Meter bis zur Jagdhütte ohne Sturz zurückzulegen. Klaus fiel auf ein Bett und Vera setzte sich so, dass sein Kopf auf ihrem Schoß zu liegen kam. Dann forderte sie ihn auf, alles zu erzählen. Stockend, weil er immer wieder von Weinkrämpfen am Weitersprechen gehindert wurde, berichtete er die ganze Geschichte, in die er mit Adam verwickelt war. Semper fidelis! Scheißblutsbrüder!

Kommissar Wienecke zupfte an seinem Ohrstecker. Wenn das so weiterging, würde sich der Fall trotz einer vielversprechenden Ausgangslage in einen zähen Dauerbrenner verwandeln, der irgendwann ergebnislos im Aktenschrank landete. Die Identität der toten Frau hatten sie ermittelt, der in der Nähe des Schachtes gefundene Ring konnte zugeordnet werden, aber einen Täter hatten sie nicht. Rossmann, der Hauptverdächtige, behauptete, er habe in der fraglichen Nacht keine Sekunde das Haus verlassen und seine Frau bestätigte das.

Bei der Toten handelte es sich um eine Prostituierte namens Lilly Weiland, die allein in der Goslarer Altstadt gelebt hatte und vermutlich bei einigen Leuten nicht gerade beliebt gewesen war.

Aber stellte das ein Mordmotiv dar? Ihr Haus hatten sie gründlich durchsucht, aber keine Angaben zu den Namen ihrer Freier gefunden. Man wusste, dass sie nicht im Schacht ermordet worden war und so lag es nahe, den

Täter unter ihren Kunden zu vermuten.

Sie drehten sich im Kreis. Die DNA-Spuren am Körper des Opfers waren zahlreich, stimmten aber nicht mit denen von Rossmann überein und im Bergwerk fand sich auch nichts verwertbares. Am Montag hatte es in den frühen Morgenstunden heftig geregnet und weder Fußabdrücke noch sonstige Hinweise waren mehr auffindbar. Der Ring war als Beweisstück ziemlich wertlos, denn ein Taschentuch in der Hosentasche des Geologen hatte sämtliche Fingerabdrücke abgewischt bis auf seine eigenen, als er ihn wieder herausgezogen hatte.

Rossmann gab zu, dass ihm der Ring zwar gehörte, dass er ihn aber irgendwann verloren hatte. Er könne sich leider nicht mehr erinnern, wann das gewesen sei und wie der Ring in den Wald gelangt war, wisse er auch nicht. Die Prostituierte habe er nicht gekannt und auch nicht mit ihr verkehrt. Vielleicht hatte sie den Ring gefunden? Oder jemand anders hatte ihn gefunden und ihr gegeben? Tatsächlich passte er der Frau wie angegossen, denn sie hatte ungewöhnlich kräftige Hände.

Wienecke hielt Rossmann für den Täter. Aber irgendwie auch nicht. Vielleicht war die Prostituierte beim Liebesspiel versehentlich erdrosselt worden oder vielleicht hatte sie auch jemand aus Eifersucht oder aus einem anderen Grund ermordet. Verdammt! Ob Rossmann nun der Täter war oder nicht, auf jeden Fall wusste er mehr, als er zugab. Aber gegen die beiden Strafverteidiger, die Vera Federlein engagiert hatte und deren Honorar mehrfach das Jahresgehalt von Wienecke betrug, konnte er wenig ausrichten. Kaum Indizien, keine Beweise, nichts. Frustriert öffnete er einen Aktenordner und vertiefte sich in den Bericht zu einer Serie von Diebstählen.

Alexander pfiff laut vor sich hin, während er mit dem Farbenroller Weiß auf die Raufasertapete klatschte. Nur noch diese eine Wand und er hatte es geschafft. Danach wollte er wieder die Fußbodendielen abbeizen. Die Erinnerung an den schrecklichen Fund war allmählich verblasst und nachdem er im August vergangenen Jahres mehrmals befragt (oder mehr verhört?) worden war, hielt man ihn schließlich für unverdächtig, weil er kein Motiv hatte und über ein hieb- und stichfestes Alibi verfügte. In der Nacht, als die Frau ermordet worden war, hatte er bis zum frühen Morgen mit Kollegen in einer Clausthaler Studentenkneipe gesessen.

Aus irgendeinem unerklärlichen Grund begann er sich dann plötzlich immer mehr für die Lebensumstände der Verstorbenen zu interessieren. Vielleicht war es auch der seltsame Traum von der Katze gewesen, der ihn schließlich veranlasste, mit einem Stadtplan von Goslar in der Hand nach ihrem Haus in der Goslarer Altstadt zu suchen.

Das winzige Fachwerkhäuschen machte einen verlassenen Eindruck und als er versuchte, ins Innere zu spähen, drückte sich eine Katze gegen sein Bein, die genauso aussah wie das Tier in seinem Traum. Als er sich bückte, um sie zu streicheln, schnurrte sie wie bei der Begrüßung eines lange vermissten Freundes.

In dem Augenblick hatte er beschlossen, das Grundstück zu kaufen und bekam es vom Nachlassverwalter der Verstorbenen zu einem Schnäppchenpreis. Niemand wollte in einem Gebäude wohnen, dessen Besitzerin ermordet worden war. Außerdem hatte Lilly Weiland dort ihre Kundschaft empfangen und das warf einen zusätzli-

48

chen Makel auf das Objekt. Alexander war ein praktisch denkender Mensch und störte sich weder an dem tragischen noch an dem anrüchigen Hintergrund. Er würde sich um die Katze kümmern und endlich ein eigenes Haus besitzen.

In den vergangenen Monaten hatte er das Haus odentlich geputzt, renoviert, möbliert und für Karlchen, so hatte er die Katze getauft, die bei näherem Hinsehen ein Kater war, eine Katzenklappe eingebaut. Das Tier verschlang gerade eine Riesenportion Katzenfutter und hockte dabei mit den Hinterpfoten auf dem noch nicht grün überlackierten Teil der Holzdielen. Alexander hatte schon die Hälfte des Fußbodens abgebeizt, ihm gefiel die helle Naturholzfarbe besser. Wenn er mit allem fertig war, wollte er feiern und ein paar Leute einladen. Die Kollegen aus Clausthal und Bianca, eine Frauenbekanntschaft, die er erst vor kurzem gemacht hatte und die ihm sehr gut gefiel.

Sie war Lehrerin, wohnte in der Nachbarschaft und hatte ihn schelmisch gefragt: „Wissen Sie, dass Sie im Haus einer ehemaligen Prostituierten wohnen?" Alexander befürchtete schon, dass sie ihm nun ihre Moralvorstellungen auseinandersetzen würde und sagte verlegen:

„Mir macht es nichts aus, im Haus einer Nutte zu wohnen."

Da hatte Bianca ihn mit dem Ausruf überrascht:

„Oh bitte, sagen Sie nicht Nutte, das ist ein Schimpfwort, das gern für Frauen benutzt wird, ohne die unser Planet gar nicht auskommen könnte!" Sie lachte.

„Das älteste Gewerbe der Welt, Sie wissen schon, unersetzbar, seit Einführung der Monogamie!"

Alexander atmete erleichtert auf. Bianca hatte so eine erfrischende Art, die Dinge beim Namen zu nennen.

„Lilly war eine tolle Frau! Sie hat niemandem etwas zuleide getan und ich kann noch immer nicht begreifen, warum jemand sie ermordet hat! Entsetzlich! Wer konnte so etwas tun?"

Bianca trug ihre brünetten Haare ganz kurzgeschnitten und hatte sich gefreut, von Alexander auf ein Bier in die Eckkneipe eingeladen zu werden. Sie sprachen den ganzen Abend über Lilly und ihr bewegtes Leben und es stellte sich heraus, dass es Bianca gewesen war, die den Hinweis zur Identifizierung der Toten gegeben hatte.

„Auf Lillys Schulter war nämlich eine wunderschöne Tätowierung, ein türkisblauer Schmetterling, und als ich in der Zeitung die Beschreibung der Toten im alten Schacht gelesen hatte, ahnte ich gleich, dass sie es war!"

Bianca fing an zu weinen und Alexander strich unbeholfen über ihren Arm. Sie rätselten noch eine Weile, wer der Täter sein könnte, warum er noch nicht gefasst worden war und vor allem, warum er es getan hatte. Es musste ein Freier gewesen sein.

Bianca tat es gut, von Lilly sprechen zu können und Alexander erfuhr so viel über die fremde Frau, dass er beinahe glaubte, sie auch gekannt zu haben.

Lilly Weiland, das blond gefärbte Busenwunder, war eine erotische Naturbegabung. In ihrer Jugendzeit hatten ihr die Verehrer zu Füßen gelegen und selbst im konservativen Goslar wurde sie zu einer bunt schillernden Ikone des Rotlichtmilieus. Dabei war ihr Lebensweg nicht vorgezeichnet, sondern hatte sich eher zufällig ergeben. Auf der Suche nach einem Job landete die Achtzehnjährige in einem Goslarer Nachtklub und seit die betörend hübsche Lilly hinter der Bar stand, war der Laden jeden Abend voll. Joey, ihr Chef, fragte sie eines Abends, ob sie bereit wäre, auch mal was anderes zu machen und schob ihr dreihundert Mark über die Theke. Lilly sah das Geld, überlegte nicht lange und sagte ja. Damit begann ihre Laufbahn im Goslarer Rotlichtmilieu.

Über mehrere Jahrzehnte brachten ihr Charme, ihre Klugheit und nicht zuletzt ihr Körper ihr genug ein, um einen sehr aufwendigen Lebensstil zu pflegen, doch seit sie die vierzig überschritten hatte, verblasste ihr Reiz allmählich. Immer häufiger sah sie sich gezwungen, in Anitas Bordell die Laufkundschaft abzufischen.

Oft beklagte sie sich über das Älterwerden und um die Angst zu betäuben, irgendwann völlig unattraktiv geworden zu sein, schluckte sie Tranquilizer und andere Drogen. Kann man sich in einer spießigen Kleinstad wie Goslar eine alt gewordene Prostituierte mit wenig Geld in einem Seniorenheim vorstellen? Bianca schüttelte den Kopf.

„Vielleicht gut, dass sie es hinter sich hat. Der Marktwert einer Prostituierten macht sich an der Auswahl ihrer Freier bemerkbar und die werden im Alter immer weniger. Gut, jede Frau fürchtet sich vor dem Altwerden, aber für eine Prostituierte bedeutet es meistens den Abstieg."

Sie nahm einen letzten Schluck aus dem langstieligen Rotweinglas.

„Ich muss jetzt ins Bett. Ach, Alexander, ich bin so froh, dass ich dich sozusagen noch durch Lilly kennen gelernt hab!"

51

Sie verabschiedeten sich mit einer Umarmung und Alexander genoss ganz kurz ihren warmen, weichen Körper in der winterlichen Kälte.

Am anderen Morgen stellte der Geologe fest, dass er Lilly außer Bianca noch eine weitere Freundschaft zu verdanken hatte: Karlchen! Obwohl Alexander mit der offenen Flamme über die Farbschicht auf den Dielen fuhr, kam das Tier immer wieder angelaufen, als wolle es spielen und setzte sich dann stur auf eine Planke, die der Hausherr gerade abbeizen wollte.

„Hau ab, Karlchen, ich muss da dran!"

Alexander wollte den kleinen Kerl behutsam zur Seite schieben, doch der blieb stur auf einem der Bodenbretter hocken und rührte sich nicht von der Stelle. Der Mann drückte, die Katze blieb sitzen und dabei bemerkte Alexander, dass das Holzbrett, auf dem sich das Tier verschanzt hatte, etwas zu hoch stand. So ein Hindernis war nicht ungefährlich, dachte er, nahm einen Spachtel, schob ihn in die Lücke zwischen den Dielen und siehe da, im selben Moment verzog sich Karlchen bereitwillig und Alexander konnte das Brett anheben.

In der Vertiefung darunter befand sich ein Hohlraum und in dem lag ein zusammengerolltes kleines Schulheft. Alexander hoffte schon auf einen nostalgischen Fund, doch ein Blick auf die mit Kugelschreiber vollgeschriebenen Seiten zeigte ihm, dass es sich um ein ganz modernes Schreibheft handelte.

Während der Kater ihn aufmerksam beobachtete, legte der neue Hausbesitzer eine Pause ein, holte sich etwas zu trinken und begann zu lesen. Offensichtlich hatte Lilly Weiland den Hohlraum aus irgendeinem Grund dazu benutzt, um ihre tagebuchartigen Aufzeichnungen zu verstecken. Alexander überflog die krakelige Schrift, die manchmal kaum zu entziffern war und konnte zunächst wenig mit dem Inhalt anfangen:

Da stimmt was nicht im „Gose-Bordell. Zwangsprostitution? Frauen arbeiten in versteckten Räumen. Die Freier gehen in den Imbiss um die Ecke und kommen durch einen unterirdischen Gang rüber ins Bordell. Das hat mir ein Kunde erzählt. Die Wagner ist skrupellos! Der Imbiss gehört ihrem Freund. Die Anita gibt damit an, dass sie in Hamburg Mädchen aus Osteuropa anschaffen lässt, die keine Papiere haben. Mit denen kann man am meisten Geld verdienen. Das Weib hat soviel Dreck am Stecken! Bullen informieren?? Das wäre nicht gut - Vorsicht!!! Werde mit Adam reden! Ob der was machen kann?

Im hinteren Teil des Heftes hatte Lilly Weiland in einer Tabelle übersichtlich die Anzahl der Stunden und Tage festgehalten, die sie im „Gose-Bordell" gearbeitet hatte. Außerdem waren sorgfältig alle Namen und Adressen von Freiern aufgelistet, die sie in ihrem oder deren Haus bedient hatte und neben dem Kontakt stand immer das jeweilige Datum. Der letzte Eintrag war am 11. August gemacht worden und lautete: *Horst Adam, 11. August, 22.30 Uhr. Goslar, Bergstraße 98.*

Alexander starrte aus dem Fenster. Der 11. August, das war doch die Nacht ihres Todes gewesen! Wer war dieser Adam? Was, um Himmels willen, hatte die Katze ihm da gezeigt? Er blickte auf die Uhr, ging zum Telefon und wählte die Nummer von Kommissar Wienecke.

Das Haus in der Bergstraße machte nach außen hin einen verlassenen Eindruck. Horst Adam hatte sämtliche Gardinen zugezogen. In gedämpfter Lautstärke erklang der guttural vorgetragene Marlene-Dietrich-Song: *Ich bin von Kopf bis Fuß auf Liebe eingestellt...*

Der Hausherr gähnte seinem Spiegelbild zu. Er kam aus der Sauna und betrachtete seinen nackten Körper in der verspiegelten Wand des von Kerzen erleuchteten Gewölbekellers. Seine Gestalt entsprach zwar nicht dem goldenen Schnitt, aber er konnte zufrieden sein. Kaum Fett, dichtes, dunkel getöntes Haar und sein bestes Stück, das war noch immer in Höchstform.

Auch der Gedanke an seine finanziellen Rücklagen erfüllte ihn mit Wohlbehagen und er war stolz darauf, ein anerkanntes Mitglied der Goslarer High Society zu sein. Der aufwändige Lebensstil des Bauingenieurs wollte allerdings nicht recht zum Gehalt eines städtischen Angestellten passen. Dass sein Einkommen mehr als doppelt so hoch war wie das seiner Kollegen, hatte er Geschäften zu verdanken, die in krassem Widerspruch zur Welt eines unbescholtenen Bürgers standen.

In dem beschaulichen Harzstädtchen regierte eine eher konservative Bürgerschaft und sorgte dafür, dass sich das horizontale Gewerbe nur schwer ansiedeln konnte. Drei kleine Sexclubs und einige Privatanbieter hatten es dennoch geschafft, sich diskret über die Stadt zu verteilen und gehörten inzwischen sozusagen zur Einrichtung. Die Sachlage änderte sich, als Anita Wagner in Goslar aufkreuzte und hartnäckig um die Betriebsgenehmigung für ein Bordell kämpfte. Weder eine rasch gegründete Bürgerinitiative noch aufgeregte Ratssitzungen konnten verhindern, dass das Freudenhaus schließlich eröffnet wurde und sich nun schon seit einigen Jahren im stadtnahen Gewerbegebiet befand.

Das Etablissement enthielt vierzehn Zimmer, einen

Wellness-, Massage- und Erotikbereich und war in einer ehemaligen Hotelanlage untergebracht. Zunächst hatte Anita das ganze Gebäude umfangreich renovieren lassen und sämtliche Aufträge an regionale Handwerksbetriebe vergeben.

Einen Teil des Souterrains ließ sie jedoch unangetastet. Plötzlich tauchten polnische Arbeiter auf und wurden unter strengster Verschwiegenheit beauftragt, einen Teil des Souterrains zu vermauern und nur einen provisorischen Eingang offen zu lassen. Hinter der zugemauerten Wand wurde eifrig gezimmert und es entstand ein zweiter Massage- und Erotikbereich. Nachdem die geheimen Räume fertig gestellt waren, wurde die Mauer geschlossen und die Polen verschwanden sofort wieder. Jetzt wusste keiner außer Anita, dass der abgeteilte Bereich nur über einen als Personal-Klo getarnten Zugang zu erreichen war. Das Klo befand sich im Imbiss um die Ecke, war stets verschlossen und sollte sich nur für handverlesene Gäste öffnen.

In den zusätzlichen Räumen, die auf keinem Bauplan zu finden waren, würde sie Frauen anbieten, die sich illegal in Deutschland aufhielten: Mädchen aus Osteuropa, ein paar Nigerianerinnen und sogar eine Chinesin sollten exotische Erotik anbieten. Über die Schicksale der Frauen machte sie sich keine Gedanken, das war Geschäft und zum Geschäft gehörte Ware. Die Gewinne aus illegaler Prostitution übertrafen inzwischen sogar die Einkünfte, die mit Drogenhandel zu erzielen waren und Anita Wagner wollte dabei sein. Die Einnahmen aus ihrer privaten, kleinen Steueroase würden in schwarzen Kassen fließen und sie reich machen, man war ja nicht blöd und schob dem Staat das ganze Geld in den Hintern.

Die erfolgreiche Umsetzung ihrer Pläne hatte die Geschäftsfrau vor allem Horst Adam zu verdanken. Bevor es losging, war sie in seiner Dienststelle erschienen und hatte eine Wolke aus schwerem Parfüm verbreitet. Die stark geschminkte Frau mit verlebten, harten Gesichtszügen fragte schon beim Eintreten laut, ob er sich noch an sie erinnern würde. Irritiert und erschreckt hatte Adam hastig die Tür hinter ihr geschlossen und so getan, als sei ihm die Erinnerung an sie gänzlich entfallen.

Natürlich erinnerte er sich an Anita Wagner! In jüngeren Jahren war er an den Wochenenden mit seinem Sportwagen regelmäßig nach Hamburg in den Club 69 gefahren, um bei ihr und anderen Frauen einzukehren. Was er ganau dort tat, sollte in Goslar keiner erfahren und tatsächlich war es ihm jahrzehntelang gelungen, seine skurrilen erotischen Vorlieben in Goslar verborgen zu halten. Und nun drang die stark gealterte Frau in seine wohl geordnete Welt ein, um ihm ein gänzlich unseriöses Angebot zu unterbreiten, das seine gesamte Existenz gefährden konnte!

Genau vierzehn Tage später kehrte sie in der Gewissheit zurück, eine positive Antwort zur Genehmigung der Baupläne ihres Bordells entgegenzunehmen. Dreitausend Euro monatlich sollten in Zukunft auf ein eigens für ihn eingerichtetes Hamburger Konto fließen, deklariert als versteuerte Mieteinnahmen aus einer Großimmobilie. Doch die Bordellchefin zahlte nicht umsonst. Der Stadtbedienstete, auf dessen Schreibtisch die Bauanträge für das Etablissement landen würden, sollte die Grundrisse des Gebäudes so verändern, dass der vermauerte Teil des Souterrains gar nicht mehr vorkam. Als Anita die dreitausend Euro erwähnte, kam

Adam gar nicht auf die Idee, abzulehnen und als er später mit seinem Vorgesetzten das Gebäude inspizierte, fiel niemandem auf, dass eine halbe Etage hinter einer zugemauerten Wand verschwunden war. Der Schnellimbiss mit dem Personal-Klo wurde von Anita Wagners Lebensgefährten betrieben und inzwischen spielten sich im Keller des Bordellbetriebes Dinge ab, von denen niemand etwas ahnte.

Horst Adam kehrte in die Gegenwart zurück und grunzte böse. Alles war so gut gelaufen! Die Lilly war an allem schuld! Was mischte die sich in Dinge ein, die sie nichts angingen! Hatte im Bauamt angerufen und ihn um ein Gespräch gebeten, aber der vielbeschäftigte Bauingenieur hatte konsterniert behauptet, keine Termine frei zu haben und ihr angeboten, sie am Wochenende in seinem Privathaus zu empfangen.

Schon während des Telefongespräches hatten bei ihm sämtliche Alarmglocken geklingelt.

Gleich nach ihrem Eintreffen am Sonntag Abend bei ihm zuhause teilte sie ihm ihren Verdacht mit. Lilly sah für ihr Alter noch verdammt gut aus und obwohl sie die vierzig überschritten hatte, verstand sie es noch immer, einen Mann so richtig scharf zu machen.

Adam hätte zu gern das Thema gewechselt, doch sie blieb hartnäckig bei den leidigen Kellerräumen im „Gose-Bordell" und behauptete, da liefe was mit Frauenhandel. Sie hatte sogar schon herausgefunden, dass der Zugang zu den Räumen nur über den Imbiss gegenüber zu erreichen war und damit war ihr Besuch zu einem ernsthaften Problem geworden. Unglücklich aber entschieden drängte sie ihn schließlich, den Bauantrag zu überprüfen oder eine Polizeikontrolle in die Wege zu leiten.

Die Frau mit dem üppigen Busen und den langen, braunblonden Haaren hatte Angst. Menschenhandel war kein Kavaliersdelikt und sie fürchtete sich vor Anita Wagners Schlägern. Ob Adam das nicht verstehen konnte, für sie war es viel zu gefährlich, selber zu den Bullen zu gehen. Wenn sie das anonym machen würde, wüsste Anita sofort, von wem das kam. Nein, sie musste im Hintergrund bleiben und trotzdem eine Untersuchung in die Wege leiten. Was da mit den ausländischen Frauen passierte, das ginge doch alle was an, die waren für Männer der letzte Dreck! Die Mädchen kamen nicht freiwillig in den Job so wie sie, nee, die wurden gezwungen und behandelt wie Vieh! Mit denen konnte man alles machen und sie dann auf den Müll schmeißen.

Adam hatte den empörten Menschenfreund gemimt. Schlimm, so eine abgewrackte, sentimentale Nutte!

„Meine Güte, Lilly! Das ist ja unglaublich, ein echter Skandal! Ich wusste das überhaupt nicht! Warum bist du nicht eher zu mir gekommen? Natürlich muss da was geschehen!"

Nachdem er sie überredet hatte, sich erstmal eine Prise Koks reinzuziehen, fiel es im leichter, eine Entscheidung zu treffen. Adam wusste, dass Lilly in den letzten Jahren sehr einsam geworden war und sie kaum jemand vermissen würde. Sie oder er, wer musste verschwinden, wer war wichtiger für die Gesellschaft? Er natürlich. Um sie am vorzeitigen Weggehen zu hindern, hatte er gefragt, ob sie noch ein bisschen nett zu ihm zu sein könnte und Lilly hatte erleichtert aufgelacht.

„Ich bin froh, dass ich dich kenne, Horst, du kannst haben, was du willst, geht heute aufs Haus!"

Trotz seines Plans konnte er nicht widerstehen, auf ihr

großzügiges Angebot einzugehen. Sie gab sich diesmal ganz besondere Mühe und bevor die Wirkung des Kokains verklungen war und ihm vielleicht Skrupel kamen, forderte er sie auf, sich von ihm fesseln zu lassen. Er verband ihre Augen mit einem Tuch, holte das Nylonseil hervor und zog es immer fester um ihren Hals.

In dem Moment, als sie leblos weggesackt war, wusste er, dass das Ganze ein Riesenfehler war. Wohin mit der Leiche? Er hatte wieder mal nicht nachgedacht. Warum hatte er die Angelegenheit nicht Anita Wagner überlassen, der ihre Leute hätten sich schon um Lilly gekümmert.

Und der nächste Fehler war gewesen, Rossmann da mit hineinzuziehen. Aber alles wäre ja trotzdem gut gegangen, wenn der Idiot seinen Ring nicht verloren hätte! Adam streifte einen Slip aus Leopardenfellimitat über und sprühte sich Armani-Deo unter die Achselhöhlen. Er hatte jedenfalls nichts zu befürchten. Der gesamte Keller war gereinigt und die Klamotten von Lilly längst verbrannt. Sie war eigentlich überhaupt nicht bei ihm gewesen.

Die Türglocke läutete und das *Ave-Maria* erklang. Adam hatte es stilvoll und originell gefunden, eine Melodie einzubauen, die ihn mit dem berühmten Lob an die Mutter Gottes, gesungen von Roy Black, auf Damenbesuche einstimmte. Wunderbar, alles klappte hervorragend, Anita Wagner würde ihm jetzt die tschechischen Nutten bringen, sozusagen zum Vorkosten, und sie morgen gegen zwei andere austauschen, vielleicht war sogar eine Schwarze dabei. Das war ihr besonderer Dank für sein entgegenkommendes Schweigen!

Das *Ave Maria* erklang ein zweites Mal. Warum die

Ungeduld? Er hüllte sich in den seidenen Hausmantel, erklomm die Treppe, lief durch eine anheimelnde, mit 28 Grad beheizte Diele und rief aus: „Ist ja gut, ich komm doch schon!"

Erwartungsvoll öffnete er die Tür. Draußen standen Kommissar Wienecke, zwei Uniformierte, eine kräftig gebaute Frau mit vielen Umhängetaschen und zwei weitere Personen mit Fotoapparaten und anderen Utensilien im Gepäck.

„Sind Sie Horst Adam?"

Der Hausherr nickte verblüfft.

„Herr Adam, ich nehme Sie fest wegen des dringenden Verdachtes, in der Nacht vom 11. zum 12. August die Prostituierte Lilly Weiland in Ihrem Haus getötet zu haben. Sie begleiten uns jetzt aufs Polizeirevier und dort wird eine Speichelprobe durchgeführt."

Wienecke wedelte mit einem Stück Papier.

„Und hier ist der Durchsuchungsbeschluss!"

Die ungebetenen Gäste betraten das Haus und die beiden Polizeibeamten ließen Adam keinen Moment aus den Augen. Wegen erhöhter Fluchtgefahr. Nachdem er sich angezogen hatte, stiegen sie mit ihm in den Streifenwagen und fuhren davon.

Das restliche Team der Mordkommission machte sich an die Arbeit und es begann eine akribische Suche nach den Spuren, die Lilly Weiland am letzten Tag ihres Lebens hinterlassen haben könnte. Wienecke war sicher, dass sie etwas finden würden! Dem Adam stand der Ausdruck des ertappten Sünders doch geradezu ins Gesicht geschrieben! Damit kannte er sich aus!

Goslarer Tageblatt, Dienstag, 05. Februar - Neue Erkenntnisse im Fall Lilly Weiland - Mitarbeiter des Stadtbauamtes unter Tatverdacht

Wie erst jetzt bekannt wurde, ist Horst A., ein Mitarbeiter der städtischen Baubehörde, unter dem dringenden Tatverdacht verhaftet worden, im August vergangenen Jahres die Prostituierte Lilly W. aus Goslar getötet zu haben. Nach derzeitigem Ermittlungsstand müsse davon ausgegangen werden, dass die DNA-Spuren am Körper der Toten mit einer Speichelprobe des mutmaßlichen Täters übereinstimmten. Erhärtet wird der Verdacht durch den Fund von Haaren des Opfers im Kofferraum des Wagens, den der Beschuldigte fährt. Horst A. streitet jede Tatbeteiligung ab.

Goslarer Tageblatt, Donnerstag, 07. Februar - Razzia im Goslarer Rotlichtmilieu - Menschenhandel und illegale Prostitution im *Gose-Bordell*?

In der Nacht zum 05. Februar wurde im stadtbekannten *Gose-Bordell* eine Razzia durchgeführt. Gegen die Betreiberin Anita W. und ihren Lebensgefährten Kurt S., Inhaber eines Schnellimbisses, wird der Vorwurf erhoben, in Menschenhandel, illegale Prostitution und Steuerhinterziehung verwickelt zu sein. In einem versteckten Kellergeschoss sollen Frauen als Sex-Sklavinnen ohne gültige Aufenthaltsgenehmigung gegen ihren Willen festgehalten und zur Prostitution gezwungen worden sein. Die Beschuldigten befinden sich in Untersuchungshaft.

Samstag, 14. Mai

Horst Adam war in einer schrecklichen Verfassung. Eine Folge von Missgeschicken hatte sein gesamtes Lebensgefüge zu Asche verbrannt. Jetzt saß er bereits seit drei Monaten in der Justizvollzugsanstalt Wolfenbüttel in

Untersuchungshaft und sah mit Schrecken der Gerichtsverhandlung entgegen. Das Ausmaß des Schadens war schon jetzt katastrophal! Er, ein angesehener Goslarer Bürger, würde morgen wie ein Schwerverbrecher neben Anita Wagner auf der Anklagebank sitzen!

Er lag mit dem Rücken auf dem Bett und starrte resigniert auf die kahle Decke seiner Zelle. Die kleine Klappe in der Tür wurde aufgedrückt und eine brummige Stimme sagte:

„Herr Adam, das Essen!"

Als ob man Hunger hatte, wenn um einen herum alles in Trümmern lag! Widerwillig erhob er sich und trug das Tablett zu einem Klapptisch, der an der Wand befestigt war.

„Guten Appetit, Herr Adam!"

Die Luke klappte wieder zu und es war still. Na gut, ein paar Bissen würde er schon hinunterbringen, aber nicht wieder dieses Zeug von gestern! Da hatten sie ihm doch tatsächlich Krautsalat aufgetischt! Er verabscheute alles, was mit Kohl zu tun hatte und verzog angeekelt das Gesicht. Mit trockenem Mund verzehrte er zwei Scheiben Brot und trank die Kanne Pfefferminztee leer, Alkohol wäre ihm lieber gewesen. Dann legte er sich aufs Bett und schloss die Augen.

Kurze Zeit später wachte er plötzlich auf, weil er kaum noch Luft bekam. Sein Atem ging pfeifend, er wollte aufstehen und stellte fest, dass sein Körper wie gelähmt war. Bevor er um Hilfe rufen konnte, hatte seine Luftröhre sich so verkrampft, dass kein Atemzug mehr hindurchging. Horst Adam starb so schnell und unauffällig, dass man erst am anderen Morgen seinen Tod bemerkte.

Die Sachverständigen der Gerichtsmedizin kamen zu dem Schluss, dass der plötzliche Tod durch Herzversagen einen Tag vor Prozessbeginn eine natürliche Ursache hatte.

Mittwoch, 18. Mai

Auf einem prachtvollen, steinernen Thronsessel, der sich in der schwarz ausgemalten Apsis einer ehemaligen, kleinen Hallenkirche befand, saß ein alter Mann mit langem weißen Haar und einem ebensolchen Bart. Auf dem Kopf trug er einen goldenen Helm mit zwei seitlich angebrachten Flügeln. Eine offene Feuerstelle aus Eisen beleuchtete zwei große Rabenvögel aus schwarzem Marmor. Sie hockten auf glänzenden Metallsäulen und stierten mit rot glühenden Augen ins Feuer.

Im Gewölbe der Apsis hing kein christliches Kreuz, sondern ein goldener Strahlenkranz aus Schlangenleibern, die sich gegenseitig auffraßen. Der Kranz stellte neben den Raben die einzige Zierde in dem fensterlosen Raum dar.

Der Alte hielt den Kopf gesenkt. Aufmerksam lauschte er dem Bericht eines Mannes, der ebenfalls in eine dunkle Robe gehüllt war und leicht gebeugt vor ihm stand.

Der auf dem Thron fragte den stehenden Mann eindringlich: „Du bist also sicher: er ist tot und es wird keine Spuren geben?"

„Nein, Hoher Fürst, es wird keinerlei Spuren geben. Die Kreatur ist ausgelöscht!"

Zufrieden lehnte sich der Alte zurück. Auf seiner blassen Haut spiegelten sich die Flammen der Feuerstelle und ließen die Augen seltsam dunkel und hohl erscheinen. Laut stimmte er einen monotonen Sprechgesang an, der unheimlich von den kahlen Wänden widerhallte. Er beschwor die Götter Odin und Thor, das Loch im Mantel ihrer Herrlichkeit wieder zu verschließen und den Namen des Frevlers aus dem Buch der Ahnen zu tilgen. In einem symbolischen Akt der Reinigung warf er ein paar Kleidungsstücke ins offene Feuer, darunter ein Slip aus Leopardenfellimitat.

EIN RÄTSELHAFTER KÖHLERMORD

Missgelaunt blickte Friedhelm Wollenweber auf seine schmutzigen Fingernägel. Wo war er hier gelandet? Der Hallenser hatte nicht viel übrig für die Besonderheiten der Umgebung und zeigte sich weder von den idyllischen Buchenwaldungen noch von der imposanten Hängebrücke über die Talsperre beeindruckt. Ihm fehlten seine Stammkneipen, die großen Supermärkte, der Autolärm, seine Kumpels und Frauen. Auch ein gelegentlicher Abstecher in die nahegelegene Westernstadt im Harz konnte das nicht wettmachen. Obwohl, ein Job in Pullman City hätte ihm erheblich besser gefallen als der Aufenhalt hier in der in der einsamen Köhlerei. Allerdings war Western-Musik überhaupt nicht sein Ding.

Seit einigen Wochen arbeitete er in der historischen Harzköhlerei bei Hasselfelde und war alles andere als zufrieden. Sein neuer Arbeitsplatz lag mitten im Wald und da er kein Auto besaß, musste er in einem der Wohnwagen hausen, die dicht neben den Kohlemeilern standen. Und dann der viele Ruß! Selbst auf den Fensterscheiben seiner Unterkunft lag eine schwärzliche Staubschicht und ließ nur wenig Licht nach innen dringen. Der einzige Lichtblick waren die Touristinnen, die aus allen Teilen des Landes in den Harz strömten und sich im Köhler-Shop mit Souvenirs eindeckten.

Na gut, in der Hochsaison war hier schon einiges los. Folkloristische Tanzmusik, Jodelgruppen und andere Events lockten die Gäste in eine aus Holz gezimmerte, überdimensionale Köhlerhütte oder ins Museum oder in den kleinen Tierpark. Besonders die riesige Spitzhütte, das Restaurant, war zu jeder Jahreszeit eine Attraktion und seit es die fast längste Hängebrücke der Welt über der Rappbodetalsperre gab, konnte sich die sonst eher stille Harzer Hochebene vor Zulauf kaum noch retten. Aber wem nützte das, wenn die Leute abends wieder verschwanden und Wollenweber allein in seinem Wohnwagen hockte. Immerhin gab es das Fernsehen.

Die ungewohnte Tätigkeit als Köhlergehilfe war für den ehemaligen Tischler einerseits echte Knochenarbeit und andererseits eine ziemlich öde Sache. Ohne jede Begeisterung hatte er seine Koffer gepackt und war aus seiner Heimatstadt Halle in die entlegene Siedlung bei Hasselfelde gezogen. Dem Mittvierziger schien, als sei er nun am Tiefpunkt seiner beruflichen Entwicklung angelangt. Eigentlich war ihm aber schon seit dem Fall der Mauer nichts mehr so richtig geglückt und wehmütig dachte er an seine feste Anstellung damals im VEB-Möbelkombinat „Parat" zurück.

Der hagere Mann, in dessen Zügen sich die Enttäuschung der vergangenen Jahre spiegelte, seufzte tief und urteilte, dass die Welt damals in der Deutschen Demokratischen Republik noch in Ordnung gewesen sei. Nun gut, es hatte einige Schwachstellen gegeben. Die Partei mischte sich in alles ein und bestimmte den Werdegang der Bürger und den Westen kannte man nur noch vom Hörensagen, aber Friedhelm, ein klassenbewusstes Arbeiterkind, hatte sich schon in seiner Jugend überzeugt der marxistischen Doktrin unterworfen.

Als junger Pionier hisste er begeistert die Fahne mit Hammer und Zirkel und empfing die Segnungen der atheistischen Jugendweihe. Sein fügsamer Gehorsam wurde belohnt und der strebsame Genosse durfte Privilegien genießen, die anderen verwehrt blieben. Dank

guter Beziehungen hatte er bereits nach vier Jahren Wartezeit einen Trabant geliefert bekommen.

Für Friedhelm Wollenweber war die überschaubare
Enge des spießigen DDR-Kleinbürgertums genau das
Richtige gewesen und er hätte alles dafür gegeben, sie
wieder zurückzuholen. Morgens wachte man sorglos auf,
widmete sich seiner Arbeit und in der Freizeit traf man
Freunde oder Genossen. Sein ganzes Leben lang hatte er
ohne Sorge an die Zukunft gedacht.

Und nun blickte er auf eine jahrelange Arbeitslosigkeit
zurück, in der er sich mit kleinen Gelegenheitsjobs über
Wasser gehalten hatte und das würde bis zur Rente so
weitergehen. Ohne Arbeit war der Mensch nichts wert
und in der DDR hatte es das Recht auf Arbeit gegeben.
Bis ans Ende seiner Tage würde er dem sozialistischen
Traum von einer besseren Welt nachtrauern.

Wütend biss er auf ein Stück Holz und stocherte damit
zwischen den Zähnen herum. Die irritierende Stille des
Waldes machte ihn ruhelos. Er wischte sich den Schweiß
von der Stirn. Die Mittagshitze im August brannte noch
immer mit 29 Grad auf die Dachpappe des Wohnwagens
und der mit einem traditionellen schwarzen Köhlerkit-
tel und einem roten Halstuch bekleidete Hilfsarbeiter
wünschte sich ganz weit weg.

Dabei hätte für Friedhelm eigentlich kein Grund zur
Sorge bestanden, im Gegenteil, er wartete auf eine sehr
große Geldsumme und wollte alsbald nicht nur der Köhlerei, sondern ganz Deutschland den Rücken kehren. In
Gedanken hatte er das Geld schon unzählige Male ausgegeben und sich davon eine Eigentumswohnung auf Mal-
lorca, ein schnelles Auto und teure Klamotten gekauft.
Doch der Geldsegen war bis jetzt ausgeblieben und er

knatterte noch immer frustriert mit seinem alten Moped, einer „Schwalbe", durch die Gegend.

Wie lange musste er sich denn noch gedulden, bis Dragan endlich den versprochenen Anteil rausrückte? Beim Gedanken an den serbischen Freund verschlechterte sich seine Laune erheblich und er sah der Verabredung am Abend mit gemischten Gefühlen entgegen. Wenn die letzten Besucher die Köhlerei verlassen hatten, wollte er sich mit Dragan treffen und für Klarheit sorgen.

Friedhelm war für die heutige Nachtschicht eingeteilt worden und an Schlaf war bis zur Ablösung am folgenden Morgen nicht zu denken. Auch durfte er sich nicht allzu weit entfernen, denn das Entzünden und Überwachen der Meiler gehörte zu den wichtigsten Aufgaben eines Köhlers. Er war dafür verantwortlich, dass der Verkohlungsprozess in den sorgsam aufgeschichteten Holzstößen gleichmäßig vonstatten ging, damit die fertige Holzkohle eine gute Qualität aufwies.

Ungeduldig nagte Friedhelm an seinem selbstgefertigten Zahnstocher. Der Höhepunkt des Jahres, das nostalgische Köhlerfest, stand kurz bevor und in einer Woche sollte die hochwertige Buchenholzkohle „geerntet" und an die Besucher des Festes verkauft werden. Das würde viel Arbeit und zahlreiche Überstunden bedeuten und der Hallenser hatte nicht vor, zu diesem Zeitpunkt noch im Harz zu sein. Wieder kehrten seine Gedanken zu dem Geld zurück und er hätte beinahe vergessen, dass die Meiler bald angezündet werden mussten.

Mit Dragans Anruf vor einigen Wochen hatte alles angefangen. Friedhelm lag an jenem Abend in der Wohnung seiner Freundin in Halle gemütlich auf dem Sofa, der Fernseher lief, als plötzlich sein Handy klingelte.

„Friedhelm?" „Dragan??"

„Mensch, Friedhelm, alter Freund, wie geht dir? Müssen treffen uns, hab ich was Großes am Laufen, ein Riesending! Ist auch für dich was drin! Ich muss haben gute Kollege mit hundert Prozent Vertrauen! Was machst du, hast du Zeit?"

Friedhelm schluckte. Wenn Dragan, ein serbischer Gelegenheitszuhälter, anrief, dann ging es immer um illegale Machenschaften, soviel war klar.

„Ja schon, ich hätte Zeit, hier läuft gar nichts. Was gibt's denn?"

Der Anrufer schien nervös.

"Kann ich nicht reden an Telefon. Musst du kommen. Hab ich gute Job für dich. Packst du Sachen, kommst du übermorgen um vier nach Rübeland in Gaststätte „Bergmönch", du weißt schon. Ich bezahle Fahrt!"

Ehe Friedhelm weitere Fragen stellen konnte, hatte der andere aufgelegt.

Friedhelm Wollenweber verspürte wenig Lust, wieder für Dragan zu arbeiten. Wegen ihm war er zu DDR-Zeiten im Gefängnis gelandet. Im Frühjahr 1989 hatten sie sich in Ostberlin kennengelernt und der Serbe hatte ihn für seinen kleinkalibrigen Devisenhandel angeworben. Friedhelm verfluchte sich noch heute wegen seiner Dummheit! Die Sache war schon kurze Zeit später aufgeflogen und noch immer klopfte sein Herz, wenn er daran dachte, wie er im Magdeburger Hauptbahnhof mit einem Bündel Westgeld in der Tasche verhaftet worden war. Während der Fahrt hatte er es im Abfallbehälter der Zugtoilette deponiert, laut Dragan eine absolut sichere Methode, um Devisen in die DDR zu schmuggeln. Kurz bevor der Zug anhielt, sollte Friedhelm das Päckchen wieder an sich nehmen und unauffällig aussteigen.

Genauso hatte er es auch gemacht, doch beim Verlassen des Zuges waren plötzlich zwei Männer in Zivil auf ihn zugekommen und hatten ihn mit finsteren Gesichtern aufgefordert, sie ins Gebäude der Zollkontrolle zu begleiten. Die Kerle ließen ihn keine Sekunde aus den Augen und es war Friedhelm nicht gelungen, das Päckchen mit dem Westgeld noch schnell los zu werden. Dragans Idee, den Müllbehälter im Klo als Versteck zu benutzen, erwies sich als ausgesprochen unprofessionell, denn die Toiletten waren das erste, was die Beamten der Staatssicherheit sich vornahmen, wenn sie mit ihren Spezialhunden die Züge durchkämmten.

Friedhelm landete in der Untersuchungshaftanstalt „Roter Ochse" und ging während der Zeit im Gefängnis schonungslos mit sich selbst ins Gericht. Verrat an den Zielen des Sozialismus musste bestraft werden und seine Verurteilung war ihm nicht einmal ungerecht erschienen.

Hätte er nur die Finger von dem windigen Dragan und dem verfluchten Westgeld gelassen!

Schon nach wenigen Monaten war er überraschenderweise wieder freigekommen und erfuhr, dass er seine vorzeitige Haftentlassung nur der liberalen Rechtsauffassung des verhassten Klassenfeindes verdankte. Die Mauer war während seines Gefängnisaufenthaltes gefallen und die Deutsche Demokratische Republik existierte nicht mehr. Friedhelm war schockiert. Verbittert dachte er an die Worte des Zentralratsvorsitzenden Erich Honecker, der im selben Jahr zum vierzigjährigen Jubiläum der DDR verkündet hatte: *Der Sozialismus auf deutschem Bo-*

den steht auf unerschütterlichen Grundlagen! Von wegen!

Friedhelm schaute auf die Uhr. In zehn Minuten musste er wieder an die Arbeit, aber die Zeit reichte noch für einen weiteren Abstecher in die Vergangenheit. Diesmal wollte er sich an das unerwartete Wiedersehen mit Dragan und seiner Schwester erinnern.

Zwei Tage nach dem Anruf im Mai hatte er den Zug von Halle nach Wernigerode genommen und war anschließend in den Bus nach Rübeland umgestiegen. Wie verabredet, hatte er Dragan in der Gaststätte „Bergmönch" getroffen. Nachdem sich die beiden Männer begrüßt hatten, eröffnete ihm der Serbe, dass jenes besagte Ding bald anlaufen würde. Mit Einzelheiten wollte er jedoch nicht herausrücken, wichtig sei nur, dass Friedhelm in der Nähe bliebe und jederzeit abrufbar wäre. Dragan verkündete stolz, dass er ihm für diesen Zweck einen prima Job besorgt habe, Unterkunft und Verpflegung inbegriffen, und er könne sofort anfangen, es sei gleich um die Ecke!

Der neue Job war ein Witz. Dragan hatte über den Ehemann seiner Schwester Maria, die in Rübeland verheiratet war, mit allen möglichen Arbeitgebern in der Umgebung Kontakt aufgenommen und das einzige, was sich auftreiben ließ, war die Beschäftigung als Köhlereigehilfe gewesen.

„Willst du mich verarschen?"

Er war fest entschlossen, am nächsten Morgen wieder zurück nach Halle zu fahren.

Dragan grinste nur und wiederholte seinen Plan. Innerhalb von zwei Tagen ohne jedes Risiko mehrere hunderttausend Euro zu verdienen, das konnte er doch nicht ablehnen! Nach einigem Hin und Her willigte Friedhelm schließlich ein und verlagerte eine Woche später seinen Wohnsitz in den Harz. Seitdem schaufelte er in der Nähe von Hasselfelde abgesiebte Holzkohle in große Papiersäcke, schichtete die Meiler auf und grübelte über Dragans Pläne nach. Wenn sich das angebliche Riesending als eine ebensolche Lachnummer erwies wie dieser Köhlerjob, dann wäre er besser in Halle geblieben.

Glücklicherweise hatte es nicht lange gedauert, bis Friedhelms Handy wieder geklingelt hatte. An einem Montag im Juni erklang Dragans aufgeregte Stimme.

„Kommst du heute Abend zu Maria! Müssen wir schnell Sache besprechen!"

Wie immer hielt er sich nicht mit Floskeln auf und beendete abrupt das Gespräch. Als Friedhelm mit seinem Moped ankam, sah er schon von weitem den weißen Mercedes mit Halberstädter Kennzeichen vor der Tür von Marias trautem Heim stehen. Der kleine Ort Rübeland, dessen Häuser sich Wand an Wand entlang der Straße an hohe Felsen schmiegen, wirkte wie ausgestorben. Die Tagestouristen waren verschwunden und die einheimische Bevölkerung, die nach der Wende stark abgenommen hatte, konsumierte das Fernsehprogramm. Noch bevor Friedhelm klingeln konnte, wurde die Tür aufgerissen. Man hatte wohl den knatternden Lärm seiner Maschine gehört.

„Friedhelm, altes Stinktier! Kommst du rein!"

Dragan drückte seine Hand fest wie ein Schraubstock und zog ihn ins Innere des kleinen Flurs, der in ein geräumiges Wohnzimmer überging. Dort thronte Maria inmitten von überbordendem Kitsch und blickte wenig erfreut auf den Gast. Gehäkelte Deckchen, künstliche

Blumengebinde, in Spitzenkleidchen gehüllte Puppen, gerahmte Fotografien und unzählige Heiligenbilder verzierten die Wohnlandschaft aus dunklem Eichenimitat, deren krönender Höhepunkt ein monströser Flachbildschirm war.

Friedhelm kannte Maria seit ihrem ersten Deutschlandbesuch vor vielen Jahren. Ursprünglich sollte er sogar mit ihr verkuppelt werden. Er erinnerte sich noch gut an den schönen Sommertag, als sie zu dritt in Dragans Golf-Cabrio kreuz und quer durch den Harz gefahren waren, um irgendwelche Sehenswürdigkeiten zu bewundern. Maria saß vorn neben Dragan, Friedhelm hinten und ihre schwarzen Haare flatterten im Wind. Er hatte sich unattraktiv und überflüssig gefühlt.

Die im Alter von einunddreißig Jahren noch immer unverheiratete Maria wollte unbedingt in die Nähe von Dragan ziehen. Ihre mütterlichen Instinkte drängten sie, dem Lieblingsbruder ein Nest zu bauen, in dem sie ihn umsorgen und vom Rotlichtmilieu der Großstädte weglocken konnte. Dazu benötigte sie zwei Dinge: einen finanziell abgesicherten deutschen Ehemann und eine abseits gelegene Kleinstadt. Friedhelm schien ihr für diese Zwecke überhaupt nicht geeignet zu sein. Ein Mann, der im Gefängnis gesessen hatte, stellte wohl kaum den passenden Umgang für den labilen Dragan dar, der seit Jahrzehnten haltlos zwischen zwei Kulturen hin und her pendelte.

Der Kuppelversuch mit Friedhelm misslang, doch das Manöver zeigte ungeahnte andere Folgen.

Als sie in Rübeland eine der berühmten Tropfsteinhöhlen besichtigten, erläuterte ihnen ein gewisser Robert Kramer die Entstehungsgeschichte der wundersamen

Stalagmiten. Schon während er die Besucher herumführte, zeigte er ein ausgeprägtes Interesse an Dragans Schwester und wich auch nach der Besichtigung nicht von ihrer Seite.

Der verwitwete Mechaniker hatte sich Hals über Kopf in die damals noch sehr hübsche Maria verliebt. Um ihre Adresse ausfindig zu machen, folgte er den drei Touristen wie hypnotisiert in die Gaststätte „Bergmönch" und setzte sich an den Nebentisch. Schweigend verzehrte er seine Currywurst und warf der schwarzgelockten Schönheit eindeutige Blicke zu. Bevor der wütende Dragan dem Mann etwas tun konnte, trat seine Schwester ihn unterm Tisch so fest vors Schienbein, dass er sich genötigt sah, die beiden gewähren zu lassen.

Dragan war zwar ein Macho, doch unter den Augen seiner Schwester verwandelte er sich in den kleinen Bruder und gehorchte zähneknirschend ihren Anweisungen. Nur durch diesen seltsamen Zufall war die Ehe zwischen der Serbin und dem Rübeländer Kramer zustande gekommen, die immerhin bis heute gehalten hatte.

Friedhelm sah sich neugierig um. Obwohl die Frau in das kleine Bergarbeiterhäuschen des Ehemannes gezogen war, konnte man glauben, sie würde es ganz allein bewohnen. Das gesamte balkantypische Dekor war so angeordnet, dass es vor allem dem Geschmack ihres Bruders entsprach, der hatte sich seit der Anwesenheit seiner Schwester in Rübeland zu einem Dauergast entwickelt und seine Geschäfte mehr und mehr in den Harzraum verlagert. Maria glaubte, ihn endlich gebessert zu haben und war glücklich.

Nur ihr Ehemann wusste, dass der windige Schwager seinen Lebensunterhalt in Wirklichkeit aus den Einnahmen einer Prostituierten bestritt, die in Halberstadt für ihn anschaffen ging.

Marias Leibesumfang hatte sich inzwischen beinahe verdoppelt und auch von der Schönheit der jungen Frau war nicht mehr viel übriggeblieben. Gleich nach seinem Eintreffen hatte Dragan gut gelaunt ausgerufen:

„Besuch, Marjella! Kennst du noch Friedhelm?"

Die Dame des Hauses lehnte sich zurück, verschränkte die Arme herausfordernd vor der Brust und zog die Mundwinkel spöttisch nach unten. Sie ließ keinen Zweifel daran, dass ihr der Gast überhaupt nicht zusagte. Schlechter Einfluss! Gemeinsam am Wohnzimmertisch sitzend, hatten sie dann über unwichtiges Zeug geredet und erst nach einer halben Stunde kam Dragan auf das eigentliche Anliegen zu sprechen. Mit einer knappen Kopfbewegung bedeutete er der Schwester, den Raum zu verlassen. Die beiden Männer wollten ungestört sein. Mühsam erhob sie sich, denn immerhin brachte die kleine Frau achtzig Kilo auf die Waage, schlurfte gehorsam in einen Nebenraum und schloss die Tür.

Die beiden Männer genehmigten sich einen Sliwowitz und der Besucher wartete gespannt auf die erklärenden Worte.

„Also, hörst du, mein Freund! Ganz gute Sache! Ich brauche Fahrer, nur ein, maximal zwei Tage! Gleich Montag!"

„Einen Fahrer, wozu denn das?" Friedhelm war erstaunt.

„Muss ich Fahrt machen nach Luxemburg, aber habe ich Probleme mit Knochen. Musste machen Operation an Hüfte, mit Kunstgelenk, weißt du. Geht schon besser, aber kann ich nicht lange mit Bein treten auf Gas." Dragan zwinkerte ihm verschwörerisch zu.

„Keine Angst, Aktion dauert nicht lange, Dienstag du bist zurück. Kannst du reich werden!"

Friedhelm verstand nicht, worauf er hinaus wollte.

„Sache ist so, mein Freund! Wir holen Geld und wenn Geld kommt, dann soll gehen in gemeinsame Projekt, verstehst du?"

Dragan sprang auf und lief zum Schrank. Er öffnete die Tür, holte eine Mappe heraus und setzte sich dann neben Friedhelm auf die Sessellehne. Sein geblümtes Hemd verströmte den Geruch von schwerem, süßlichem Aftershave und Friedhelm, der eine sehr empfindliche Nase hatte, hielt unwillkürlich die Luft an. Dragan deutete mit seinem dicken Mittelfinger, den ein schwerer, goldener Siegelring zierte, auf die Großaufnahme eines verfallenen Hauses.

„Da, das wird unser Club!" Er sprach es *Kluub* aus und behauptete, das desolate Gebäude müsse nur ein ganz klein wenig umgebaut werden, natürlich mit Schwarzarbeit, und die Leute hätte er auch schon.

Friedhelm schwante nichts Gutes.

„Was ist das für ein Club? Ich gehe nicht wieder für so eine blöde Idee von dir in den Knast wie damals!"

„Keine Angst! Wir machen selber Club auf mit Sex und Sauna und alles. Hier ist gute Lage, diskret, Leute kommen und treffen schöne Frauen. Keiner kennt, verstehst du?"

Friedhelm verstand gar nichts. Das alte Schlitzohr wollte hier, wo der Hund verfroren war, einen Sex-Club eröffnen? Der hatte sie ja nicht mehr alle! Und noch immer hatte er nicht verraten, wovon das Ganze eigentlich finanziert werden sollte. Dragan redete und redete. Er könne das nicht alleine machen, er brauchte einen Geschäftspartner mit deutschem Pass und diese Rolle war Friedhelm zugedacht. Triumphierend blickte er ihn an.

„Na, ist das genialische Idee? Hier gibt weit und breit kein Bordell, diskrete Lage, Leute kommen, wirst du sehen! Scharfe Frauen kriegst du billig von überall."

Er lachte und trank das dritte Glas mit Sliwowitz in einem Zug aus. Dann schenkte er für beide nach und zündetet sich eine Zigarette an.

„Haus ist ganz in der Nähe, ich zeige dir morgen!"

Genervt betrachtete Friedhelm eine winzige Tänzerin aus Porzellan, die auf einem Vertiko stand und sich drehte.

„Woher soll denn das Geld kommen?"

Der Serbe wich aus. „Ich sage dir Montag, wenn soweit ist, versprochen!" Dann fiel ihm seine Schwester wieder ein.

„Maria darf von Sex-Projekt nichts wissen!"

Dragan erhob sich. „Marjella!"

Als sie den Kopf durch die Tür steckte, verbreitete sich der appetitliche Duft von Knoblauch, geröstetem Fleisch und anderen Gewürzen im Raum und Dragan lud Friedhelm ein, sich an den gedeckten Tisch im Esszimmer zu begeben. Maria war eine ausgezeichnete Köchin und beim Essen vergaßen sie vorerst sämtliche Pläne. Sie sahen sich noch gemeinsam einen Film an und am späten Abend stieg Friedhelm auf sein Moped und kehrte in die Köhlerei zurück. Noch immer wusste er nichts genaues über die bevorstehende Aktion.

Am folgenden Tag holte Dragan ihn ab und sie fuhren in Richtung Hüttenrode. Am Ende der kleinen Ortschaft stand ein verlassenes, ehemaliges Kurhaus, dessen sämtliche Fensterscheiben zerbrochen waren und das einen baufälligen und verwahrlosten Eindruck machte. Mindestens seit fünfzig Jahren war das Gebäude nicht mehr renoviert worden und Friedhelm konnte sich nicht vorstellen, wie aus der Ruine ein einladendes Bordell werden sollte.

Dragan war anderer Meinung und schilderte aufgekratzt, welche Arbeiten wie und wo vorgenommen werden mussten. Während er hektisch hin und herlief, behauptete er, dass der zu erwartende Geldbetrag ausreichen würde, um das Haus in ein Schmuckstück zu verwandeln. Seine Augen leuchteten vor Begeisterung, doch die Pupillen waren unnatürlich geweitet. Zweifelnd ließ Friedhelm die Besichtigung über sich ergehen und nachdem er während der Fahrt mehrfach vergeblich versucht hatte, Näheres über die ominöse Geldaktion zu erfahren, gab er missmutig auf.

Zwei Tage waren seitdem vergangen, doch Friedhelm hatte noch immer nicht gewagt, seinen Chef um Sonderurlaub zu bitten. Zu zweit befüllten sie gerade Papiersäcke mit der Aufschrift „Harzer Holzkohle". Friedhelm hielt den Blick verlegen gesenkt.

„Ich müsste nächsten Montag mal weg, geht das?"

Er befürchtete, eine ablehnende Antwort zu bekommen, doch Paul Seltmann, der die Säcke mit einem Hanfseil verknotete, sah ihn nur neugierig an.

„Wir reden später drüber, im Büro!"

Er wollte Zeit gewinnen und sich überlegen, ob er dem Ansinnen des Neulings nachkommen sollte oder nicht. Eigentlich tat ihm der verschlossene Mann irgendwie leid. Er hatte bisher immer so gewirkt, als ob ihn gar nichts interessieren würde. Nur wenn man auf die alten DDR-Zeiten zu sprechen kam, dann taute er ein wenig auf.

Ach ja, die dahingegangene Welt der Deutschen Demokratischen Republik! Auch Seltmann dachte manchmal voller Wehmut an sie zurück, doch wiederhaben wollte er die sozialistische Planwirtschaft auf gar keinen Fall. Nur was die Köhlerei betraf, da fiel der Vergleich mit der neuen Wirtschaftsordnung eher negativ aus.

In sechzehn großen Stahlöfen hatten sie hier zu DDR-Zeiten Holzkohle gebrannt und zwölf Mann hatten bis in die Nacht hinein gearbeitet, um den staatlichen Absatzplan zu erfüllen. Sie belieferten Großhändler in der Bundesrepublik mit hochwertiger Grillkohle, denn das brachte Devisen. In den besten Zeiten hatten sie jährlich fast tausend Tonnen Holzkohle produziert, um mit den anderen Betrieben den industriellen Bedarf im eigenen Land zu decken. Allerdings erst nach der Verstaatlichung in den siebziger Jahren und die hatte wiederum ihre eigenen merkwürdigen Blüten getrieben.

Stolz erfüllte den studierten Forstingenieur auch, wenn er an die schonende Waldwirtschaft dachte, die bereits während der sozialistischen Zeiten praktiziert worden war. Von den Kollegen im Ostharz hätten die im Westen einiges lernen können! Da wurden nicht ganze Waldbestände abgehauen und mit Fichtenmonokulturen wiederaufgeforstet, sondern dafür gesorgt, dass der ursprüngliche Mischwald erhalten blieb. Die Köhlereien im Ostharz bezogen ihr Holz im wesentlichen aus Durchforstungseingriffen und die Meilerplätze befanden sich demzufolge nicht auf kahlen, öden Flächen, sondern waren malerisch von Bäumen umgeben.

Der Fall der Mauer hätte für die Hasselfelder Köhlerei beinahe das Ende bedeutet und die Idee mit dem Museum war dem sechsundfünfzigjährigen Harzer gerade noch rechtzeitig gekommen. Er war glücklich, das alte Handwerk vor dem Untergang gerettet zu haben.

Die Konkurrenz aus dem Westen hatte weite Teile des ostdeutschen Mittelstandes vernichtet und auch von der einst so großen Produktionsstätte der Köhler war nicht allzuviel übrig geblieben. Jetzt teilten sich drei Kohlenbrenner die eher gemütliche Arbeit in dem bescheidenen Museumsbetrieb, die nur hektisch wurde, wenn in der Sommersaison die Besucherzahlen anstiegen.

Die Gastonomie in der großen Köhlerütte war eigentlich nur als Nebenerwerb gedacht gewesen, hielt aber die eher brotlose Köhlerei wirtschaftlich am Leben. Das Projekt mit der überdimensionalen Holzhütte mit kulinarischen Spezialitäten war voll aufgegangen und Seltmanns Konzept mit dem Dreiklang von Natur, Regionalgeschichte und Gastronomie hatte sich bestens bewährt. Er war stolz auf sich, denn das Verschwelen des Holzes in den historischen Meilern heutzutage noch erleben zu können, war eine kleine Sensation.

Als die gefüllten Säcke verladen waren, gingen die beiden Männer zusammen ins Büro.

„Setz dich, Friedhelm, und erzähle mal. Wo willst du denn hin?"

Mit einer frei erfundenen Geschichte begründete der,

warum er unbedingt weg müsse. „Hab ´ne alte Tante, die ist allein. Wohnt in Dortmund. Die ist krank geworden, liegt im Krankenhaus, ist was Ernstes. Ich soll sofort kommen, sagen die Ärzte. Die hat sonst keinen."

Seltmann staunte. So, so, eine Verwandte wollte er besuchen. Eigentlich konnte er ihn in der Hauptsaison nicht gut entbehren und so kurz vor dem Köhlerfest einen ganzen Tag frei zu nehmen, das war frech!

„Na gut, wenn es sein muss, aber nur einen Tag, das muss reichen!" Er runzelte die Stirn.

„Dienstag stehst du wieder auf der Matte!"

Friedhelm war aufgestanden und erleichtert in seine Unterkunft zurückgeeilt. Gespannt sah er dem Wochenende engegen. Am Sonntag Abend wollte Dragan mit ihm nach Halberstadt fahren und von dort aus sollte es losgehen.

In der Nacht vom Sonntag zum Montag warteten Dragan und Friedhelm in Halberstadt vor einer Villa darauf, dass der Besitzer endlich sein Haus verließ. Draußen war es dunkel, im Auto lief die Standheizung. Für die Umsetzung ihres Vorhabens hatten sie einen unauffälligen grauen Wagen gemietet und erst jetzt war Dragan endlich mit seinen Absichten herausgerückt. Sein Plan hatte irgendwie einleuchtend geklungen.

Der Geschäftsmann, vor dessen Haus sie nun saßen, war mit dem millionenschweren Bauprojekt *Halberstädter Einkaufszentrum* als Retter der regionalen Wirtschaft gefeiert worden, so lange, bis das vielversprechende Projekt in einer Riesenpleite unterging. Doch der Bauherr Jochen Watecky hatte vorgesorgt und Gelder beiseite geschafft. Inzwischen stapelten sich Unmmengen von Geldscheinen in seinem Haus und um dieses Schwarzgeld langfristig anzulegen und dem Zugriff der Behörden zu entziehen, war er nun mit mehreren hunderttausend Euro auf dem Weg nach Luxemburg.

Nach Dragans Plan sollten die beiden Männer ihm so lange folgen, bis er irgendwo eine Pinkelpause einlegte und aus dem Fahrzeug stieg. Dann würden sie ihn mit vorgehaltener Pistole zwingen, ihnen das Geld auszuhändigen. Auf Friedhelms zweifelnde Frage, ob der Mann das Geld denn herausrücken würde, ohne hinterher die Polizei zu rufen, hatte Dragan nur gelacht.

„Wirst du sehen, macht der kein Problem!"

Denn wie sollte ein Mann, der im Amtsgericht Halberstadt an Eides statt versichert hatte, vollkommen mittellos zu sein, der Polizei erklären, woher das viele Geld stammte?

Es war schon gegen Mitternacht, Dragan paffte eine Zigarette nach der anderen und wurde immer aufgekratzter. Friedhelm wäre beinahe verrückt geworden. Er hatte den Freund bereits mehrfach gebeten, im Wagen nicht zu rauchen, doch der ignorierte seine Bitten hartnäckig.

Friedhelm grauste vor dem Moment, in dem sie die Limousine abfangen würden. Wenn der Mann nun auch eine Waffe hatte? Dragan besaß jedenfalls eine Pistole der Marke Ceska und mit Waffen, da konnte sonst was passieren. Unsanft stieß ihm der Serbe den Ellenbogen zwischen die Rippen.

„Es geht los! Er kommt!"

Etwa um zwei Uhr morgens öffnete sich das Tor der Tiefgarage und eine Limousine glitt heraus. Der Fahrer, ein etwa sechzigjähriger Mann mit lockigem, silbergrauem Haar und einer Stirnglatze, bemerkte die beiden Beobachter nicht. Der schwarze Wagen fuhr auf der taufeuchten Straße in gemäßigtem Tempo davon und mit Friedhelm am Steuer fogte ihnen der graue Kleinwagen.

Der Immobilienhändler Jochen Watecky bemühte sich um unauffällige Fahrweise und korrekte Überholmanöver, um in keine Kontrolle zu geraten. Der etwas verkrampft hinter dem Lenkrad Sitzende schaute immer wieder besorgt in den Rückspiegel. Ihm kam es so vor, als würde ein grauer Opel seit einer Weile hinter ihm herfahren, aber vielleicht täuschte er sich auch. Wenn irgendjemand von seinem Vorhaben wusste und ihn auf einem einsamen Parkplatz anhielt, was dann? Er musste versuchen, ohne Pause durchzufahren.

Ob Nicky geredet hatte? Gegen ihre Verführungskünste war er einfach machtlos, doch als sein Hormonspiegel wieder gesunken war, hatte Watecki sofort bereut, der jungen Halberstädter Prostituierten seine Pläne verraten zu haben. Damit sie den Mund hielt, hatte er ihr eine Reise in die Karibik versprochen. Die Vorstellung, sich mit der jungen Frau am Palmenstrand zu sonnen, ließ ihn noch jetzt während der Fahrt vor Wonne erschauern.

„Du hast es bald geschafft, Jochen!", sagte er beschwörend zu sich selbst und schaltete das Radio wieder aus. Gott sei Dank keine Staumeldungen. Der Montagsverkehr brachte viele Pendler auf die Autobahn, doch zu dieser frühen Stunde zeigten sich die Straßen noch angenehm frei und er war ja bisher auf der A 5 ganz zügig vorangekommen.

Entnervt regelte er erneut die Klimaanlage seiner komfortablen Limousine. Ihm war dauernd entweder zu warm oder zu kalt, aber wahrscheinlich lag es an der übergroßen Anspannung, dass er abwechselnd fror oder schwitzte. Nur zu gern hätte er die Fahrt in Begleitung unternommen, aber das war unmöglich. Kein Mensch durfte auch nur ahnen, wohin er unterwegs war und zu welchem Zweck.

Die ganze Angelegenheit war kompliziert. Der Immobilienkaufmann war in Halberstadt mit der Umsetzung eines gewagten Bauprojektes gescheitert und musste sich rechtzeitig absetzen, bevor die Scherben zusammengekehrt wurden. Im Auftrag der renommierten Harz-Gebirgs-Bank hatte der gelernte Bankfachwirt im Rahmen einer Zwangsversteigerung einen Gebäudekomplex mit 4000 m² Nutzungsfläche erworben. Der aus Treuhandgeldern nach der Wende eilig hochgezogene Betonkomplex stand seit Jahren zu großen Teilen leer, war überholt worden und sollte ein gewinnbringendes Einkaufszentrum werden.

Mit der Vermietung der zahlreichen Gewerbeflächen hatte Watecky im Namen der Bank eine Maklerfirma beauftragt, die HIW-GmbH. Das kleine Unternehmen schien ausgesprochen emsig zu sein und hatte behauptet, eine Räumlichkeit nach der anderen erfolgreich vermietet zu haben. Für die fantastischen Vermittlungserfolge wurden ebenso fantastische Rechnungen ausgestellt, die bei Watecky eingingen und er leitete sie an die Bank weiter. Das Projekt war gut voran gekommen. Die Harz-Gebirgs-Bank zahlte willig und sechs- bis siebenstellige Summen wechselten den Besitzer.

In Wahrheit hatte Watecky die Maklerfirma HIW

GmbH unter dem Namen seines Sohnes gegründet und der Bank als seriösen Dienstleister untergeschoben. Sämtliche Vermittlungshonorare flossen anämlich uf seine eigenen Konten und auch mit den angeblich interessierten Mietern verhielt es sich ähnlich. Kein einziger Mietvertrag war zustande gekommen, dennoch waren alle gefälschten Rechnungen von der Harz-Gebirgs-Bank brav beglichen worden waren, ohne die dubiosen Aktivitäten des externen Mitarbeiters zu überprüfen.

Als das ganze Debakel aufgeflogen und die zweifelhaften Immobiliengeschäfte an die Öffentlichkeit gedrungen waren waren, kamen die Untersuchungen nur schleppend voran, Watecky konnte nicht der einzige gewesen sein, der in den Immobilienskandal verwickelt war, doch die finanziellen Transaktionen waren absichtlich so undurchschaubar vollzogen worden, dass die Behörden mit den Fallrecherchen nicht voran kamen.

Watecky hatte in aller Ruhe seine Geldtransfers abgeschlosssen und das große Summen als Bargeld dem Zugriff der Behörden entzogen. Ein Finanzgenie hatte das kriminelle Kunststück vollbracht, mit nicht erbrachten Leistungen schwerreich zu werden.

Watecky atmete auf. Alles war bestens geregelt. Seine Villa im Zentrum der historischen halberstädter Altstadt hatte er schon vor Jahren ganz offiziell seinem Sohn überschrieben und die 80.000 Euro-Limousine, in der er jetzt saß, hatte er in einem unzugänglichen Teil seiner Tiefgarage versteckt. Nach der Fahrt ins Steuerparadies, wenn der Geldtransfer geglückt war, wollte er sich absetzen und von den Zinsen seines Vermögens auf einem Nummernkonto leben.

Friedhelm war sauer. Im Auto stank es nach Rauch

und obwohl sie dem Kerl schon seit Stunden gefolgt waren, hatte er noch keine einzige Pause eingelegt. Dragan drehte das Radio lauter. Er wollte sich seine Nervosität nicht anmerken lassen und summte munter eine bekannte Melodie mit. Dafür hätte ihn Friedhelm am liebsten aus dem Wagen gestoßen.

Der Serbe kämpfte gegen die Müdigkeit und erzählte Friedhelm, wie er überhaupt an die Informationen gekommen war. Seit Nicky, sein gehorsames Rennpferdchen, ihm vor ein paar Wochen mitgeteilt hatte, dass einer ihrer Stammkunden demnächst sehr viel Bargeld zur Seite schaffen wollte, hatte er kaum noch geschlafen. Sie war am Telefon so aufgeregt gewesen, dass er anfangs nicht verstehen konnte, worum es überhaupt ging und als es endlich bei ihm geklickt hatte, war er sofort nach Halberstadt gefahren, um Nicky sämtliche Details zu entlocken.

Zunächst hatte sie geglaubt, der Mann, ein Freier, würde spinnen und wolle sie nur mit irgendwelchen Angebereien beeindrucken. Der Watecky war betrunken bei ihr zuhause gewesen und hatte behauptet, der reichste Schuldner von Halberstadt zu sein. Bei dem Wort *reich* war Nicky hellhörig geworden. Zielstrebig hatte sie begonnen, ihn zu verführen und Watecky, der nur zu gern glauben wollte, dass die Lustschreie der Prostituierten echt waren, hatte nach Luft japsend verraten, dass er schon vor der Konkursabwicklung seines Unternehmens Unmengen von Bargeld beiseite geschafft hatte und die ganze Kohle demnächst in Luxemburg einlagern wollte.

Bevor er ging, hatte er sie beschworen, bloß mit niemandem darüber zu reden und gefragt, ob sie mit ihm zusammen in der Karibik ein paar Wochen Urlaub machen wolle? Aber nur, wenn sie dicht hielt! Nicky hatte begeistert zugestimmt und gefragt, wann er denn nach Luxemburg fahren würde und ob sie mitkommen dürfe? Die Zweiundzwanzigjährige dachte nicht im Traum daran, unbezahlte Zeit mit dem fast vierzig Jahre älteren Mann zu verbringen, aber es war ihr tatsächlich gelungen, den genauen Termin der Fahrt zu erkunden. Und Dragan auf die Fährte zu locken.

Friedhelm war müde und ausgelaugt. Sie befanden sich bereits in der Nähe von Limburg und noch immer hatte der Kerl kein einziges Mal angehalten! Hatte der sich eine Windel umgelegt? Machten sie am Ende die weite Fahrt umsonst? Plötzlich riss der Serbe an Friedhelms Arm und das Fahrzeug schlingerte.

„Blödmann, lass mich los!" Friedhelm brüllte ihn an und der nervöse Beifahrer lockerte seinen Griff.

„Da, da, der biegt ab! Schnell, hinterher!"

Mit quietschenden Reifen gelang es gerade noch rechtzeitig, den Wagen in die Ausfahrt zu einer Raststätte zu lenken und der Limousine zu folgen. Friedhelm schimpfte.

„Das hat der jetzt bestimmt gemerkt, du Idiot, der hält jetzt nicht mehr an!"

Gebannt starrten die beiden Männer auf das vorausfahrende Auto.

Jochen Watecki, der seine Notdurft über viele Stunden hinausgeschoben hatte, nahm augenblicklich nichts wahr außer einem quälenden Harndrang, der ihn zwang, die Fahrt zu unterbrechen. Die Schwäche seiner Blase kam ihm sehr ungelegen, doch er musste jetzt anhalten.

„Scheiße, ich pisse mir noch in die Hose!" Prüfend blickte er in den Rückspiegel, konnte aber in der kurvenreichen Zufahrt kein Fahrzeug ausmachen. Wenn er Glück hatte, schaffte er es gerade noch eben bis zum Klo. Hektisch suchte er die Gegend nach einem Parkplatz ab und blieb schließlich einfach neben einer Zapfsäule stehen. Er riss die Wagentür auf und rannte in das Tankstellengebäude, um sich den Schlüssel zu holen. Dann war er in einer kleinen Seitentür verschwunden.

Friedhelm sah Dragan grimmig und schadenfroh zugleich an.

„Siehst du, ich hab's ja gesagt, das wird wieder nix!" Ihm war es ganz recht, dass ihr Plan scheiterte, denn auf einer Raststätte konnten sie den Überfall wohl kaum ausführen. Nichts lief nach Plan und er hatte Angst. Die Vorstellung, mit einer Waffe in der Hand die Herausgabe des Geldes zu verlangen, hatte ihn während der Fahrt immer mehr entsetzt.

Ihr grauer Opel, dessen Fenster getönt waren, stand mit laufendem Motor nicht weit von Wateckys Limousine entfernt in einer Parkbucht. Friedhelm stieß einen Fluch aus.

„Den teuren Sprit hätten wir dann wohl umsonst ausgegeben!"

Sein Mund war trocken und seine Beine vom langen Sitzen völlig verkrampft. Dragan kaute nervös an seiner Unterlippe.

„Und wenn fährt über Grenze? Dann weg!" Sein Plan, der im Kopf so brillant gewirkt hatte, drohte zu scheitern und er suchte fieberhaft nach einer neuen Strategie.

Watecky kam aus der Tankstelle und Friedhelms Herz

raste vor Schreck. Dragan sagte entschlossen: „Wir gehen raus, los, wir machen jetzt!" Dabei stieß er ihm schmerzhaft seine Faust in die Rippen und der befehlende Klang seiner Stimme duldete keinen Widerspruch. Friedhelm stieg aus und kam mit weichen Knien neben dem Auto zu stehen. Dragan zog ihn mit sich und sie erreichten die Limousine zeitgleich mit dem Geschäftsmann. Dragan stellte sich dicht neben die Tür und drückte dem überraschten Mann die Pistole in die Seite.

„Ich knall dich ab, ich schwöre dir! Machst du Tür auf!"

Sofort wurden die Autotüren mit einem leisen Klack entriegelt und Dragan riss Watecky das Schlüsselbund aus der Hand. Friedhelm war unfähig, sich zu bewegen und starrte mit hängenden Armen ins Wageninnere.

„Wo ist Geld?"

„Welches Geld? Ich verstehe nicht..."

Dragan drückte fester und zischte:

„Ich knall dich ab!"

„Hinten, im Kofferraum."

Jochen Wateckys angstvolles Flüstern war kaum zu verstehen. Der Geschäftsmann war in seinem ganzen Leben noch nie mit brutaler Gewalt konfrontiert worden und konnte vor Angst nicht mehr klar denken. Es gab bestimmt einen Ausweg aus diesem Albtraum, aber er kam einfach nicht drauf, welcher es war. Vorn im Handschuhfach lag eine Pistole, eine kleine, handliche Waffe, die er vor vielen Jahren für seine Frau besorgt hatte.

Wenn sie noch lebte, schoss ihm durch den Kopf, wäre das alles nicht passiert. Sie hätte ihm die Betrügereien ausgeredet und wenn das Geld da hinten im Kofferraum sauber wäre, könnte er jetzt wie ein ganz normaler Bürger reagieren und um Hilfe rufen! Doch ihm würden nicht einmal die Videoaufnahmen etwas nützen, die in diesem Moment von der Überwachungskamera vermutlich aufgezeichnet wurden. Wie waren die Männer bloß auf ihn gekommen? Nicky?? Dieses Drecksweib!

„Friedhelm, los, gehst du zu Kofferraum, nun mach schon!"

Dragans Stimme drang aus der Ferne wie durch Watte zu Friedhelm durch. Er brauchte eine Weile, bis er verstand, dass er gemeint war und setzte sich langsam in Bewegung. Verwirrt tastete er an der Kofferraumtür herum, bis er an den Hebel stieß, der beinahe unauffindbar am unteren Rand verborgen war. Die Tür schwang in die Höhe und Friedhelm geriet in Panik. Er sah keinen Koffer mit Geld, nur unzählige, übereinander geschichtete Pappkartons.

Ein Blick in Dragans vor Wut versteinertes Gesicht und seine zusammengekniffenen Augen überzeugten ihn, dass er nicht länger ein hilfloser Akteur bleiben durfte, es musste schnellstens ein Durchbruch erzielt werden.

Sie standen noch immer allein an der Zapfsäule. Ein paar Laster waren vorbeigefahren, doch die Frau, die müde ihre Frühschicht im Inneren der Tankstelle versah, hatte ihnen einen interessierten Blick zugeworfen. Für uneingeweihte Beobachter waren sie nur drei Männer, die ein harmloses Gespräch führten, wenn die Frau länger hinsah, könnte sie misstrauisch werden.

Friedhelm kam wieder nach vorn.

„Da hinten ist kein Koffer, nur Kartons!"

Irgendwie hatte er gedacht, das Geld müsse in einem

Koffer sein, so wie man das in Filmen sah.

Der Druck des Pistolenlaufes in Wateckys Seite wurde schmerzhafter. Sterben wollte er auf gar keinen Fall und der mit der Waffe machte nicht den Eindruck, als ob er noch lange die Nerven behalten würde.

„Idiot, wo ist Geld?"

„Ich habe es wegen der Zollkontrollen zwischen Kartons mit Papierhandtüchern versteckt."

Friedhelm mischte sich ein. „Da hinten sind aber ganz viele Kartons, welcher denn?" Dragan zischte: „Welcher Karton? Los, sagst du schnell, du Arsch!"

Seine Stimme zitterte vor Wut.

Watecki zögerte. Der Albtraum musste ein schnelles Ende finden, sein Herz würde dieser Belastung nicht lange stand halten, er glaubte schon, die warnenden Vorzeichen eines zweiten Infarktes zu spüren. Dennoch log er: „Nur die eine Kiste ganz unten links."

Friedhelm widmete sich wieder dem Inhalt des Kofferraumes. Seit seiner Jugend trug er stets ein scharfes Klappmesser bei sich und man hörte, wie er damit Pappe aufschlitzte. Das Geräusch löste bei Watecky einen weiteren Angstschub aus. Osteuropäische Banden gingen äußerst brutal vor und ließen ihre Opfer selten am Leben! Sein Herz stolperte und plötzlich tat ihm die ganze linke Seite furchtbar weh.

Friedhelm hielt den geöffneten Karton unterm Arm.

„Ist in Ordnung, Geld ist drin, wir können abhauen!"

„Sicher??"

„Ja, hundert pro! Der Karton ist voller Geld. Los, komm, die Frau in der Tankstelle beobachtet uns. "

Dragan erschrak, öffnete schnell die Fahrertür der Limousine und blaffte Watecky an.

„Steig ein, Arschloch!"

Gehorsam sank der kreidebleiche Mann auf den Sitz und umklammerte hilfesuchend das Lenkrad. Käme er jetzt an die Pistole im Handschuhfach? Würde das noch was nützen? Der bewaffnete Dragan setzte sich neben ihn, gab ihm den Schlüssel zurück und sagte: „Fährst du da rüber, aber schnell!"

Währenddessen ging Friedhelm wie im Traum mit dem Karton zu ihrem Opel und eine Minute später stand Wateckys Limousine auch schon neben ihnen in der Parkbucht. Dragan nahm dem Geschäftsmann das Schlüsselbund wieder ab und ließ von außen die Zentralverriegelung zuschnappen. In ihrem Mietwagen sitzend zählten sie hastig die in Klarsichtfolie abgepackten, zwischen Papierhandtüchern versteckten Hunderteuroscheinbündel durch. Eine grobe Berechnung ergab die Summe von Zweihunderttausend und löste Enttäuschung aus. Das war erheblich weniger als erwartet.

Dragans Gedanken überschlugen sich. Sollten sie weitersuchen? Besorgt blickte er sich um. Sämtliche Zapfsäulen an der Tankstelle waren inzwischen besetzt und neben ihnen hatte gerade das Auto einer fünfköpfigen Familie eingeparkt. Die Kinder sprangen aus dem Wagen und begannen munter, dem versteinert da sitzenden Watecky zuzuwinken. Der Serbe erkannte, dass sie die Kontrolle über den Geschäftsmann verloren hatten. Es war vorbei. Missmutig bedeutete er Friedhelm, sofort loszufahren und sie verließen die Raststätte mit aufheulendem Motor. Nach einigen Kilometern öffnete Dragan das Fenster und schleuderte Wateckys Schlüsselbund auf den Seitenstreifen. Bei der nächsten Ausfahrt verließen sie die Autobahn und kehrten in entgegengesetzter Richtung zügig nach Rübeland zurück.

Jochen Watecky hatte kaum gewagt, zu atmen. Erst nachdem das Auto der Männer verschwunden war und ein paar Kinder um seinen Wagen herumhüpften, erwachten seine Überlebensinstinkte. Die Schmerzen hatten nachgelassen. Er holte den Ersatzschlüssel aus dem Handschuhfach, startete den Wagen und beeilte sich, schnellstens weiter zu kommen. Ab sofort keine Pausen mehr! Lieber würde er sich in die Hose machen, als noch einmal anzuhalten!

Allmählich bekam sein Gesicht wieder Farbe. Was für eine unglaubliche Farce hatte sich da eben abgespielt? Er schnaubte verächtlich. Die beiden Idioten gehörten ganz bestimmt nicht zur osteuropäischen Mafia. Das waren armselige Dilettanten gewesen und er hatte sich von denen einschüchtern lassen. Er kam sich vor wie der letzte Trottel. Die waren nicht einmal auf die Idee gekommen, in den anderen Kartons nachzusehen und hatten sich mit dem lächerlichen Betrag von 200.000 Euro begnügt! Der Verlust tat weh, doch war zu verschmerzen. Insgesamt hatten sich Scheine im Wert von etwas über einer Million Euro im Auto befunden und neunhunderttausend waren noch in seinem Besitz!

Watecky beglückwünschte sich zu der Idee mit den Papierhandtüchern, die ihm sein belgischer Freund geliefert hatte. Es war zwar mühselig gewesen, das ganze Geld zu verpacken, aber es hatte sich wirklich gelohnt.

Ursprünglich hatte er die Entwicklung der polizeilichen Untersuchungen abwarten wollen, um die schöne

Stadt am Harzrand nicht eher verlassen zu müssen als nötig. Doch die Notwendigkeit einer überstürzten Flucht war schneller eingetreten als erwartet.

Freitag Nacht hatte sein Handy geklingelt. Der Geldanlageexperte der Harz-Gebirgs-Bank brauchte sich nicht mehr vorzustellen, denn die beiden Männer hatten sehr oft miteinander telefoniert. Watecky verdankte Richard Garbmann den geglückten Verlauf seiner lukrativen Geschäfte und freute sich immer, dessen Stimme zu hören. Doch diesmal hatte ihn das kurze Telefonat in höchste Alarmbereitschaft versetzt.

Der Banker hatte vor Aufregung laut in den Hörer geschrieen.

„Die Staatsanwaltschaft will einen Haftbefehl gegen dich erwirken! Dann bin ich auch bald dran. Wir müssen uns sofort absetzen!"

Watecky war in den Keller gerannt, hatte die leeren Kartons nach oben geholt und neben den Tresor gestellt. Das jähe Ende seiner Glückssträhne hatte ihn dann gezwungen, sich als Verpackungskünstler zu betätigen und das gesamte Bargeld war in unauffälligen Kartons verschwunden. Die Pappkartons, die laut Aufschrift Einmalhandtücher enthielten, hatte er professionell versiegelt und mit zweihundert weiteren Kartons, die wirklich Papierhandtücher enthielten, ordentlich im Kofferraum seines Wagens verstaut. Reisende aus Deutschland ließ man an der Grenze nach Belgien problemlos passieren.

Wateckys Limousine schwebte beinahe geräuschlos über die Autobahn. Erleichtert stellte er fest, dass ihm jetzt niemand mehr folgte und er begann sich langsam wieder zu entspannen. Kurz vor der Luxemburger Grenze änderte er die Fahrtrichtung. Sein Magen knurrte laut.

Ja, er verspürte einen gewaltigen Appetit und dachte voller Vorfreude an das delikate Mahl, das man ihm bald in der belgischen Stadt Malmédy servieren würde. Dort wohnte René, ein alter Geschäftsfreund, und erwartete gespannt seinen Besuch. Der Belgier belieferte Hotels und Restaurants in ganz Europa und hatte ihn vor den Stichprobenkontrollen der Zollfahnder im Grenzbereich nach Luxemburg gewarnt.

Eigentlich neigte Watecky nicht zu übertriebener Vorsicht und außerdem war man ja durch das Schengener Abkommen vor wahllosen Grenzkontrollen geschützt. Doch man wusste nie, ob nicht doch so ein übereifriger Zollfahnder einen anhalten und behaupten würde, einen heißen Tip bekommen zu haben. Watecky ging auf Nummer sicher und nahm den kleinen Umweg über Belgien gern in Kauf.

Am andern Morgen würde er dann gemeinsam mit René ins Nachbarland Luxemburg fahren, angeblich, um mit einem Transporter Ware auszuliefern. Bei einer unerwünschten Kontrolle würde den Beamten an dem randvoll mit Papierhandtüchern, Raumduft und Seifenbehältern beladenen Wagen überhaupt nichts auffallen.

Luxemburg würde Wateckys letzte Station in Europa sein. Bevor sie ihm in Deutschland einen internationalen Haftbefehl anhängen konnten und man auch im Ausland anfangen würde, nach ihm zu fahnden, hätte er Brüssel längst in Richtung Karibik verlassen - allerdings zu seinem großen Bedauern ohne Nicky.

Frustriert vergrub Friedhelm sein Gesicht in den Händen. Völlig übermüdet von der vielen Fahrerei waren sie wieder im Harz angekommen und Dragan bestand darauf, den Karton mit dem Geld vorerst zu behalten, weil es in Friedhelms Wohnwagen nicht sicher sei. Als sie vor einer Raststätte angehalten hatten, war Friedhelm vor Erschöpfung kurz eingenickt, schließlich musste er die ganze Zeit am Steuer sitzen und sich stundenlang aufs Äußerste konzentrieren. In der Zeit hatte Dragan bestimmt das Geld nochmal genau gezählt. Und vielleicht nicht nur gezählt, sondern sich bedient? Später hatte er behauptet, in dem Karton seien nicht einmal hunderttausend Euro gewesen. Für die paar Kröten hätte es fast eine Schießerei gegeben. Und wo waren die Millionen geblieben?

Irgendwie fühlte Wollenweber sich betrogen. Er hatte überhaupt nichts in der Hand, um Dragan unter Druck zu setzen und saß in der Falle. Am liebsten wäre er einfach abgehauen, doch das hätte bedeutet, auf das Geld zu verzichten, auch wenn es noch so wenig war. Jemand pochte von außen ans Fenster und er hörte die ungeduldige Stimme von Matthias Kramer.

„Los, los, wir warten schon!"

Der Schweiß lief Friedhelm übers Gesicht und er verspürte nicht die geringste Lust, bei der spätsommerlichen Augusthitze draußen an den Meilern zu arbeiten. Das hielt er nicht mehr lange aus. Er nahm sich vor, dem Serben demnächst ein Ultimatum zu setzen.

Dragan saß am Schreibtisch und rechnete. Nicky stand hinter ihm, rieb ihr Kinn gegen seinen Kopf und schmollte. „Musst du mit dem teilen, schließlich hast du den Plan von mir und ich weiß nicht, warum du den Trottel überhaupt mitgenommen hast?"

„Warum, warum? Habe Probleme mit Hüfte, hast du vergessen? Und du wolltest nicht diese Watecky treffen! Wer sollte dann fahren? Etwa Maria?" Er klang verärgert.

Nicky lachte. „Warum nicht? Die fette Kuh würde doch alles für ihren Bruder tun!"

Dragan holte wütend aus und Nicky sprang schnell zur Seite. Schimpfend rieb sie sich den Ellenbogen, mit dem sie gegen den Schrank gestoßen war.

Auch Dragan kochte vor Wut. Nachdem er einige Gläschen Sliwowitz geleert hatte, lamentierte er verdrossen vor sich hin.

„Sind wir so im Arsch! Ist Watecky nicht für zweihunderttausend Euro nach Belgien gefahren! Da war doch mehr Geld im Kofferraum, viel mehr! Warum der bekloppte Friedhelm hat nicht andere Kartons aufgemacht? Da hast du einmal Chance, kannst du reich werden und dann der Mistkerl macht kaputt! Und dann will Mistkerl von kleine bißchen Kohle was abkriegen? Ne!"

Er fügte noch einige deftige Schimpfworte in seiner Muttersprache hinzu und tröstete sich nach dem nächsten Sliwowitz mit Nickys Körper, der sich schnurrend und appetitlich quer über den Tisch gelegt hatte.

Auf einer Waldlichtung, keine hundert Meter von der Köhlerei entfernt, hielt Friedhelm schon seit einer halben Stunde Ausschau nach dem weißen Mercedes. Ruhelos lief er auf und ab und seine Wut steigerte sich zu hasserfüllter Raserei. Dem würde er was erzählen! Zum zweiten Mal hatte er den Kopf für Dragans dilettantische Aktionen hergehalten und alles, was er bisher gekriegt hatte, waren lächerliche fünftausend Euro! Man durfte sich das nicht länger gefallen lassen! Wenn Dragan ihm heute Abend nicht wenigstens die versprochenen hunderttausend auszahlte, dann konnte der was erleben!

Der Mercedes kam langsam näher, bog von der Straße ab und blieb mit laufendem Motor stehen.

„Hallo, Friedhelm!" Dragan schaute verlegen durchs halboffene Fenster nach draußen. Das schlechte Gewissen war an dem servilen Blick zu erkennen, den er dem Kumpel zuwarf.

„Steigst du ein oder gehen wir paar Schritte?" In hohem Bogen warf er einen Zigarettenstummel auf die Erde, ließ die Scheiben hoch und parkte den Wagen hinter einem Gebüsch. Die einsame Lichtung war ihm nicht ganz geheuer.

„Da vorn ist eine Bank, da können wir sitzen." Friedhelm ging schweigend auf eine verwitterte Bank zu, die hinter wucherndem Gestrüpp verborgen war und an deren Lehne Brombeerhecken emporrankten. Er holte sein Messer hervor, kappte mit abgehackten Bewegungen ein paar dornige Zweige und setzte sich wutschnaubend hin. Von der Straße aus waren weder sie noch das Auto zu sehen.

Dragan folgte ihm nur zögernd. Ihm war nicht wohl in seiner Haut. Der sonst so gutmütige Friedhelm machte einen aufgeladenen Eindruck und er befürchtete, das Gespräch würde keinen guten Ausgang nehmen. Friedhelm kam gleich zur Sache.

„Wo ist das Geld? Ich will meinen Anteil, und zwar sofort!"

Dragans Stimme troff vor Unterwürfigkeit.

„Friedhelm, mein Freund, warum du bist böse mit mir? Hab ich keine Schuld, ich schwöre, der Mann hat uns reingelegt!"

Er holte ein Bündel Geldscheine aus seiner Hosentasche und drückte es Friedhelm in die Hand.

„Hier hast du wieder fünftausend, kleine Anzahlung!"

Friedhelm sprang wütend auf und das Geld fiel zu Boden.

„Willst du mich verarschen? In der Kiste waren mindestens zweihunderttausend, wenn nicht mehr! Fünftausend hast du mir gegeben und jetzt wieder fünftausend, das macht zehntausend! Ich will meine Hälfte!! Ich hab meinen Kopf für die Hälfte riskiert!"

Zornig spuckte er die Worte aus und Dragan grinste nur dümmlich. Was sollte er tun? Er dachte an Nicky, die ihm zehntausend Euro und eine Bulgari-Kette für nochmal soviel Geld abgeknöpft hatte und nicht einen Cent wieder herausrücken würde. Und er dachte an seine Idee mit dem Club.

„Hast du Kartons nicht durchgesucht, mein Lieber! Bist du bei Kofferraum gewesen und hast du nicht richtig geguckt!"

Friedhelm schnappte nach Luft.

„Du Pisser, jetzt willst du mir die Schuld zuschieben?"

Er hatte sich drohend vor Dragan aufgebaut und hielt plötzlich das Messer in der Hand. Dragan schluckte. Unauffällig versuchte er, an die Pistole zu kommen, die er in seinen Hosenbund gesteckt hatte.

„Nimm die Hand da weg, aber ganz schnell!"

Friedhelm kam noch näher und pflanzte sich breitbeinig vor ihm auf. Das aufgeklappte Messer zielte direkt auf Dragan Herz. Von der einstigen Freundschaft der beiden Männer war nichts mehr zu spüren.

„Ganz ruhig, ganz ruhig! Gebe ich dir Geld, ich schwöre!"

Die Worte sollten besänftigen, doch Friedhelm war schon zu aufgebracht, um ein weiteres Hinauszögern seiner Forderungen ertragen zu können. Er bebte vor Wut und auch seine Stimme zitterte.

„Ah, ich verstehe! Du hast das ganze Geld schon ausgegeben!

Dragans Stimme klang eindringlich warnend.

„Vorsicht, Friedhelm, machst du große Fehler! Fahren wir nach Rübeland, holen wir Geld, ist bei Maria."

Dieser Satz löste in Friedhelm eine Art Kurzschluss aus. Er war sicher, dass Dragan log. Das Geld konnte nicht bei Maria sein, niemals würde er geklautes Geld bei seiner Schwester deponieren. Das verbot die Familienehre. Das Schlitzohr wollte nur Zeit gewinnen, um ihn irgendwie loszuwerden. Friedhelm hasste Dragan, er hasste sein eigenes Leben und er hasste diese ganze beschissene Welt, in der Leute wie er immer zu den Verlierern gehörten.

Während ein Teil von ihm unbeteiligt zusah, entfaltete seine Hand ein Eigenleben. Viermal stach sie in Dragans Brust und erst als dessen Körper leblos vornüber gesackt war, wurde ihm klar: er hatte den einstigen Freund getötet.

Die Köhlerei lag still und friedlich in der Morgendämmerung. Paul Seltmann schaute auf den Wecker und erschrak. Schon sechs Uhr! Der Friedhelm hätte ihn doch längst durch das Schlagen der Hillebille wecken müssen! So war es jedenfalls üblich. Die Zeit zum Schichtwechsel variierte, sie richtete sich nach dem Arbeitsumfang beim Brennvorgang der Meiler und wurde dem nachfolgenden Köhler durch das klangvolle Geläut der Holzstäbe angekündigt. Warum hatte Friedhelm das vergessen? Seltmann sprang aus dem Bett, kleidete sich an und ging nachdenklich zu dem kleinen Wohnwagen, in dem sein Gehilfe untergebracht war. Leise klopfte er an und als niemand antwortete, öffnete er die Tür. Erstaunt sah er sich um: Friedhelms sämtliche Sachen waren verschwunden.

Das Schlitzohr war einfach abgehauen! Wütend stieß Paul Seltmann mit dem Fuß eine leere Plastikflasche zur Seite. Wie konnte der ihn so kurz vor dem Köhlerfest im Stich lassen! Aber irgendwie passte das ja zu dem finsteren, verschlossenen Hallenser, dem man immer angemerkt hatte, dass es ihm hier überhaupt nicht gefiel. Komisch, er hatte sogar darauf verzichtet, seinen Lohn zu kassieren. Seltmann rannte los. Er war doch nicht etwa gegangen, ohne die Meiler anzuzünden?

Als er beim Kohlplatz angelangt war, packte ihn das blanke Entsetzen: Friedhelm Wollenweber hatte nur einen der drei Holzstöße angezündet und der verbrannte gerade lichterloh wie ein Lagerfeuer die mühselig aufgeschichteten Lagen Buchenholz, die doch nur glühen durften! Neben dem Meiler lag ein leerer Benzinkanister, da hatte der Saukerl doch tatsächlich Benzin über das wertvolle Holz gegossen! Ein Frevel ohnegleichen!

Paul Seltmann konnte sich nicht erlauben, lange über die sonderbaren Geschehnisse nachzudenken. Es blieb ihm nichts anderes übrig, als seinen zweiten Köhler, den alten Kramer, anzurufen, dessen Schicht begann zwar erst morgen, aber darauf konnte man jetzt keine Rücksicht nehmen.

Eine Woche später begrüßte ein strahlender Augustmorgen die Gäste des diesjährigen Köhlerfestes. Bereits am Mittag säumten parkende Autoschlangen die Straße in beide Richtungen und Musik, Stimmengewirr und Gelächter verwandelten das ruhige Wäldchen in einen lärmenden Marktflecken.

Seltmann freute sich über den gelungenen Auftakt. Menschenmassen schlenderten müßig an den Marktständen und Handwerksbuden vorbei, um von den vielfältigen Harzer Spezialitäten zu kosten. Bis in den Wald hinein standen kleine Zelte und aus Brettern gezimmerte, provisorische Hütten, in denen traditionelles Handwerk vorgeführt wurde. Längst vergessene Berufe wie Schmiede, Korbmacher, Besenbinder, Töpfer, Flachsspinnerinnen und Holzschnitzer zeigten ihr Können und gerade genoss ein Hirschhornschnitzer die Aufmerksamkeit des interessierten Publikums.

Die Waldköhlerei wimmelte von Schaulustigen. Scharen von Touristen aus ganz Europa waren angereist, um die abenteuerliche Welt der „Schwarzen Gesellen" zu erleben, die seit dem Mittelalter im Harz beheimatet war.

Unter den Besuchern befand sich auch ein Ehepaar aus Frankreich. Der Ehemann betrieb Namensforschung und war der Überzeugung, uralte französische Städte wie Bois d`Harcy und Hazumont seien im achten Jahrhundert von ausgewanderten Harzern gegründet worden. In einem alten Buch hatte er gelesen, dass Karl der Große einige Bergleute aus dem Harz nach Frankreich geholt habe und ob das nun der Wahrheit entsprach oder nicht, seine eher spielerisch angestellten Spekulationen hatten das Ehepaar eines Tages auf die Idee gebracht, eine Reise nach Deutschland zu unternehmen.

Die schwelenden Meiler stießen aus kleinen Luftlöchern weiße Rauchwölkchen aus und boten einen geradezu mystischen Anblick. Fasziniert beobachtete die Menge, wie Seltmann die frisch gebrannte Holzkohle aus der Glut herausschaufelte, die dann von Kramer ausgesiebt wurde. Der Alte in seiner zünftigen Tracht erläuterte den Gästen dabei die vielfältigen Verwendungszwecke des schwarzen Goldes, das schon in der Antike für seine heilende, entgiftende und reinigende Wirkung bekannt war.

Zum Ausklang des Festes am Abend versammelte sich Alt und Jung in der überdimensional großen Köhlerhütte, die mühelos hundert Leute beherbergen konnte. Eine Kapelle lud zum Tanzen ein und bis in die Nachtstunden wurde mit Kräuterlikör und Bier angestoßen.

Um Mitternacht war der vielbeschäftigte Seltmann noch immer mit Aufräumarbeiten und dem Verabschieden der Leute beschäftigt. Noch immer verwünschte er den unzuverlässigen Wollenweber, der an allen Ecken und Enden fehlte.

Inzwischen hatten die meisten Gäste das beschauliche Waldstück verlassen und Seltmann lud das Ehepaar aus Frankreich zu einem Abschiedstrunk am glimmenden Meiler ein. Interessiert lauschten sie seinen Ausführungen zur Harzgeschichte und die beiden Männer debattierten in einem Kauderwelsch aus französisch und deutsch über die Theorie der Völkerwanderung unter Karl dem Großen. Seltmann bezweifelte, dass es zu der

Zeit im Harz überhaupt schon Bergleute gegeben hatte, aber der Franzose hielt dagegen, zur Zeit Karls des Großen sei der Harz als Fundstätte wertvoller Erze doch schon bekannt gewesen. Seltmann, dessen Grundkenntnisse in Geschichte recht beschränkt waren, schüttelte energisch den Kopf. Nein, das könne er sich nicht vorstellen. Die Frau, deren Geschichtskenntnisse noch geringer waren, beteiligte sich nicht an der Debatte und blickte lächelnd in die Glut. Plötzlich beugte sie sich vor. „Oh, da ist ja Silber!"

Alle schauten in Richtung ihrer ausgestreckten Hand und Seltmann war frappiert. Gold? Er stand auf und bückte sich nach einem Metallklumpen, der im Schein der Glut aufleuchtete und wohl beim Sieben der Holzkohle zu Boden gefallen sein musste. Der Köhler ließ sich nichts anmerken lassen, doch so ein Fund verhieß nichts Gutes, ähnliche Funde machte man in Krematorien und das Klümpchen hatte ausgerechnet in dem Meiler gelegen, den der Wollenweber mithilfe von Benzin so übereifrig zum Brennen gebracht hatte.

Was hatte der Wollenweber in dem Meiler verbrannt? Seltmann wollte sich das lieber gar nicht ausmalen. Mit Holzkohle konnte man so einiges verbrennen, sie wurde deshalb seit Jahrtausenden zum Schmelzen von Metall eingesetzt.

Seltmann verscheuchte den bösen Verdacht, der sich ihm aufgedrängt hatte. Der Wollenweber musste in irgendwas verwickelt gewesen sein, aber nun war er ja weg und polizeiliche Untersuchungen hätten ihm gerade noch gefehlt! Die angeordnete Schließung seiner Köhlerei wegen eines verbrannten Menschen, nein, das konnte er sich nicht leisten. Die Gäste würden weg bleiben, wenn sich das herumsprach und im gesamten Harz würde es ganz schnell die Runde machen. Die Konkurrenz unter den Tourismusbetrieben war groß und er sah schon das triumphierende Gesicht des Betreibers von Pullman City, der Westernstadt, vor sich.

Seltmann kratzte sich am Kopf. Verbrannter Mensch... Er war ja verrückt, jetzt sah er schon Hirngespinste! Das ganze hatte doch bestimmt eine völlig harmlose Ursache. Hastig fuhr er mit den Aufräumarbeiten fort und beschloss, die ganze Angelegenheit einfach zu vergessen.

IM ZWEIFEL FÜR DEN ANGEKLAGTEN

Nach einer wahren Begebenheit

Man schrieb das Jahr 1992 und die junge Gisela Hornburg, seit einem halben Jahr Psychologin in der forensischen Abteilung des großen Landeskrankenhauses Moringen, begann ihren Wochenenddienst damit, aus eingeweichtem Pappmaché eine kleine Skulptur zu formen. Trotz ihrer Unerfahrenheit musste sie den Kollegen aus der Ergotherapie vertreten, der plötzlich erkrankt war. Ein Blick nach draußen zeigte an, dass der Herbst schon kräftig dabei war, die Natur zu verändern. Das Laub verfärbte sich gelbbunt und die herabfallenden Blätter ließen eine melancholische Stimmung aufkommen. Neben ihr schabte ein junger Mann an einem etwas unförmigen Gebilde herum, das einmal eine Obstschale werden sollte.

„Freust du dich auf den Trip in den Harz, Martin?"

Sie versuchte unauffällig, den Gesichtsausdruck des Sitznachbarn zu erforschen, dessen Züge von mittellangen Locken verdeckt wurden.

„Na klar, Mensch, endlich mal raus hier!" Verbissen kratzte er so lange mit Sandpapier über eine Unebenheit, bis sie abgerundet war und seinen Vorstellungen entsprach. Die Therapeutin ließ nicht locker.

„Gefällt es dir hier nicht so gut?"

Martin warf mit einer Bewegung seines Kopfes, die Elvis alle Ehre gemacht hätte, eine Strähne zurück und sah Gisela Hornburg direkt an.

„Naja, ich kann mich nicht beklagen. Hier sind alle nett zu mir und es wird sich wirklich um einen gekümmert. Aber man ist eben eingesperrt." Er senkte den Blick und verschwand wieder hinter seiner Mähne.

Gisela Hornburg folgte einem spontanen Impuls und streifte mit einer mütterlichen Geste ganz kurz sein lockiges Haar. Sofort tadelte sie sich. Es war absolut unprofessionell, Körperkontakt zu einem Klienten zu suchen! Beiläufig sagte sie:

„Nur Mut, Martin, wenn das im Harz gut läuft, und davon gehe ich mal aus, dann kannst du draußen eine Lehre anfangen."

Um Gottes willen! Nur das nicht! Ihm gefiel doch das Rumhängen. Die Berührung ihrer Hand hatte ihn scharf gemacht und er drehte sich schnell weg, damit sie die Ausbuchtung in seinen engen Jeans nicht zu sehen bekam. Besser, er zog das schlabberige Zeug wieder an, das die meisten Insassen hier trugen, da fiel so was gar nicht auf. Was dachte die Hornburg, wen sie vor sich hatte? Ein Stück Holz? Er war ein richtiger Mann, und was für einer! Und das schon seit seinem zwölften Lebensjahr! Martin schüttelte sich reflexartig, weil er plötzlich eine Gänsehaut bekam. Seine kindliche Unschuld hatte genau an dem Tag geendet, als seine besoffenen Großeltern bei seinem Vater zu Besuch waren und ihm so gegen Mitternacht den Vorschlag machten, die beiden Kinder mitfeiern zu lassen. Was sie darunter verstanden und was dann geschehen war, das würde er garantiert keinem erzählen. Schon gar nicht der naiven Hornburg. Obwohl – ob die ihn für so eine Info vielleicht mal an sich ranlassen würde? Martin warf ihr einen seiner traurigen Kinderblicke zu und widmete sich wieder der Obstschale.

Die Ziele des jungen Häftlings im Maßregelvollzugszentrum Moringen waren bescheiden: Freigang und sämtliche Lockerungen! Er wollte nicht etwa zurück zu seinem perversen Vater oder endlich eine eigene Wohnung mieten oder sich einen Job suchen. Er war doch nicht bescheuert! Nein, er wollte weiterhin von nützlichen Idioten wie der Hornberg umsorgt und betreut werden. Die waren immer gleichbleibend nett, blöd und berechenbar. Und er wusste genau, wie er sie dahin bekam, wo er sie haben wollte.

Die strafrechtliche Einweisung Martins in die forensische Psychiatrie aufgrund mehrfacher Vergewaltigungen war aus Sicherheitsgründen erfolgt. Seine Akten enthielten inzwischen eine ganze Kette von Vorstrafen und im Laufe der Jahre hatten sich fünf umfangreiche Ordner mit Gutachten, Polizeiberichten und ausführlichen Umschreibungen seiner krankhaften Defekte angesammelt. Der junge Mann hatte gefährliche, sexuelle Vorlieben entwickelt und wiederholt versucht, sie auszuleben.

Trotz dieser beklemmenden Lage waren die Gutachter zu dem Ergebnis gekommen, dass der vierjährige Klinikaufenthalt positive Veränderungen bewirkt hatte. Um den vielversprechenden Resozialisierungsprozess weiterhin zu fördern, wurde der Sechsundzwanzigjährige auf die Liste möglicher Freigänger gesetzt und der sozialtherapeutische Ausflug in den Harz sollte seine Resozialisierung weiter voranbringen.

Die Exkursion stellte ein besonderes Highlight dar. Intensive Gruppenarbeit, Freizeitaktivitäten und die kreative Beschäftigung mit dem eigenen Verhalten standen auf dem Programm und die wenigen Personen, die daran teilnehmen durften, waren sorgfältig ausgewählt worden. Über alles, was mit dem Verlassen des Haftvollzugsgeländes zu tun hatte, entschied ein kompliziertes Netzwerk aus internen und externen Gutachtern und die trugen auch die Verantwortung, wenn etwas schief ging. Und das passierte leider ziemlich oft und wurde nicht jedes Mal öffentlich bekannt.

Im Frühtau zu Berge wir zieh´n, fallera... Eine Jugendgruppe des Roten Kreuzes schaukelte an einem Freitag Abend Mitte Oktober in einem komfortablen Reisebus in Richtung Oberharz. Die Reisenden grölten aus voller Lunge einen Song nach dem anderen und stimmten jede Melodie an, die ihnen so einfiel. Steffen Herbart, der Leiter der Gruppe, wunderte sich, dass die uralten Volkslieder immer noch bekannt waren. Der Krankenpfleger bildete seit beinahe zwei Jahrzehnten den Nachwuchs auf Rotkreuzlehrgängen aus und war schon oft in der idyllisch gelegenen Hütte im Oberharz gewesen. Ihm lagen die Laiensanitäter wirklich am Herzen und er gab seine Kenntnisse gern weiter.

Carola, seine Frau, rieb ihm den freiwilligen Einsatz gern unter die Nase.

„Zuhause muss man dich um alles dreimal bitten und bei denen springst du das ganze Wochenende für lau herum! Die nutzen dich doch bloß aus."

Steffen fühlte sich überhaupt nicht ausgenutzt, obwohl er wusste, dass man ihm die vielen Überstunden, die sich im Laufe der Zeit angesammelt hatten, niemals vergüten würde. Er mochte die mit den Rotkreuzkursen verbundene Lehrtätigkeit, die eine angenehme Abwechslung zu seinem Arbeitsalltag darstellte und ließ sich auch von Carola nicht davon abbringen. Der beleibte Mann verlagerte sein Gewicht und streckte die Füße aus. Die letzte Woche im Heilig-Geist-Krankenhaus war anstrengend gewesen und eigentlich hätte er dringend etwas Erholung gebraucht. Er beschloss, noch eine Runde zu dösen.

Am späten Freitagnachmittag wurde das Gepäck der kleinen Gruppe aus Moringen für die Fahrt in den Harz in den Kleinbus geladen und Martin verwünschte die strengen Sicherheitsbestimmungen, die ihm verboten, ein Messer zu besitzen. Er fürchtete sich vor Jürgen, der einen ziemlich abgefahrenen Eindruck machte. Endlich war alles verstaut und Martin hatte erleichtert aufgeatmet, als das letzte Tor des streng bewachten Hochsicherheitstraktes hinter ihnen geschlossen wurde.

Roland Stark, ein etwa vierzigjähriger Sozialarbeiter mit langjähriger Berufserfahrung, jagte den Kleinbus auch in den Kurven mit ziemlich hoher Geschwindigkeit über die Bundesstraße und Martin verzog verächtlich den Mund. Der wollte doch bloß die Hornburg beeindrucken!

Schon nach einer dreiviertel Stunde hatte die Patientengruppe ihr Ziel erreicht und die Psychologin rief beim Anblick der vielen Berge bewundernd aus: „Ach, ist das aber schön hier!"

Der kleine Harzort Sankt Andreasberg, in dem sie drei Tage verbringen sollten, erstreckte sich über mehrere Hügel hinweg und die meisten Straßen waren gesäumt von Souvenirläden und Fressbuden. Als Martin ihre Unterkunft sah, kam ihm das Kotzen. Die aus dunkelbraunem Holz gezimmerte, zweigeschossige Sportlerhütte lag hinter dichten Nadelbäumen versteckt und war mindestens noch einen Kilometer vom Ortszentrum entfernt. Hier war überhaupt nichts los!

Adelind stupste ihre Sitznachbarin sanft an und die verzog gequält das Gesicht. „Menno, Heike, du hast eben ganz unglücklich ausgesehen. Ach, vergiss doch den Rolf!"

Heike Kohlmann nahm zum ersten Mal an so einem Lehrgang teil und hatte sich gerade gefragt, was ihr Ex-Freund Rolf wohl jetzt gerade machte. Kurz vor der Abfahrt hatte er ihr wegen der doofen Bettina den Laufpass gegeben und sie wäre deshalb beinahe nicht mitgefahren. Es war albern, ja, aber sie wollte gern in seiner Nähe sein, falls er es sich anders überlegen und zu ihr zurück wollen würde.

Sie lehnte den Kopf gegen ihre zusammengeknautschte Jacke und blickte durch ein freigewischtes Loch im beschlagenen Fenster nach draußen. Inzwischen war sie froh über die Abwechslung und freute sich auf das Zusammensein mit ihrer Freundin Adelind. Als passende Untermalung ihres Liebeskummers wurde gerade lauthals ein neues Lied angestimmt und der ganze Bus grölte:

„Yesterday, all my troubles seemed so far away."

In der Ferne tauchten schon die sanft gerundeten Bergkuppen des Harzes auf und bald würde die Rotkreuz-Truppe ihr Ziel, ein rustikales Landschulheim, erreicht haben. Unter den Jugendlichen hatte sich eine schläfrige Stille ausgebreitet, doch beim Anblick des idyllischen Bergstädtchens, das erstmals zu sehen war, als sie eine weitläufige Hochebene überquerten, wurde es im Bus wieder laut. Der hübsche kleine Ort lag eingebettet in dichte Waldbestände und trotz der zunehmenden Dämmerung bot sich ihnen ein Anblick, der an die hügeligen Landschaften des Allgäus erinnerte. Heike raffte ihre Sachen zusammen und stopfte alles, was sie während der Fahrt gebraucht hatte, in eine riesige Umhängetasche.

Martin war frustriert, so hatte er sich das nicht vorgestellt. Der Stark benahm sich, als wenn er der Klinikdirektor persönlich wäre. Er spielte den großen Macho-Macker und dabei merkte man genau, dass er es nur auf die Hornburg abgesehen hatte. Nach der Ankunft in ihrer Unterkunft waren alle schön ordentlich der Reihe nach ausgestiegen und wurden vom Herrn Betreuer Stark in dem ziemlich großen Haus herumgeführt. Martin bekam ein Einzelzimmer im ersten Stock zugewiesen. Im Aufenthaltsraum hatte die Hornburg dann das sozialtherapeutische Programm für die kommenden Tage erklärt und Martin war übel geworden, als er die jämmerlichen Gestalten betrachtete, die ihm am Tisch gegenüber saßen. Mit denen sollte er drei Tage lang therapiert werden!

Adelind rannte hektisch hin und her. Das Zimmer mit vier Doppelstockbetten hatte schon kurz nach dem Eintreffen der beiden Mädchen ausgesehen wie ein Schlachtfeld. Sie stieß wilde Beschimpfungen aus.

„Ich kann meine Bürste nicht finden, verflixt, ich hab meine Bürste verloren!"

Schließlich trat sie hinaus auf den Flur und schaute sich dort suchend um. Eine Aufregung war das hier! In der letzten Nacht hatte sie nicht mehr als drei Stunden geschlafen und das machte sich bemerkbar. Sie wurde dann immer so hektisch und bei Steffens Unterricht, der immer so spannend war, kippte sie vor Müdigkeit fast vom Stuhl.

Adelind hatte sich über die Größe der *Hütte* gewundert, die in Wirklichkeit ein sehr umfangreicher Gebäudekomplex war. Der Reisebus passte mühelos durch die hohe Toreinfahrt und sie hatten eine ganze Weile suchend umherlaufen müssen, bis sie endlich in ihrem Zimmer angelangt waren. Irgendwie hatte sie sich unter einer Hütte eher ein kleines Blockhaus vorgestellt. Da bog Heike um die Ecke und hielt Adelind lachend den Mund zu.

„Mensch, du hast vielleicht einen Krach gemacht! Ich hab mir doch gestern deine Bürste ausgeliehen, sie liegt irgendwo zwischen meinen Handtüchern!"

Die Freundin schlug sich in gespielter Verzweiflung gegen die Stirn.

„Oh Gott! Bin ich bekloppt!" Kichernd verschwanden sie in einem großen Mehrbettzimmer, das sie ganz allein bewohnen durften.

Die Rotkreuzlehrgänge fanden regelmäßig im Harz statt und die Teilnehmer waren immer in dem komfortablen Landschulheim untergebracht. Es gab dort einen großen Speisesaal, Aufenthaltsräume, eine Sporthalle und sogar ein Schwimmbad. Alle fanden es toll hier, nur dass man nachts so gut wie gar nicht zum Schlafen kam, aber das war eigentlich gerade gut. Die meiste Zeit waren sie auf den langen Fluren hin- und hergehuscht und hatten sich gegenseitig in den Zimmern besucht. Gestern Abend hatten sie sogar beschlossen, heimlich das Schwimmbad zu benutzen, doch daraus wurde nichts. In weiser Voraussicht hielt die Heimleitung die Tür verschlossen und sie mussten enttäuscht den Rückweg antreten.

Das Lehrprogramm war ziemlich anstrengend. Schon am frühen Morgen um sieben Uhr dreißig fand der erste theoretische Unterricht statt und danach ging es mit Übungen und kurzen Außeneinsätzen weiter. Dazwischen nahmen sie die Mahlzeiten ein. Die Zeit war schnell verflogen und am morgigen Sonntag würden sie schon wieder abreisen.

Für heute Nachmittag war die Besichtigung eines Besucherbergwerks geplant. Der Wind blies ihnen kräftig um die Ohren, als sie das Haus verließen und sich zu Fuß auf den Weg machten. Heike konnte sich gerade noch mit einem Sprung in Sicherheit bringen, als ein Kleinbus mit dunkel getönten Fensterscheiben den geteerten Weg entlanggerast kam.

„Scheiße, ihr spinnt wohl!" Wütend schrie sie dem Wagen hinterher.

Vorhin hatte Martin geglaubt, er würde träumen. Sie waren gerade mit dem Bus von einem Sightseeing-Trip durch den Harz zurückgekehrt, da verschlug es ihm den Atem. Vor einem Schullandheim, keine fünfhundert Meter von ihrer Unterkunft entfernt, standen Jugendliche herum und ungefähr die Hälfte davon waren Mädchen! Martin hatte sie wie hypnotisiert angestarrt und der Stark, der wohl sein gesteigertes Interesse bemerkt hatte, trat plötzlich voll aufs Gaspedal und legte das letzte Stück bis zur Hütte in atemberaubendem Tempo zurück. Eine von den Tussis hatte verärgert hinter ihrem Bus her geschrien.

Martin lag auf seinem Bett und wälzte sich hin und her. Die Mädchen machten ihn völlig fertig. Bis zum Abendessen dauerte es noch eine halbe Stunde und er musste aufpassen, dass der Stark von seiner Geilheit nichts mitbekam. Wenn der merkte, dass einer mit seinen Trieben nicht umgehen konnte, dann kriegte er Medikamente gegen verpasst, so wie der Neue. Der war immer total zugedröhnt und bewegte sich wie ferngesteuert. Aber Martin wollte seine Geilheit behalten und im nächsten Jahr Freigang kriegen. Das war seine Version einer hoffnungsvollen Sozialprognose!

Nach ein paar Metern hatten die Jugendlichen des Rotkreuzlehrganges ihre Unterkunft hinter sich gelassen und wanderten über eine der vielen Bergwiesen. Selbst die jüngeren Teilnehmer bewunderten die schöne Aussicht, die sich einem zu allen Seiten bot. Einige waren noch nie im Harz gewesen und Steffen, der die Umgebung inzwischen gut kannte, gab gern Erklärungen ab.

„Seht ihr die Berge da drüben links? Das sind der Achtermann, der Brocken und der Wurmberg!"

Am vorigen Abend hatte er alte Harzer Sagen vorgelesen und alle hatten so getan, als ob sie es gruselig fanden.

Benno, ein zweiundzwanzigjähriger, schlaksiger Junge, spielte gern den Clown und versuchte mit heulender Stimme, den Jüngeren Angst zu machen. Er fuchtelte mit den Armen hin und her und schrie:

„Der Berggeist kommt, der Berggeist kommt! Er grapscht im Schacht mit seinen eiskalten Fingern nach dir! Wie in der Geisterbahn! Huhu, huhu!"

Er tänzelte um die Gruppe herum und alle sprangen schnell in gespielter Furcht vor ihm weg.

Nur Juliane bekam wirklich Angst. Das für ihr Alter ungewöhnlich kindliche Mädchen fing an zu weinen und als sie vor dem Eingang der Grube standen, weigerte sie sich, den dunklen, schmalen Stollen zu betreten. Heike, die nicht zugeben wollte, dass auch sie in engen Räumen oder im Fahrstuhl manchmal Angst bekam, bot eilfertig an, mit Juliane draußen zu bleiben. Es war zwar kalt, aber die Sonne schien und sie wollte mit ihr so lange spazieren gehen, bis die anderen mit ihrer Grubentour fertig waren.

Steffen bedankte sich für Heikes Hilfsbereitschaft,

zückte sein Portemonnaie und drückte ihr fünf Mark in die Hand. Falls es den beiden zu kalt wurde, sollten sie im Kiosk-Café beim Supermarkt auf die anderen warten. Dort hatten sie sich vorhin mit Süßigkeiten eingedeckt. Juliane wirkte erleichtert.

Der Grubenführer erschien, begrüßte seine Gäste und führte sie in ein kleines Häuschen. Dort wurden sie mit Gummistiefeln, Helmen und Stirnlampen ausgerüstet und verschwanden einer nach dem anderen im niedrigen Eingang des Stollens. Die beiden zurückbleibenden Mädchen winkten ihnen nach.

Nachdem sie ein paar Minuten gegangen waren, klapperte Juliane mit den Zähnen und auch Heike war es ziemlich kalt. In der Nacht hatte Raureif die Wiesen bedeckt und das Thermometer zeigte minus 6 Grad. Wenn sie sich nur dicker angezogen hätte! Ihre pinkfarbene Jacke, die sie mit ihrer Mutter extra für die Fahrt in den Harz gekauft hatte, sah zwar toll aus, wärmte aber nicht so richtig und unter die Winterhose von C&A musste man eine dicke Strumpfhose anziehen, damit man nicht erfror. Sie fand dicke Strumpfhosen grauenhaft, aber jetzt bereute sie ihre Eitelkeit und befühlte das Fünfmarkstück in ihrer Tasche.

„Komm, Juliane, wir gehen rüber ins Café und trinken heißen Kakao! Ich hab keine Lust mehr, bei dieser Kälte draußen rumzulaufen." Zustimmend nickte das Mädchen und hakte sich bei ihrer Wohltäterin ein. Unbeschwert marschierten sie davon.

Ein paar hundert Meter weiter stiegen ein junger Mann und eine schlanke Frau einen Hügel hinab. Die dunkelblonden Locken des Mannes wurden von einem Windstoß erfasst und nahmen ihm für einen Augenblick die Sicht. Er rutschte aus und fiel der Länge nach auf den Boden.

„Verdammt! Warum ist das hier im Oktober schon so kalt?"

Verärgert sah er an sich herab und stellte erleichtert fest, dass sich die neuen Jeans nur ein bisschen verfärbt hatte, aber nicht zerrissen war. Besorgt blickte die Frau ihn an.

Mit verbissenem Gesicht klopfte er die Grasreste ab und zog sich die Wollmütze tiefer über die Ohren, damit ihm die Haare nicht mehr ins Gesicht fliegen konnten.

Martin fluchte innerlich. Eine bekloppte Idee, in eine einsame Hütte im Harz zu fahren! Und jetzt musste er auch noch so tun, als ob er von den vielen Tannenbäumen genauso begeistert war wie die Hornburg, die in einer Tour die Landschaft bewunderte. Die beiden waren losgegangen, um gemeinsam für die Gruppe einzukaufen, man wollte ja sehen, wie die Straftäter sich so machten hier draußen. Er prägte sich die Umgebung genau ein und hoffte, dass ihm später ein zweiter, heimlicher Ausflug gelingen würde. Das Haus war tagsüber immer unverschlossen geblieben.

Die Mädchen betraten das Café, das eine Mischung aus Kiosk und Verkaufsraum war und über einen Seiteneingang des Supermarktes erreicht werden konnte. Heike zog ihre Jacke aus und machte es sich auf einem alten Sofa in einer schummrigen Ecke bequem.

„Zwei Kakao, bitte."

Ob Rolf jetzt mit seiner neuen Freundin zusammen war? Wenn sie an ihn dachte, fühlte sie noch immer einen schmerzhaften Stich in der Herzgegend. Schnell lenkte sie ihre Gedanken in eine andere Richtung.

„Du bist wohl auch das erste mal auf so einem Lehrgang, oder?"

Juliane nippte unglücklich an ihrem Kakao.

„Meine Mutti wollte nicht, dass ich mitfahre. Aber mein Papa ist Arzt und der hat gesagt, ich soll früh anfangen damit. Ich meine, Leben retten und so."

Heike musste lachen, als sie sich das ängstliche Mädchen in Rotkreuzuniform inmitten eines Unfallgeschehens vorstellte. Sie bezweifelte, dass Juliane bei einem schweren Unglück eine große Hilfe wäre, eher würden die Retter wohl ein weiteres Problem bekommen.

„Warum lachst du denn?"

„Ach, nichts!"

Schweigend blickten sie sich in dem ansonsten leeren Café um, Hinter einer Theke hantierte eine dickliche Frau mit umgebundener Schürze und nahm von ihnen kaum Notiz. Heike fand, dass der ganze Ort einen etwas ausgestorbenen Eindruck machte, aber das lag wohl an der herbstlichen Jahreszeit.

Gisela Hornburg sah sich in der früh einsetzenden Dämmerung um. Auf dem Weg zum Supermarkt war ihnen kein Mensch begegnet und auch im hell erleuchteten Verkaufsraum war weit und breit niemand zu sehen. Nur eine Kassiererin langweilte sich im Hintergrund an der Kasse und blätterte in einer Zeitung.

Wie sollte der Martin denn Sozialverhalten üben, wenn gar keine Leute da waren? Um die Ecke befand sich der Eingang zu einem kleinen Café. Sicherlich würde auch dort niemand sein. Die Psychologin wollte sich gern ein paar persönliche Dinge besorgen und überlegte, wie sie Martin solange sinnvoll beschäftigen konnte. Sie fand die Situation wie geschaffen, um die Zuverlässigkeit des Schützlings zu erproben.

„Hast du Lust auf ein heißes Getränk? Wenn du willst, kannst du im Café warten, bis ich eingekauft habe."

Martin strahlte sie an und nickte zustimmend. Nicht nur die Hornburg, sondern auch viele andere Therapeuten und Betreuer standen dem gutaussehenden und meistens höflichen jungen Mann wohlwollend gegenüber.

„Also, bis gleich, Martin, wir treffen uns dann hier draußen wieder!"

Eilig verschwand sie im Eingang des Discounters und Martin stellte sich ans Fenster des Cafés und versuchte, zwischen den Blättern einer wuchernden Pflanze hindurch nach innen zu sehen. Es entsprach seiner Natur, eine Situation erst abzuschätzen und genau zu registrieren, wer ihn bei etwas beobachten könnte, was er vielleicht tun würde.

Mit einem Blick erfasste er die Anwesenheit der zwei Mädchen in dem ansonsten leeren Raum. Besonders die Kleine, die verkrampft an einem Strohhalm nuckelte, war nach seinem Geschmack. Sie sah aus wie ein Kind. Aber an solche kam man schlecht ran. Die guckte dermaßen verschreckt aus der Wäsche, dass man sich vorstellen konnte, wie sie laut quiekte und schrie, wenn man ihr nur ein kleines bisschen zu nahe kam. Sein Atem ging schneller. Die mit den langen, dunklen Haaren und den geilen Brüsten unter dem engen Pullover war auch nicht schlecht. An die dicke Frau hinter der Theke verschwendete er keinen Gedanken.

Martin bekam einen trockenen Mund und dieses ganz spezielle Ziehen in der Leistengegend. Ein untrügliches Zeichen dafür, dass dringend mal wieder was raus musste. Die Gegend hier war doch nicht so schlecht, wie er gedacht hatte. Vielleicht konnte man hier oben sogar was hinkriegen. Die Kleine stand plötzlich auf und verschwand im Hintergrund, die musste wohl aufs Klo. Jetzt oder nie! Er setzte seine Harmlosmaske auf und betrat den etwas schummrigen Raum.

Das Bimmeln der Türglöckchen kündigte neue Besucher an und Heike sah neugierig in seine Richtung. Martin tat, als ob er sie gar nicht bemerken würde. Er ließ sich von der Dicken an der Theke eine Flasche Korn geben, bezahlte und verstaute den Schnaps unter seiner weiten Blousonjacke. Den würde er später draußen vor der Hütte verstecken.

Wie absichtslos schlenderte er zu dem Mädchen hinüber und sagte: „Na, auch auf Urlaub hier oben?"

Heike strahlte ihn an. Sie war erstaunt, dass ein so gut aussehender Typ sich in diese öde Gegend verirrt hatte.

Lachend antwortete sie: „Nö, wir absolvieren hier ´nen Rotkreuzlehrgang."

Bald würde die andere vom Klo zurückkommen, schnell, es musste schnell gehen, er hatte wenig Zeit!

Sie sah an ihm hoch. „Und du, bist du von hier?"

„Nee, auch nicht. Ich bin hier auf einem Seminar, Betriebswirtschaft. Wir wohnen da oben in so einer Hütte, am Pastorenberg."

Heike stieß einen Laut des Entzückens aus.

„Da wohnen wir auch, dann sind wir ja Nachbarn!"

Ihr Herz klopfte wild, wie damals, als sie Rolf kennen gelernt hatte. Also war es doch gut gewesen, dass sie mitgefahren war.

„Du, ich hab jetzt wenig Zeit, muss schnell weiter, aber wenn du Lust hast, könnten wir uns für heute Abend verabreden?"

Und ob Heike Lust hatte! Der graue Nebel, der sie wegen ihres Liebeskummers umfangen hielt, schien sich aufzulösen und am liebsten hätte sie sofort zugestimmt.

„Ach, nee, heute Abend geht leider nicht. Da herrscht Gruppenzwang."

Gut so! Er hätte es ohnehin nicht geschafft, abends aus der abgesperrten Hütte zu kommen. „Und morgen Vormittag?"

Heike war unschlüssig. Sonntag war doch schon die Abreise.

„Höchstens ganz kurz vor dem Mittagessen."

Martin atmete auf. „Super! Kennst du die kleine Grillhütte hinten am Waldrand?" Die hatte er im Vorbeifahren entdeckt.

„Ja, da sind wir auch schon gewesen!"

„Dann treffen wir uns da, morgen um halb elf, abgemacht?"

Heike nickte und Martin klopfte zum Abschied lässig mit den Fingerknöcheln auf den Tisch, wie ein echter Student. Eilig verließ er den Raum und verstaute die Flasche Korn fest in seinem Hosenbund.

Ungeduldig wartend blieb er vor dem Supermarkt stehen, bis Gisela Hornburg endlich mit zwei vollen Plastiktüten hinaus in die Kälte getreten kam. Sie hatte sich sehr beeilt, denn ihr waren wegen ihrer spontanen Idee starke Zweifel gekommen und sie befürchtete, Martin könnte verschwunden sein.

Sie ließ sich ihre Nervosität jedoch nicht anmerken und empfing den Schützling erleichtert mit einem strahlenden Lächeln.

„Na, wie war´s im Café?"

„Hab mich nicht reingetraut." Er senkte schüchtern den Kopf.

„Ach, da muss dir ja schrecklich kalt sein! Du Armer!"

Er feixte innerlich. Die hatte volles Brett bei ihm angebissen!

Der Thekenkraft war die Begegnung der beiden jungen Leute zwar nicht entgangen, aber sie hatte den kurzen Wortwechsel ohne das geringste Interesse verfolgt. Ihre Gedanken kreisten um das Wiedersehen mit ihrer Familie, zu der sie bald nach monatelanger Trennung zurückkehren würde. Die Frau stammte aus Polen und hatte während der Sommersaison als Aushilfe in verschiedenen Harzer Hotels gearbeitet und die letzten vier Wochen bis zur Abreise mit dem Kiosk-Café überbrückt. Sie war froh, dass die Zeit endlich zuende ging und sie den kalten Harz auf Nimmerwiedersehen verlassen konnte.

Als Juliane zurückkam, hatte sich Heike schon ihren Mantel übergezogen. „Das hat aber gedauert!" Juliane wurde rot und ihr Mund verzog sich, als ob sie gleich anfangen würde zu weinen.

„Ach, tut mir leid, ich wollte dich nicht einschüchtern! Was ist denn los?" Heike beugte sich vor, um das Gesicht der Jüngeren besser sehen zu können. Zwischen ein paar

Schluchzern gestand Juliane: „Ich hab mir ein bisschen in die Hose gemacht und dann wusste ich nicht, was ich tun sollte!" Heike legte tröstend die Hände auf die Schultern des Mädchens. „Ach, das ist doch nicht schlimm, das passiert schon mal bei dieser Kälte! Komm, wir gehen jetzt zurück und bitten die Frau, dass sie den anderen sagt, dass wir schon weg sind."

Sie hatten nur eine knappe dreiviertel Stunde in dem Café zugebracht, doch als sie aus der Wärme in die Kälte traten, schienen die Temperaturen weiter gesunken zu sein. „Da, sieh mal, es schneit!", rief Heike. Die beiden Mädchen beschleunigten ihre Schritte, damit ihnen warm wurde.

Samstag ging es im Landheim hoch her. Die Jugendlichen waren nach dem Abendbrot noch zu einer kleinen Übung in der Sporthalle zusammengekommen und danach wurde Abschied gefeiert. Heike geriet immer mehr in eine berauschende Hochstimmung. Sie freute sich so auf Morgen! War sie etwa verliebt? Adelind erzählte sie nichts von der Verabredung. Erstens war es ihr peinlich, so plötzlich einen anderen Jungen gut zu finden und zweitens hatte sie Angst, dass Rolf etwas davon erfahren könnte. Adelind war nicht besonders verschwiegen und falls Rolf doch wieder zu ihr zurückkommen wollte, wäre es nicht so gut, wenn er von dem anderen Jungen etwas wusste. Heike wollte außerdem erst das morgige Treffen abwarten und dann vielleicht während der Rückfahrt davon erzählen.

Sonntag Morgen nach dem Aufstehen hatte Martin große Mühe, seine zunehmende Unruhe vor den anderen zu verbergen. Die Zeit war so verdammt knapp! Vor Einbruch der Dunkelheit würden sie schon wieder in ihre abgeschottete Wohngruppe im Landeskrankenhaus zurückkehren. Aber noch war es nicht so weit, vorher wurde er noch ziemlich viel Spaß haben.

Beim Frühstück bekam Heike vor Aufregung keinen Bissen runter und als sie bei einer letzten Übung in der Turnhalle einen Schwerverletzten in die stabile Seitenlage bringen sollte, machte sie alles verkehrt. Sie war froh, als der Lehrgang offiziell als beendet erklärt wurde. Jetzt musste ihr nur noch eine Ausrede für Adelind einfallen. Kopfschmerzen! Auf dem Weg zurück in ihr Zimmer sagte sie beiläufig:

„Ich glaube, so ein kleiner Spaziergang vor dem Mittagessen würde mir ganz gut tun. Ich hab gestern zuviel Baileys getrunken!"

Sie hätte gar nicht zu lügen brauchen. Adelind ging es überhaupt nicht gut und sie nickte nur. Kreidebleich warf sie sich aufs Bett und zog sich die Decke über den Kopf.

Die Hornburg und der Stark spielten im Aufenthaltsraum Schach. Sie hatten alle zusammen ausgiebig gefrühstückt und die nächste Gruppensitzung war erst nach dem Mittagessen geplant. Bis dahin sollte jeder für sich einen mehrseitigen, psychologischen Test durcharbeiten, den der Stark für sie kopiert hatte. Martin hatte nicht vor, sich eine halbe Stunde vor der Verabredung mit einem solchen Schwachsinn zu befassen und beschloss, den Keller nach nützlichen Dingen zu durchsuchen.

Die Stahltüren waren fest verschlossen, aber an einer

verstaubten Brettertür war das Schloss nur eingehängt. Dahinter rostete altes Gartenwerkzeug vor sich hin und in einer Ecke wurden altmodische Skier aufbewahrt. Eine vergessene Rolle Klebeband und eine zerknüllte alte Mülltüte steckte er schnell ein. Man wusste ja nie. Dann ging er wieder hoch auf sein Zimmer. Er zog die Gardinen zu, zerwühlte sein Bett und polsterte die Decke so auf, dass man im Dämmerlicht denken musste, er würde pennen. Bevor die hier überhaupt merkten, dass er abgehauen war, würde er längst wieder zurück sein.

Heike hatte sich mit Parfüm eingesprüht und den Mund mit Lipgloss betont. Sie wusste, dass sie viel zu dünn angezogen war, doch sie war doch verabredet und da ging man nicht mit Wollstrumpfhosen los. Dass ihr jetzt auf dem Weg nach draußen bloß keiner entgegenkam!

Im Haus gab es ein paar knarrende Dielen, aber Martin wusste inzwischen genau, welche es waren. Glücklicherweise hockte die Hornburg nicht wie sonst im Aufenthaltsraum und als er geräuschlos unten angelangt war, brauchte nur noch die Tür aufzudrücken. Geschafft! Draußen unter der Treppe lag die Flasche mit Korn. Er zog sie hervor, trank ein paar kräftige Schlucke und verstaute sie unter seiner weiten Jacke.

In die Wände der halboffenen Grillhütte waren von oben bis unten Sprüche und Namen eingeritzt. Heike hatte schon fast die Hälfte studiert, da hörte sie seine Schritte. Der Junge stand vor ihr und sah noch besser aus, als sie ihn in Erinnerung hatte. Ob sie sich nachher schon küssen würden? Einsam genug war es hier. Aber entschieden zu kalt für irgendwelches Begrapschen. Während des Wartens hatte sie ganz eisige Füße bekommen und als er vorschlug, ein bisschen zu gehen, nickte sie nur. Schweigend wanderten sie zwischen kahlen Laubbäumen entlang und Heike wunderte sich, warum ihr Begleiter auf einmal so wortkarg auf seinem Kaugummi herumkaute. In dem Café hatte er überhaupt nicht schüchtern gewirkt.

Nach ein paar Metern kamen sie an eine dichte Fichtenschonung und der Weg wurde so schmal, dass sie hintereinander gehen mussten. Er ließ ihr den Vortritt und sie hoffte, dass er jetzt ausgiebig ihren wohlgeformten Po in der engen Hose bewundern würde. Plötzlich blieb er stehen und sie hörte ein knisterndes Geräusch. Erstaunt drehte sie sich um.

Er hielt einen Müllsack in den Händen und bevor sie begriff, was er zu tun beabsichtigte, hatte er ihr den Sack über den Kopf gestülpt und ihre Arme festgehalten. Sie wollte schreien, bekam aber nicht genug Luft zum Atmen und versuchte, ihn mit den Beinen wegzutreten. Er stieß sie zu Boden und hockte sich mit den Knien auf ihren Bauch. Er war stark und sie fühlte, wie sie zu ersticken drohte. Er lüftete den Müllsack gerade so weit, dass sie wieder ein bisschen Luft bekam. Sie bekam einen Arm frei und boxte ihm mit voller Wucht ins Gesicht. Er heulte auf und ließ sie für einen Moment los, es gelang ihr, ihn abzuwerfen und auf die Beine zu kommen. Sie riss sich das Plastikding vom Kopf und rannte laut schreiend von ihm weg. Martin packte ein Stück Holz, das zufällig auf der Erde lag und machte sich an die Verfolgung.

Heike konnte den Weg nicht finden, stolperte panisch in irgendeine Richtung, rutschte auf dem schlüpfrigen

Waldboden aus und knallte mit der Stirn gegen einen Baum. Benommen blieb sie stehen, alles drehte sich. Sie wollte weiterrennen, doch da hatte er sie schon erreicht. Er ließ den abgebrochenen Zaunpfahl auf ihren Hinterkopf krachen und betrachtete keuchend seine bewegungslose Beute. Geschafft!

Steffen Herbart war zum Umfallen müde. An Ausruhen war aber noch lange nicht zu denken. Koffer und Kartons mit Lehr- und Übungsmaterial mussten gepackt werden und die Abrechnung der Heimleitung musste er durchgehen und gegenzeichnen. Ihm war nicht ganz wohl bei dem Gedanken an den gestrigen Abend. Er hätte nicht erlauben dürfen, dass dermaßen viel Alkohol getrunken wurde. Es war jedes Mal dasselbe. Auf einmal tauchten die Flaschen mit den harten Sachen auf und man kam nicht dagegen an. Dabei lautete die Regel Nummer eins auch für ehrenamtliche Retter: niemals zuviel Alkohol trinken, denn man könnte jederzeit zu einem Einsatz gerufen werden! Aber natürlich hielt sich kaum jemand daran. Im Bus würden sie dann wieder alles voll kotzen.

„Du, Steffen, die Heike ist nicht da!"

Neben ihm im großen Speisesaal stand Adelind und machte einen ziemlich aufgelösten Eindruck.

„Was heißt das, ist nicht da?" „Sie wollte vorhin einen Spaziergang machen und ist bis jetzt nicht zurückgekommen. Ich mache mir Sorgen, es ist so kalt draußen!"

Steffen warf einen sehnsüchtigen Blick auf seinen Teller, der noch halb voll war. Manchmal wusste auch er nicht, warum er sich den ganzen Stress immer wieder antat. Er stand auf und folgte Adelind in den Flur.

„Was genau ist passiert und wann ist die Heike losgegangen?"

„Das war so kurz nach zehn, glaube ich."

Er schaute auf die Uhr. 12.45 Uhr, also vor fast drei
Stunden.

„Hast du im Haus nachgeschaut?" Adelind nickte.

„Überall, wir haben zu dritt alles abgesucht. Sie ist nicht
hier."

Das hörte sich gar nicht gut an! Steffen runzelte die
Stirn und ging wieder in den Saal zurück.

Laut rief er: „Alle mal herhören, Leute! Es gibt vielleicht
ein Problem. Wir müssen vor der Abfahrt die Heike
suchen!"

Martin empfand eine tiefe Entspannung. Er säuberte
sich umständlich mit Tempotaschentüchern und zog
den Reißverschluss seiner Hose wieder zu. Das Mädchen
hatte sich die ganze Zeit nicht gerührt, der Schlag auf
den Hinterkopf war genau die richtige Narkose gewesen.
Ein Blick auf die Uhr zeigte ihm, dass er schleunigst den
Rückweg antreten musste. Sollte er sie einfach so liegen
lassen? Besser nicht. Er klaubte solange mit den Händen
Fichtennadeln, Zweige und Grasbüschel vom Boden auf,
bis der Körper des Mädchens davon bedeckt war.

Auf dem Rückweg machte er sich Sorgen um seine Al-
koholfahne. Die Betreuer würden einen Riesenaufstand
machen, wenn rauskam, dass er getrunken hatte. Ihm fiel
ein, dass in der Küche jede Menge Knoblauch herumlag.
Er würde sich was davon aufs Brot tun.

Sorgfältig säuberte er seine Schuhe und drückte lautlos
die Klinke. Gerade wollte er sich unbemerkt in die Küche

schleichen, da fiel sein Blick auf die Tür links neben dem Eingang. Sie war einen Spalt weit geöffnet und er sah, wie Jürgen ihn anstarrte. Scheiße, der wandelnde Tablettenberg hatte gemerkt, dass er draußen gewesen war. Martin machte einen vorsichtigen Schritt auf ihn zu und fuhr sich mit der Hand in einer Drogebärde quer über die Kehle, das internationale Zeichen für: ich bring dich um! Der würde noch was erleben, aber erst, wenn sie wieder zurück waren.

Mit Knoblauch und Wurstschnitte ausgerüstet, verzog sich Martin auf sein Zimmer und biss abwechselnd ins Brot und in eine der drei Knoblauchzehen. Eklig! Erschöpft fiel er aufs Bett. Soviel körperliche Betätigung war er gar nicht mehr gewohnt. Da würde das Mittagessen doppelt so gut schmecken! Die Fahrt in den Harz hatte sich jedenfalls gelohnt. Schon nach wenigen Minuten war er eingeschlafen.

Ein halbes Jahr später, 1993

An einem Vorfrühlingstag sprangen zwei etwa zehnjährige Jungen auf eingebildeten Rössern durch den Wald und stellten sich vor, gefährliche Raubritter zu sein. Die Sonne brachte den Schnee endlich zum Schmelzen und die beiden Freunde schnalzten übermütig mit der Zunge, um das Trappeln von Pferdehufen zu imitieren. Mit ihren kleinen Holzschwertern hieben sie auf Baumstämme und Zweige ein und wagten sich mutig immer tiefer ins Dickicht einer engbewachsenen Fichtenschonung.

Plötzlich blieb der eine stehen und rief: „Oh, kuck mal, da liegt ne Jacke!" Neugierig krochen sie unter tiefhängenden Ästen hindurch näher an das pinkfarbene Fundstück heran, mit der Schwertspitze zog der eine den Stoff in die Höhe und erschrak.

In schneller Flucht rannten sie zurück zu ihren Eltern. Die Kinder hatten die Leiche von Heike Kohlmann gefunden.

Der Fall der in Sankt Andreasberg spurlos verschwundenen jungen Frau wurde wieder aufgerollt. Hartnäckige Gerüchte, das Mädel wäre einfach nur abgehauen, verstummten. Die Polizei ermittelte wegen schwerer Körperverletzung mit Todesfolge und in dem kleinen Harzort verbreiteten sich nicht nur Angst und Schrecken, sondern auch das Misstrauen der Bewohner untereinander wurde geschürt. War es einer von ihnen?

Die Tat blieb weiterhin rätselhaft. Warum hatte man trotz umfangreicher Suchaktionen monatelang keine Spur von dem vermissten Mädchen gefunden? Wie konnte ihre Leiche ein halbes Jahr unentdeckt bleiben, obwohl sie ganz in der Nähe ihrer Unterkunft gelegen hatte? Hatte man wirklich alles getan, um sie zu finden?

Erschreckend waren die Ergebnisse der Gerichtsmedizin: die junge Frau war erfroren, während sie hilflos im Schnee gelegen hatte. Dass es sich nicht um einen tragischen Unfall handelte, bewiesen die schweren Schädelverletzungen am Hinterkopf, an den Handgelenken befestigtes Klebeband und Spermaspuren, die nicht zugeordnet werden konnten. Alles nur Indizien, keine Beweise, keine Zeugen. Der Verdächtige aus dem Maßregelvollzugszentrum Moringen stritt alles ab und das Verfahren musste eingestellt und die Beweisstücke asserviert werden.

Acht Jahre später, *2010*

Die Psychologin Gisela Hornburg wurde erneut mit der Tötung der jungen Frau in Sankt Andreasberg konfrontiert. Obwohl sie schon lange nicht mehr im geschlossenen Vollzug Moringen arbeitete, empfand sie die Erinnerung daran als schwere Belastung. Endlich hatte sie es geschafft, siel einigermaßen zu verdrängen, da kam alles aufs Neue hoch. Aus irgendwelchen Gründen hatte die Polizei den Fall wieder aufgerollt.

Ein Kriminalbeamter teilte ihr mit, dass sich die Beweislage gegen ihren damaligen Schützling Martin verändert hatte. Es würde zu einer Gerichtsverhandlung kommen und Anklage gegen Martin erhoben, unter anderem wegen schwerer Körperverletzung mit Todesfolge. Mithilfe einer neuen Erbgut-Analyse-Technik konnte das Sperma in den alten Beweisstücken analysiert und mit einer DNA-Speichelprobe von Martin verglichen werden. Das Ergebnis bewies zweifelsfrei: er war der Täter.

Die Psychologin sollte nun als Zeugin befragt werden. Gisela Hornburg zwang sich, die Umstände der Fahrt nach Sankt Andreasberg noch einmal genau zu durchdenken.

Das getötete Mädchen hieß Heike Kohlmann, ihr Name haftete wie eine Brandblase in ihrem Gedächtnis und jedes Detail des unheilvollen Tages damals im Oktober 1992 stand überdeutlich in ihrer Erinnerung. Kurz vor ihrer Abreise hatten wei Polizisten bei ihnen geklopft und den Grund für eine Suchaktion nach einem vermissten Mädchen erläutert. Die Suche blieb erfolglos und zwei Tage später fingen die Verhöre in Moringen an. Alle Häftlinge, die an der Fahrt nach Sankt Andreasberg teilgenommen hatten, wurden abwechselnd verdächtigt und verhört, doch bald konzentrierten sich die Ermittlungen nur noch auf Martin.

Gisela Hornburg war zunächst empört gewesen. Sie kannte die Vorurteile nur zu gut, denen ihre Schützlinge ausgesetzt waren. Immer wenn etwas Schlimmes passierte, fiel der Verdacht zuerst auf die Klinikinsassen. Und Martin hatte immer wieder beteuert, mit dem Verschwinden der Frau nichts zu tun zu haben.

Betreuer, Psychiater, Gutachter und selbst die Klinikleitung waren ratlos gewesen. Weder die Hornburg noch der Stark hatten zur fraglichen Zeit etwas Auffälliges bemerkt und auch die anderen Häftlinge behaupteten, Martin habe die Hütte nicht verlassen. Vielleicht war diese Heike auch nur weggelaufen und tauchte irgendwann wieder auf?

Martin wurde wieder und wieder verhört und stritt kategorisch alles ab. Log er oder sagte er die Wahrheit? Gisela Hornburgs Loyalität geriet allmählich ins Wanken. Doch die Beweislage war schlecht und obwohl inzwischen niemand mehr so recht an Martins Unschuld glaubte und zahlreiche Indizien gegen ihn sprachen, gab es keinerlei Beweise. Niemand konnte Martin mit Heike Kohlmann in Verbindung bringen. Die einzige Zeugin, die ihn mit der vermissten Schülerin gesehen hatte, die Aushilfe im Kiosk-Cafe, war längst nach Polen zurückgekehrt und es gab auch keinen Grund, sie als Zeugin zu befragen. Das Verfahren musste eingestellt werden: in dubio pro reo - im Zweifel für den Angeklagten.

Kurze Zeit später ereignete sich in Gisela Hornburgs Wohngruppe die nächste Katastrophe. Man fand Jürgen, einen jungen Häftling, der auch im Harz dabei gewesen war, mit aufgeschnittener Kehle und einer Rasierklinge in der Hand tot in der Dusche. Fremdeinwirkung konnte nicht nachgewiesen werden, also Suizid. Aber war das wirklich ein Suizid oder hatte jemand nachgeholfen? Jürgen, der mit hochdosierten Psychopharmaka vollgepumpt wurde, um ihn einigermaßen ruhig zu stellen, war eigentlich nicht als suizidgefährdet eingestuft worden und schon gar nicht kam er für den Mord an dem Mädchen infrage und seine Tat konnte auch nicht als ein spätes Schuldeingeständnis gewertet werden.

Gisela Hornburg hatte plötzlich Angst vor Martin bekommen und irgendwann hatte sie die Angst nicht mehr ausgehalten und ihre gut bezahlte Stelle gekündigte, war in ein anderes Bundesland gezogen und hatte versucht, zu vergessen. Sie wollte weder Martin noch dem Kollegen Stark je wieder begegnen. Und genau das würde sich jetzt nicht mehr vermeiden lassen. Wegen der neuen, erdrückenden Beweislage hatte Martin die Tat gestanden und der genaue Zeitpunkt des Mordes stand nun fest. Und nur der Roland Stark und Gisela Hornburg wussten, was genau zu diesem Zeitpunkt passiert war.

Als Martin damals heimlich das Haus verlassen hatte, um sich mit dem Mädchen zu treffen, lag sie mit Stark im Bett und hatte nichts bemerkt. Starks Zimmer war ganz hinten am Flurende im ersten Stock. Wäre sie ihrer Aufsichtspflicht nachgekommen, hätte sie im Erdgeschoss sitzen müssen und die Tür im Auge gehabt. Genau in der Zeit zwischen Frühstück und Mittagessen, in der Zeit, als das Mädchen verschwunden war, hatte Gisela Hornburg ihre Aufsichtspflicht aber vernachlässigt und den Mord damit überhaupt erst möglich gemacht,

Zu welchem Preis? Weil die erotische Spannung zwischen ihr und dem Kollegen nicht mehr auszuhalten gewesen war. Am Tag der Abreise hatte sie einen unerträglichen Höhepunkt erreicht und beide hatten sich darauf verständigt, sich kurz zu einer Besprechung auf seinem Zimmer zu treffen. Es war seine Idee gewesen und sie hatte sofort zugestimmt.

Während sie glaubten, die jungen Männer würden brav auf ihren Zimmern den psychologischen Test durcharbeiten, waren sie übereinander hegefallen und hatten sich begrapscht. Ja, mehr als das war es doch nicht gewesen, nur ein paar gestohlene Minuten für Sex, zu kurz für Zärtlichkeiten und zu lang, um eine gefährliche Zeitbombe wie Martin aus den Augen zu lassen. Erschöpft und erleichtert war sie dann schnell wieder nach unten geeilt und hatte sogar kurz bei Martin geklopft und ihn schlafend im Bett liegen gesehen. Danach hatte sie schon mal angefangen, den Tisch fürs Mittagessen zu decken. Mit Stark, der überdies verheiratet war, kam sie später überein, den erotischen Ausrutscher besser nicht zu erwähnen. Seitdem lastete das spurlose Verschwinden der jungen Frau auf ihrem Gewissen. Gisela Hornburg hatte eigentlich schon immer gewusst, dass es nur Martin gewesen sein konnte, doch auf die Frage, wer außer ihm noch für den Tod des Mädchens verantwortlich war, hatte sie erst jetzt die Antwort gefunden.

ROSA LÄSST SCHÖN GRÜSSEN

Eine unscheinbare Frau sitzt auf der Terrasse eines kleinen kreolischen Restaurants. Vor ihr auf dem Tisch steht eine Cola mit vielen Eiswürfeln, die langsam in der Sonne dahinschmelzen. Wie immer ist das Wetter auf der Insel La Reunion traumhaft schön (außer in der Regenzeit) und der belebte Strandboulevard wimmelt von geschäftigen oder müßig herumsitzenden Menschen mit zumeist dunkler Hautfarbe. Kaum jemand nimmt Notiz von der Mittsechzigerin, die ein paar eng beschriebene Briefseiten aus ihrer Umhängetasche zieht und zu lesen beginnt.

„Lieber Wolfgang,

ich schreibe dir das alles, weil du sozusagen den Schlussstrich unter meine Ehe setzen sollst, denn du bist von Anfang an dabei gewesen. Ich weiß nicht, ob es richtig ist, dir zu schreiben, aber ich kann den Brief ja später immer noch verbrennen. Ich muss das alles jedenfalls loswerden und du bist der einzige, dem ich mich anvertrauen kann.

Wie du weißt, lernte ich Siegfried, deinen Schützenbruder, bei der Kirmes in Goslar kennen. Ihr beide habt an einer Schießbude gestanden und nach hübschen Mädchen Ausschau gehalten. Eure Uniformen sahen toll aus und ich bin hinter einem Stand mit Luftballons stehen geblieben und hab euch heimlich beobachtet. Das dünne Mädchen mit dunklen hochtoupierten Haaren und dick schwarz geschminkten Augen, das ich damals war, schmachtete den blonden Siegfried an. In der Tasche hatte ich genau zwei Mark und die reichten nur für ein paar Lose, Eis und ein Fischbrötchen. Was hab ich die riesigen Stofftiere und den ganzen anderen Kitsch auf den Regalen in der Bude angestarrt! Ich war ja erst sechzehn und zum ersten Mal ganz allein mit dem Bus von Salzgitter nach Goslar gefahren.

Als ich mich wie zufällig neben euch stellte, da hat der Siegfried sofort gefragt, ob ich eine Rose haben wollte. Er sah damals verdammt gut aus, das muss man sagen! Er traf die Rose mit einem Schuss, überreichte sie mir feierlich und ich verliebte mich unsterblich in ihn. Ich war sicher, einen Sechser im Lotto gewonnen zu haben! Noch am selben Abend landeten wir im Bett, ich wurde schwanger und keine fünf Monate nach unserem ersten Sex mussten wir heiraten.

Mein Onkel, bei dem ich nach dem Tod meiner Eltern untergekommen war, nutzte die Gelegenheit, um mich loszuwerden und verfrachtete mich und meine wenigen Klamotten in seinem alten Ford-Transit nach Goslar. Erleichtert übergab er mich seinem Nachfolger.

Von da ab war alles anders. Siegfried zeigte sein wahres Gesicht und egal, ob ich schwanger, krank oder müde war, egal, wie elend ich mich fühlte, das allabendliche Ritual wurde immer mit den schneidenden Worten eingeläutet:

„Rosa, bring mir ´n Bier!"

Das Bier war nur der Auftakt, ein Vorwand, denn während er sich unzählige Gläschen mit Hochprozentigem hinter die Binde kippte, vergnügte er sich damit, mich auf die unterschiedlichste Art und Weise zu quälen. Wie ich das all die Jahre überlebte und er es schaffte, am anderen Morgen halbwegs nüchtern zur Arbeit zu gehen, ist mir bis heute ein Rätsel.

Wir wohnten ja da draußen im hintersten Kramerswinkel, da, wo die Kriegsflüchtlinge untergekommen sind, in der zugigsten Ecke der Stadt. Schön weit weg von der kaiserlichen Vorzeigewelt. Unser Haus war das letzte vor den Wäldern der Grauhöfer Forst, ganz einsam gelegen und umwuchert von wilden Hecken. Die knorrigen Eichen, Buchen und Lerchen in unserem riesigen Garten gingen nahtlos in ein großes Waldstück über. Das Grundstück hatten seine Eltern günstig von der Klosterkammer gepachtet, Kirchengrund, und eilig mit einem Wohnhaus und zwei Schuppen bebaut.

Mir gefiel es da draußen. Es erinnerte mich wohl an die verlorene Heimat meiner Vorfahren in Pommern und das Rauschen der Blätter und die friedliche Stille entschädigten mich ein wenig für die Grausamkeiten, die Siegfried mir zufügte. Wenn er es ganz schlimm getrieben hatte, versteckte ich mich solange im Wald, bis ich wieder zu Kräften gekommen war.

Wir lebten dort mit den Kindern wie auf einer Insel, denn wir hatten beide kaum Verwandte. Siegfrieds Vater war schon tot und die Mutter hatte es irgendwie zustande gebracht, mit dem seltsam gearteten Sohn auszuharren.

Die Alte war ja so froh gewesen, als ich einzog! Endlich kam eine andere in die Schusslinie und steckte seine Schläge und Beschimpfungen ein.

Wie konnte ich nur geglaubt haben, den Sechser im Lotto gezogen zu haben! Seit dem Umzug ist kein Tag vergangen, an dem er mich nicht gedemütigt und gequält hätte. Seltsamerweise hat er den Kindern nie was getan. Er wartete immer, bis sie abends in ihren Zimmern verschwunden waren, drehte den Fernseher laut auf und dann ließ er sich so lange an mir aus, bis er zu besoffen war, um sich noch bewegen zu können.

Was er für Dinge mit mir tat? Das will ich dir ersparen, lieber Wolfgang, sonst wirst du noch rot. Dein Schützenbruder Siegfried war ein abartiges Monster, das darfst du mir glauben und bis Corinna, unsere Jüngste, aus dem Haus war, hatte ich gelernt, wie man mit Prellungen, angebrochenen Rippen und Blutergüssen kocht, wäscht und einkaufen geht, ohne dass es jemandem auffällt.

Damit ich trotz der Schmerzen die Kinder versorgen und mich von ihm besteigen lassen konnte, musste ich allerdings regelmäßig Tabletten schlucken und später kamen dann starke Beruhigungsmittel dazu. Die verschrieb mir der Hausarzt, ohne dass ich lange darum bitten musste. Der gute Mann war ja so froh, dass ich ihn mit der Wahrheit verschonte und glaubte nur zu gern an meine Treppenstürze, Fahrradunfälle und andere Missgeschicke.

Ich höre dich fragen, warum ich nicht weglief? Oder mich zur Wehr setzte? Ich hatte doch kein Geld und ich konnte doch die Kinder nicht zurücklassen. Und wo sollte ich mich vor ihm verstecken? Der Siegfried hat immer gedroht, dass er mich umbringen würde, wenn ich auch nur daran dächte, von ihm wegzugehen. Und wenn ich schrie: „Ich erzähle alles dem Wolfgang, der ist bei der Kripo!", dann hat er nur hämisch gelacht und gesagt: „Geh doch, dann lass ich mich an Corinna aus!"

Die Corinna, unsere Jüngste, liegt mir besonders am Herzen, an der hänge ich noch mehr als an den beiden Jungs und das wusste er. Ich hielt die Klappe und bildete mir ein, dass ich kein besseres Schicksal verdient hatte.

Im Sommer letzten Jahres dachte ich schon, er würde sich ändern, so höflich und freundlich schlich er auf einmal durch die Gegend. Seine Mutter hatte zwei Wochen im Krankenhaus gelegen und es sah schlecht für sie aus. Bauchspeicheldrüsenkrebs. Während sie weg war, hatte Siegfried ihre ganze Wohnung durchwühlt, um ihr Sparbuch zu finden. Ohne Erfolg, wahrscheinlich hatte sie es sogar mit ins Krankenhaus genommen. Sie hütete das Ersparte wie ihren Augapfel und Siegfried konnte ihren Abgang kaum erwarten, damit er endlich an die Kohle kam. Als sie zurückkam, versuchte er, vor ihrem Tod noch schnell den guten Sohn zu spielen, damit sie ihm endlich zeigte, wo das blöde Buch versteckt war.

Auch Siegfrieds Vater war furchtbar geizig gewesen. Der war mit geerbten Immobilien und einem Taxiunternehmen reich geworden und hatte den einzigen Sohn wegen seiner Sauferei testamentarisch enterbt. Die Mutter hat dann alles gekriegt und das viele Geld ist auf der Bank liegengeblieben.

Dabei hätten wir es für die Kinder so gut gebrauchen können! Aber die Alte, die als Alleinerbin mit Wohnrecht eingesetzt worden war, hat nie was rausgerückt. Wegen dem Erbe gab es fortwährend Zank und Streit und je mehr der Siegfried seiner Mutter zusetzte, umso störrischer weigerte sie sich, ihm was abzugeben.

Sein Pflichtteil hatte er längst verbraten und damit er sich seine Sauferei weiterhin leisten konnte, ist der Siegfried dann auf die Idee mit der Fischzucht hinten auf dem Grundstück gekommen. Da ist ja noch ein alte Weiher von den Grauhöfer Klostermönchen übrig geblieben und den hat er wieder mit Fischen bestückt. Und wer musste die glitschigen Barsche, Hechte, Karpfen und

Welse für den Verkauf zerlegen, verpacken und einfrieren? Ich natürlich. Und das Geld ging doch nur wieder für Schnaps und Zigaretten drauf.

Im Juli lag seine Mutter dann plötzlich tot im Bett. Da hättest du den Siegfried sehen sollen! Er war außer sich, weil er noch immer nicht an das Sparbuch rangekommen war. Ganz irre vor Wut rannte er durchs Zimmer, schlitzte die Matratzen auf, stemmte die Dielen hoch und durchwühlte schließlich das ganze Haus und auch den Garten.

Ich sagte zu ihm, Siegfried, sagte ich, wenn du so weitermachst, kommst du noch in den Knast! Irgendwann muss der Arzt gerufen werden, von wegen dem Totenschein und so. Und wenn der sieht, wie du hier gewütet hast, denkt der sich sein Teil und eins, zwei, drei steht dein Freund Wolfgang vor der Tür! Da ließ er es eben gut sein und seine Mutter wurde abgeholt.

Bei der Beerdigung war er dann so hinüber, dass er am offenen Grab das Gleichgewicht verlor und beinahe hinter ihr her in die Grube gestürzt wäre.

Kaum, dass wir vom Friedhof zurück waren, da ging es weiter:

„Wo hast du das Sparbuch versteckt, du Kotzbrocken, du Drecksschlampe! Du weißt doch wo es ist, du hast es ihr geklaut. Und überhaupt: du hast meine Mutter umgebracht!"

Ich schwieg, wenn er mich anschrie, immer hab ich geschwiegen, von Anfang an. Aber als er das verfluchte Sparbuch auch nach der Beerdigung nicht finden konnte, wurde er so wütend, dass ich dachte, der bringt dich jetzt um! Ich hatte Angst und wollte dich schon vorsichtshalber anrufen, aber als er dann plötzlich wie verwandelt freundlich und still herumschlich, da dachte ich, er wäre durch den Tod seiner Mutter ein anderer Mensch geworden. Doch da hatte ich mich gewaltig verschätzt. Der Siegfried heckte eine ganz große Sauerei aus, um mich mürbe zu kriegen.

Als ich ganz hinten im Garten die Motorsäge hörte, wusste ich sofort, was es war. Siegfried war dabei, einen Baum nach dem anderen abzusägen. Ich rannte nach draußen, schrie ihn an, hängte mich an seinen Arm, kam an die Säge und schnitt mir fast die Finger ab, aber ich konnte ihn nicht aufhalten. Nie konnte ich das. Er boxte mir ins Gesicht und ich landete heulend auf der Erde. Und er sägte weiter.

Am Abend stopfte er die abgesägten Äste und Zweige in die Häckselmaschine und verstreute die Späne grinsend im ganzen Garten. Ein schrecklicher Anblick war das. Die schöne alte Eiche und ein paar Buchen waren schon umgekracht, hatten im Sturz einige Birken mitgerissen und sich ineinander verkeilt. Mein kleines Paradies, meine letzte Zuflucht, war zerstört! Siegfried richtete eine entsetzliche Verwüstung an und ich wusste, er würde nicht aufhören, bis er das Sparbuch in die Hände bekam.

Ach Wolfgang, jetzt fragst du dich bestimmt wieder, warum ich nun nicht endlich weggegangen bin, wo doch die Alte tot war und die Kinder aus dem Haus? Ich bin noch nie sehr abenteuerlustig gewesen und fühlte mich wie ein abgestorbener Baum. Du kennst doch diese knorrigen Stämme, an denen man achtlos Bretter festnagelt und Buchstaben einritzt, bis sich irgendwann ein großes Geschwür bildet und die toten Äste traurig in den Himmel ragen. So einer war ich, eingewurzelt und unfähig, wegzulaufen. Und weißt du, warum ich dann doch abgehauen bin? Wegen dir.

Aber bevor ich weitererzähle, musst du eines wissen: ich bin auch nicht besser als der Siegfried! So, und jetzt erfährst du alles.

Unser Ältester, der Horst, der hat ja oben in Clausthal Physik studiert und in seinem Kinderzimmer, da standen noch die ganzen Chemikalien herum aus der Studienzeit. Das brachte mich auf eine Idee. Nachdem Siegfried schon eine ganze Ecke von unserem Grundstück kahl gesägt hatte, da holte ich mir das Fläschchen mit dem Äther und versteckte es im Wohnzimmer unterm Sofa. In Gedanken spielte ich alles immer wieder durch und noch am selben Abend war ich soweit.

Es war ungefähr acht Uhr, ich saß vorm Fernseher und hörte Siegfried durch den Flur schlurfen. Er hatte schon im Garten angefangen zu trinken und stand schwankend in der Tür. Mit beiden Händen klammerte er sich am Rahmen fest und zischte:

„Rosa, hol mir ´n Bier!"

Wie immer grinste er mich bösartig an und fügte noch hinzu:

„Aber ´n bisschen dalli, alte Schreckschraube!"

Ich rührte mich nicht, obwohl ich wusste, was zwangsläufig passieren würde, wenn ich mich weigerte, ihm zu gehorchen.

Ich blieb einfach sitzen und tat so, als hätte ich ihn nicht gehört. Aus den Augenwinkeln sah ich, wie er zuerst irritiert war und sich dann wütend auf mich zu bewegte. Sein Körper wurde wie in Zeitlupe immer größer, je näher er kam und sein Arm, der mit voller Wucht auf mein Gesicht zufegte, schien die Größe eines Telegrafenmastes zu haben. Kurz bevor der Schlag mich traf, duckte ich mich weg und Siegfried verlor das Gleichgewicht. Er fiel der Länge nach hin, landete auf mir und ehe er sich hochrappeln konnte, schubste ich ihn zur Seite und er sackte auf den Boden. Einen Moment lag er benommen auf dem Rücken und stank wie immer ganz fürchterlich nach Alkohol.

Das Bild, wie er da liegt, das hat sich für immer bei mir eingebrannt.

Jetzt musste ich nach meinem Plan vorgehen. Ich zog unter dem Sofa den Äther hervor, tränkte einen Lappen reichlich damit und presste ihn fest auf Siegfrieds Mund und Nase. Er versuchte, sich hochzubocken, wollte mich wegstoßen, strampelte mit den Beinen und gab erstickte Laute von sich. Ich aber bot all meine Kräfte auf und blieb auf seiner Brust hocken. Ich konzentrierte mich einzig und allein auf meine Hände und gab nicht nach. Die Zeit kam mir sehr lange vor, es schien eine Ewigkeit zu dauern, aber irgendwann hörte er auf, sich zu bewegen.

Eigentlich tat er mir schon wieder Leid, wie er so hilflos da lag und ich war drauf und dran, den Lappen wegzuziehen. Aber dann stellte ich mir vor, was er mit mir machen würde, wenn er zu sich kam. Also wartete ich so lange, bis er ganz aufgehört hatte zu atmen.

Und jetzt, Wolfgang, wirst du gleich noch mehr schokkiert sein. Das mit dem Äther, das hatte ich nämlich vorher schon mal gemacht, und zwar bei seiner Mutter.

Die hatte mir eines Tages zum ersten Mal das Sparbuch gezeigt. Sie war gerade aus dem Krankenhaus zurück und wusste, dass sie nicht mehr lange leben würde. Wir hatten zusammen zwei Flaschen süßen Rotwein getrunken und von dem Alkohol und den vielen Tabletten, die sie jetzt einnehmen musste, redete sie lauter dummes Zeug.

Ja, jammerte sie, das schöne Geld, sie hätte ja nie was vom Leben gehabt und nun wäre es bald aus mit ihr und es wäre besser gewesen, wenn sie das Ersparte auf den Kopf gehauen hätte. Wenn sie sich vorstellte, was der Siegfried damit anstellen würde! Er wäre ja ihr einziges Kind, aber doch eben ein Säufer. Ich hielt die Klappe und dachte mir so mein Teil, sie hätte ihn ja schließlich auch enterben und stattdessen unsere Kinder, ihre einzigen Enkel, als Erben einsetzen können. Aber davon war überhaupt nicht die Rede und das machte mich furchtbar wütend!

Wie gesagt, nach der zweiten Flasche holte sie plötzlich das Sparbuch hervor und hielt es mir ganz stolz unter die Nase. Es war so eins, von dem sich jeder was abheben kann, der die Chipkarte und die Geheimnummer besaß und ich hätte es ihr am liebsten aus der Hand gerissen. Mich traf fast der Schlag, als ich die Summe las: vierhundertfünfzigtausend Euro! Sie hatte alles zusammen in einem wasserfesten Umhängebeutel aufbewahrt, Chipkarte, einen Zettel mit der Pin und das Sparbuch und schließlich verriet sie mir sogar noch das streng gehütete Geheimnis. Während sie schlief, verstaute sie das kostbare Buch immer zwischen Matratze und Laken. Bevor sie es wieder wegsteckte, sah ich, dass überall Siegfrieds Name eingetragen war. Sie hatte ihm das gesamte Vermögen überschrieben.

In der Nacht konnte ich nicht schlafen und grübelte und grübelte. Wenn Siegfried das Geld in die Hände bekam, würde es binnen kürzester Zeit verschleudert sein. Nicht einen Cent würde er den Kindern übrig lassen.

So gegen zwei Uhr morgens stand ich auf, holte mir das Fläschchen mit dem Äther und schlich hoch zu ihrem Zimmer. Vorsichtig stand ich erst eine Weile still an der Tür und horchte. Als ich sicher war, dass sie schon schlief und nichts mitbekam, ging ich rein und stellte mich neben ihr Bett. Dann presste ich das Tuch fest auf ihr Gesicht. Ich drehte den Kopf weg, denn ich musste ja aufpassen, dass ich von dem Zeug nicht selber was abbekam. Sie zuckte nur ein kleines bisschen und rührte sich dann nicht mehr. Ich blieb stehen und befühlte ihre Halsschlagader, so wie im Film. Dann wusch ich mit einem Waschlappen den Äthergeruch von ihrem Gesicht ab, besprühte sie zur Sicherheit ein bisschen mit ihrem geliebten 4711 und sah zu, dass ich wieder nach unten kam.

Siegfried schnarchte wie immer laut und besoffen und hatte absolut nichts mitgekriegt. Da beschloss ich, das Sparbuch lieber schnell noch in Sicherheit zu bringen. Ich wickelte es zusammen mit meinem Personalausweis in den wasserdichten Beutel, lief durch den Wald bis zum zugeschütteten Betonbunker hinter unserem Grundstück und stopfte das Päckchen in einen Hohlraum. Dann kehrte ich ins Haus zurück und legte mich schlafen.

Das alles war wie im Traum, glaub mir bitte, Wolfgang, das war wirklich nicht geplant, das hat sich irgendwie so ergeben! Aber den Siegfried, den hab ich vorsätzlich umgebracht. So nennt man das doch in eurer Fachsprache.

Am andern Morgen ging alles seinen Gang, wie es eben beim Tod alter Leute und bei der Beerdigung so üblich ist. Keiner, aber auch gar keiner kam auf die Idee, dass mit ihrem Ableben was nicht stimmte. Auch du nicht. Ich hab dich beobachtet, du hast beim Begräbnismahl ganz entspannt in der Gaststätte gesessen und unbefangen mit allen geredet. Und auf mich wäre sowieso kein Verdacht gefallen, denn für eine so ausgeklügelte Tat war ich doch viel zu blöd!

Aber zurück zum Siegfried. Als er da im Wohnzimmer auf dem Boden lag, wickelte ich seinen ausgemergelten Körper in den Wohnzimmerteppich und zerrte ihn auf die Terrasse. Ich hatte mir zwar genau überlegt, was ich machen würde, aber leicht gefallen ist es mir dann doch nicht.

Ich wartete, bis es stockdunkel war, zog ihm die Sachen aus und schleifte den Toten auf einem Teppich rüber zum Fischteich. Dann schnitt ich mit der Drahtschere zwei Meter von einer alten Maschendrahtrolle ab und wickelte ihn damit ein. Bevor ich die Enden verknotet hab, packte ich ein paar Steine dazu, damit die Leiche nicht irgendwann wieder nach oben kam. Als alles fertig war, hab ich den Siegfried ins Wasser geworfen.

Den Rest sollten die Fische besorgen, allesamt Fleischfresser, das wusste ich. Er hat denen nämlich oft Schlachtabfälle gegeben, damit sie schneller wuchsen und nach den blutigen Brocken haben sie immer gierig geschnappt.

Nun hätte ich machen sollen, dass ich endlich wegkam. Aber da wurde mir plötzlich bewusst, was ich getan hatte und ich bekam eine wahnsinnige Angst. Fast fünfzig Jahre lang hatten Siegfried und ich wie zwei Ratten auf unserem Grundstück gehaust und nun war er tot und ich eine Mörderin.

Ich war wie gelähmt. Tagelang schleppte ich mich nur vom Schlafzimmer bis in die Küche, wo ich meine Tabletten nahm und etwas Wasser trank und wieder zurück. Essen konnte ich nicht. Das Wohnzimmer wollte ich nicht mehr betreten, es erinnerte mich an den letzten Abend mit Siegfried.

Ich wäre wohl bis zu meinem eigenen Tod im Haus stecken geblieben, wenn du nicht eines Tages geklingelt hättest. Ich wollte gar nicht aufmachen, ich sah ja aus wie ein Schreckgespenst, aber ich hatte Angst, dass du dann Polizisten schicken würdest.

„Wo mein Mann wäre?", wolltest du wissen. „Man hätte ihn schon längere Zeit nicht mehr gesehen."

Dabei schieltest du immer so an mir vorbei, als ob du am liebsten selber nach Siegfried gesucht hättest. Ich erschrak fast zu Tode und erfand die erste beste Lüge, die mir einfiel. Er sei im Krankenhaus zu einer Untersuchung. Natürlich glaubtest du mir kein Wort und ich wusste, ein Rückruf im Krankenhaus würde mich auffliegen lassen. Glücklicherweise kamst du nicht auf die Idee, unser Telefon benutzen zu wollen! Zitternd hab ich am Fenster gestanden und hinter dir her gestarrt.

Ach, Wolfgang, warum hast du mir damals nicht die Rose geschossen?

Dann ging alles ganz schnell. Nachdem du weg warst, holte ich Corinnas Wanderrucksack nach unten, den ich längst für meine Abreise gepackt hatte. Auch ein Abschiedsbrief an Corinna war schon geschrieben und darin stand, dass Siegfried und ich einfach mal raus mussten, nachdem die nun auch die Mutter gestorben war. Wir hätten uns entschlossen, ganz spontan eine Schiffsreise zu machen, eine Kreuzfahrt. Und dass wir vielleicht ein paar Monate fort bleiben würden.

Ich konnte nicht schlafen und damit du nicht auf komische Gedanken kamst, hab ich dir auch einen Brief geschrieben. Beide Briefe hab ich später in den Kasten gesteckt. Als es anfing zu dämmern, rannte ich zu meinem Versteck, holte das Päckchen mit dem Sparbuch heraus und meine abenteuerliche Flucht nahm ihren Anfang.

Zuerst bin ich im Schutz der Bäume durch die Grauhöfer Laubwälder gelaufen und dann über die Feldmark nach Vienenburg. Da kannte mich keiner. Ich wollte mir am Bahnhof eine Fahrkarte nach Braunschweig kaufen, aber eigentlich war ich ganz sicher, unterwegs verhaftet zu werden! Hinter jedem Baum sah ich einen Polizeibeamten stehen und ich kann dir sagen, als ich endlich den Bahnhof erreicht hatte, war ich völlig fertig. Ich stand vor einem Fahrkartenautomaten und wusste überhaupt nicht, wie man den bedient! Ohne den netten jungen Mann, der zufällig in der Nähe war, hätte ich es niemals geschafft, rechtzeitig bis zur Abfahrt des Zuges eine Karte zu ziehen.

Auf der Fahrt nach Braunschweig packte mich eine solche Verzweiflung, dass ich mich am liebsten aus dem Zug gestürzt hätte. Ich musste die doppelte Dosis meiner Beruhigungstabletten schlucken, aber danach war ich ganz gelassen. Ich schaffte es sogar, am Bankautomaten in der City mit der Chipkarte ein paar hundert Euro abzuheben und mit dem Geld in der Tasche ging es mir gleich viel besser.

Allerdings fühlte ich mich plötzlich auch auf der Straße nicht mehr sicher. Ich hab mich dauernd umgedreht und gedacht, dass mir jemand folgt und wollte nur noch ganz schnell weg. In ein fernes Land, in dem das Sparbuch gültig war und für das man keinen Reisepass brauchte, denn ich besaß ja nur meinen Personalausweis.

Lieber Wolfgang, hättest du das alles gewusst, dann wäre schon gleich nach mir gefahndet worden! Du bist ja immer ein pflichtbewusster Beamter gewesen. Aber du kannst mir glauben, ich schäme mich wegen meiner Taten, sehr sogar! Und das Geld habe ich nicht für mich genommen! Dreihunderttausend Euro habe ich an die Kinder überwiesen, schön in gleiche Beträge aufgeteilt. Die Kinder sollen glauben, dass ihnen der Vater von seinem geerbten Geld was abgegeben hat, und so ist es ja auch.

Aber so richtig glücklich bin ich nicht, ich fühle mich oft einsam. Und ich schreibe diesen Brief, weil irgendwas mit dem Haus geschehen muss, falls ich nicht mehr zurückkehren sollte. Es ist nicht gut, wenn es da in der Einsamkeit zu lange leer steht und solange alle denken, dass der Siegfried noch lebt, können die Kinder ja das Grundstück nicht verkaufen. Also, bitte sei so gut und kläre alles auf. Du kannst den Brief als eine Art Geständnis benutzen. Was aus mir wird, ist mir egal.

Leb wohl, Wolfgang, und sei schön gegrüßt von der Rosa."

Rosa atmete tief durch, faltete die Blätter ordentlich zusammen und steckte sie zurück in die Tasche. Sie hatte die Seiten kopiert, bevor sie den Brief damals abgeschickt hatte. Inzwischen war das tägliche Lesen zu einem Ritual geworden, das ihr half, ohne Tabletten auszukommen.

Schon das Schreiben des Briefes, der ja mehr einer Lebensbeichte glich, hatte eine erlösende und reinigende Wirkung gehabt. Zuerst wollte sie ihn ohne Absender verschicken, aber dann hatte sie doch im letzten Moment die Adresse des Hotels, in dem sie gerade wohnte, auf den Umschlag gekritzelt und schnell in den Kasten geworfen. Ihren Aufenthaltsort zu finden, dürfte für Wolfgang nicht allzu schwer sein.

Die kleine Tropeninsel La Réunion war ein echtes Südseeparadies. Doch der Schein trog, Rosa wusste, dass das Land genau wie sie, eine sehr traurige Vorgeschichte hatte. Der schwarzen Bevölkerung waren schreckliche Grausamkeiten zugefügt worden, als Sklavenhandel und Rassismus das Land regierten. Inzwischen war die Sklaverei längst abgeschafft, doch jetzt kämpfte der noch junge Inselstaat um seine wirtschaftliche Unabhängigkeit innerhalb der Europäischen Union. Selbst die Exportschlager Bourbon-Vanille, Zuckerrohr und Rum brachten nicht genug ein, um die überdurchschnittlich hohe Arbeitslosenrate zu senken.

La Reunion hatte schon immer eine seltsame Faszination auf sie ausgeübt. In der Jürgenohler Stadtteilbücherei war Rosa die einzige gewesen, die sich mehrmals hintereinander sämtliche Reiseführer über den Inselstaat ausgeliehen hatte. Dann mutete sie ihrem mit Einkaufstüten schwer bepackten Fahrrad noch einen Stapel Bücher zu und nahm dafür gern in Kauf, das Rad den weiten Weg bis nachhause schieben zu müssen. Wann immer sie sich unbeobachtet wusste und die Zeit dazu fand, studierte sie die Geschichte der ehemaligen französischen Kolonie. Nebenher hatte sie sogar ein paar Brocken Französisch gelernt.

Wehmütig lächelnd sog sie die feuchtheiße, aromatische Luft ein und blickte sich um. Palmen säumten den Boulevard und eine unübersehbar große Menge lärmender, größtenteils dunkelhäutiger Menschen wogte über die Plaza der Hauptstadt Saint-Denis. Mitreißende Klänge drangen aus dem Cafe hinter ihr und keine dreißig Meter vor ihr rauschte das Meer. Himmelblaues Wasser, schneeweiße Gischt, weißgelber Sand.

Wenn sie nur nicht so von Gewissensbissen geplagt würde! Rosa seufzte resigniert. Endlich hatte sie den ersehnten Sechser im Lotto gewonnen und was tat sie? Sie zeigte sich selbst an, um den Kindern zu helfen.

Dabei konnte sie sich noch immer nicht erklären, wie sie es überhaupt geschafft hatte, hierher zu gelangen!

In Braunschweig hatte sie vollkommen erledigt in einer Pension gehockt und war drauf und dran gewesen, alles hinzuschmeißen. Ziellos war sie durch die Stadt geirrt, bis sie plötzlich vor einer kleinen Kapelle gestanden hatte, deren Tür einladend geöffnet war. Kirchenbesuche gehörten seit ihrer Kommunion in Salzgitter nicht mehr zu Rosas Leben, doch irgendetwas schien sie mit Macht ins Innere des kleinen Steinhauses zu ziehen. In einer Ecke war ein Seitenaltar, der von unzähligen Teelichtern erleuchtet wurde und Rosa hatte sich auf eine Bank gesetzt und stundenlang geweint. Erst spät in der Nacht war sie völlig erschöpft in die Pension zurückgekehrt und hatte zum ersten Mal tief und fest geschlafen.

Am anderen Morgen wusste sie plötzlich, was zu tun war. Sie hob Geld ab und buchte einen Flug von Hamburg nach La Réunion mit Zwischenstop in Paris.

Das war im März gewesen und jetzt stand Weihnachten vor der Tür. Wie viel Zeit ihr wohl noch blieb? Sie war inzwischen mehrmals umgezogen, doch Wolfgang war ein schlauer Fuchs, er würde sie bald finden. Eifrig blätterte sie in dem kleinen Wörterbuch und wiederholte mit geschlossenen Augen leise ein paar Vokabeln.

Jemand berührte ihren Arm und sagte: „Rosa!!"

Sie erschrak und wagte nicht, aufzublicken. Jetzt schon!? Die sprichwörtliche Gründlichkeit der deutschen Justiz hatte sie viel zu schnell aufgespürt! Sie war ja auch blöd gewesen, sie hätte Wolfgang gar nicht schreiben sollen! Zu spät! Jemand zog geräuschvoll einen Stuhl heran und setzte sich ihr gegenüber.

„Rosa, so sieh mich doch bitte an!"

Ergeben hob sie langsam den Kopf und dachte, dass sie wenigstens Corinna wiedersehen könnte, wenn sie in ein deutsches Gefängnis kam. Aber ob Corinna sie da besuchen würde?

Sie riss die Augen auf. Ihr gegenüber saß Polizeihauptkommissar i.R. Wolfgang Zederbaum und ein Lächeln umspielte seinen Mund. Ein warmes Lächeln, das aufmunternd wirken sollte. „Rosa, du brauchst keine Angst zu haben. Niemand weiß, dass ich hier bin. Ich wollte dich nur wiedersehen!"

Dann schwieg er unsicher und betrachtete ihr Gesicht. Sie hatte sich gut erholt, die Narben sah man kaum noch unter einer gesunden Bräune und die Haare, die früher wie Fäden neben ihrem Gesicht gehangen hatten, wellten sich unternehmungslustig in einem kurzen Lockenschnitt.

Ach nein, Rosa war immer schön gewesen, nur Siegfried hatte sie in ein hässliches Schlachtfeld verwandelt. Und er, Wolfgang, hatte tatenlos zugesehen und all die Jahre gelitten wie ein Hund. Nur wegen ihr war er immer wieder auf dem einsamen Grundstück unter irgendeinem Vorwand aufgetaucht und hatte sich von seinem Schützenbruder dazu überreden lassen, mit ihm zu saufen. Wenigstens wusste er, dass sie an diesen Abenden sicher war.

Und wenn Siegfried so besoffen war, dass er nichts mehr mitbekam, dann konnte er sich mit Rosa unterhalten und sie erzählte leise von ihren Träumen. Er hatte sich jedes Wort gemerkt.

Sie wäre gern einmal in ihrem Leben verreist, am liebsten auf eine tropische Insel. Fasziniert hatte er zugehört, doch schon wenn er nur ganz leicht ihre Hand berühren wollte, war sie erschrocken zurückgezuckt und hatte die Lippen wieder fest verschlossen.

Einmal hatte er ihr Geld geben wollen und sie war richtig wütend geworden. Er kam ihr niemals näher als bis zu einer undurchdringlichen unsichtbaren Mauer. Als treuer Gesetzeshüter hätte er Siegfried längst verhaften und in den Knast stecken können. Doch auch das wies Rosa energisch von sich. Als er zum ersten Mal davon sprach, ihn anzuzeigen, war sie entsetzt aufgesprungen und hatte ihm strengstens verboten, etwas derartiges zu tun, egal, was auch immer mit ihr geschah! Sie ließ ihn nicht gehen, bevor er sein Wort darauf gegeben hatte.

Rosa hatte große Angst, das war ihm schon klar, und nicht ohne Grund. Denn wenn er sich die Fälle vor Augen führte, in denen es ihm gelungen war, prügelnde Ehemänner festzusetzen, dann musste er zugeben, dass sie schneller frei kamen als die Prellungen der geschlagenen Ehefrauen verheilt waren.

Und dann hatte der Brief mit den bunten Marken in seinem Postfach gelegen und er wusste sofort, dass es eine Nachricht von Rosa war. Der sonst so besonnene Mann konnte es nicht abwarten, den Brief zu lesen und zog sich aufgeregt in eine ruhige Ecke des Postamtes zurück. Dort riss er ungeduldig den Umschlag auf und schon nach den ersten Zeilen fing er an zu weinen wie ein kleines Kind. Er schnäuzte sich ein paar Mal die Nase und wischte dabei unauffällig die Tränen ab.

Eine Woche später lag das Flugticket auf seiner Flurkommode und ein erheblicher Teil des prallgefüllten Sparguthabens hatte sich in Bargeld auf seinem Girokonto verwandelt.

Noch immer schüttelte er ungläubig den Kopf. Diese Frau! Ganz allein war sie über den halben Globus geflogen! Unglaublich! Versonnen starrte er nach draußen. Schneeflocken schwebten leicht am Fenster vorbei. Bald war Weihnachten und ihm graute vor den Festtagen, die er wie jedes Jahr einsam und allein in seinem geräumigen Haus verbringen würde. Diesmal nicht!

Leise vor sich hinpfeifend nahm er die mit Shorts und leichten Hemden gefüllte Umhängetasche, verschloss die Haustür, stapfte durch den Schnee nach draußen und stieg ins wartende Taxi. Niemand wusste von seiner plötzlichen Reiselust und es gab auch keinen Grund, irgendwenjemanden über das Ziel, den Grund oder die Dauer seiner Reise zu informieren.

Als Wolfgang am Flughafen leicht benommen aus der

angenehm kühlen Maschine gestiegen war, schlug ihm ungewohnte Hitze entgegen. Er drückte die Schultern durch, holte die soeben gekaufte Sonnenbrille hervor und rief sich in Erinnerung, was er über Rosa wusste.

Sofort erwachten seine durch die Pensionierung eingeschlafenen kriminalistischen Instinkte und er begann die Suche mit einer Befragung in dem Hotel, das auf dem Briefumschlag gestanden hatte. Wie ein Spürhund zog Zedernbaum kreuz und quer durch die Hauptstadt, bis der Kellner eines Straßencafes sie auf dem in Folie laminierten Foto wiedererkannte, das er immer bei sich trug.

Aufgeregt hatte er hinter einer Säule versteckt auf ihr Erscheinen gewartet und als sie endlich die Straße entlang geschlendert kam, kostete es ihn große Überwindung, nicht aufzuspringen und ihr entgegenzueilen. Ungewohnt selbstsicher hatte sie sich zwischen den Tischen hindurchgeschlängelt und das Herz des unerschrockenen Kommissars klopfte ihm bis zum Hals. Vorsorglich machte er sich darauf gefasst, dass sie vielleicht vor ihm davonrennen würde und es dauerte eine halbe Stunde, bis er die Kraft fand, aufzustehen.

Rosa war so in die Lektüre eines Buches vertieft gewesen, dass sie seine Anwesenheit gar nicht bemerkt hatte.

„Rosa!"

Er zog einen Stuhl heran und setzte sich ihr gegenüber. Als er das Entsetzen in ihrem Gesicht bemerkte, bereute er sofort, sich nicht vorher angemeldet zu haben. Sie musste ihn ja für einen pflichteifrigen Staatsbeamten halten, der sie verhaften wollte.

„Hab keine Angst, Rosa, niemand außer mir weiß, was

geschehen ist. Dein Brief existiert nicht mehr, den hab ich zu Asche verbrannt. Naja, und wegen der Kinder und dem Haus, da musst du dir was anderes ausdenken. Ich hab nur deshalb nach dir gesucht, Rosa, weil..." Er machte eine unsichere Pause. „Weil ich ohne dich nicht leben kann!"

Rosa starrte ihn an, als sei er eine Erscheinung aus dem Jenseits und Wolfgang verstummte verlegen. Seine schönen Tagträumereien zerplatzten wie Seifenblasen und ihm war klar, dass sie gleich aufstehen und empört weggehen würde. Wie töricht, zu glauben, dass diese wagemutige Frau auf einen so langweiligen Mann wie ihn gewartet hatte!

Da tat Rosa etwas Unerhörtes. Sie lächelte so unbeschwert wie damals als sechzehnjähriges Mädchen und streckte ihre Hand nach ihm aus. Liebevoll streichelte sie seine Schläfe, berührte zart sein Haar und liebkoste mit den Fingerspitzen seinen Mund. Er schloss die Augen und seufzte wohlig. Man könnte doch behaupten, Siegfried sei irgendwo da draußen auf dem Meer betrunken ins Wasser gefallen. Ob die Behörden hier für Geld einen gefälschten Totenschein ausstellen würden?

DIE FRAU AM TEICH

An einem sonnigen Morgen im August ging Elke trotz der zunehmend herbstlichen Witterung wie gewohnt zu ihrem Badeplatz am Eschenbacher Teich in Zellerfeld. Sie hatte sich in einen flauschigen Morgenmantel gehüllt und bereits nach dem Zähneputzen ihren Bikini angezogen. In der Neubausiedlung, die den idyllischen Teich umstand, interessierte es niemanden, was die sechzigjährige Hausfrau dazu brachte, allmorgendlich um sieben Uhr schwimmen zu gehen. Den Frauen aus der Nachbarschaft war das Wasser zu kalt oder zu tief, der Schlick zu dunkelgrün und die Böschung zu steinig. Außerdem war es ihnen so früh am Morgen unheimlich da draußen und sie bevorzugten die übersichtliche Sterilität der Harzer Thermalbäder.

Die Mehrzahl der Einfamilienhäuser war im zwanzigsten Jahrhundert von gut verdienenden Akademikern erbaut worden, deren Arbeitsplätze sich an der Technischen Universität von Clausthal befanden oder die bis nach Göttingen, Osterode oder Braunschweig pendelten. Abends kehrten sie zurück in ihr geschmackvoll dekoriertes Heim und wurden dort von Gattinnen begrüßt, die ihre Karriere treu mittrugen.

Die gealterten Ehemänner kamen im Laufe der Jahre immer später nach Hause. Sie verabredeten sich stillschweigend mit einer Geliebten oder führten langwierige Versuchsreihen durch, um dem eintönig gewordenen Eheleben zu entrinnen. Die raffiniert zubereiteten Pastagerichte der Ehefrauen verbreiteten schon lange keinen verführerischen Zauber mehr. Auch Elke hatte geduldig bei Kerzenschein so manchen Abend auf ihren Mann gewartet und das Menü schließlich alleine verzehrt. Ohne Illusionen sah sie den Zeiten entgegen, in denen Erotik und Leidenschaft nicht mehr vorkamen.

Das hatte sich jedoch vor einer Weile schlagartig geändert. Sie lächelte in sich hinein. Ihr Mann ahnte ja nicht, wie wenig er in Wahrheit von ihr wusste. Wenn er abends heimkehrte, war er müde, einsilbig und schlecht gelaunt. Meistens landete er vor dem Fernseher, beantwortete ihre Fragen mit brummigen, abgehackten Sätzen und verzog sich schließlich gereizt in sein Bett. Ehe sie sich an ihn schmiegen und wenigstens eine kleine Zärtlichkeit von ihm erpressen konnte, war er eingeschlafen und reagierte weder auf Streicheln noch auf ihr unterdrücktes Stöhnen, wenn sie sich selbst befriedigte.

In Gedanken rechnete sie zurück. Wie lange ging das schon so? Wann hatte es angefangen? Seit zwei Jahren wusste sie, dass er viel Zeit in Göttingen bei Susanne, seiner Geliebten, verbrachte. Die ehemalige Studentin aus Clausthal hatte es ihm angetan und vom Harz bis nach Göttingen war es nicht weit. Elke war es gelungen, ihre Adresse ausfindig zu machen und sie war nach Göttingen gereist, um die junge Rivalin zu begutachten. Erstaunt hatte sie festgestellt, dass Susanne exakt derselbe Typ war wie sie, nur eben jünger. Hartmut bevorzugte dunkelhaarige, knabenhafte Frauen, nur durften sie nicht alt werden.

Anfangs hatte Elke verbittert mit ihrem Schicksal gehadert, doch jetzt betrachtete sie die Liaison ihres Mannes als ein Glück im Unglück. Er bekam die gewünschte Abwechslung, würde sie nicht verlassen und sie würde sich nicht beklagen, so lange alles blieb, wie es war. Ihr gefiel das schöne Haus, ihr gesellschaftlicher Status und ihr bequemes Leben und sie war unendlich erleichtert gewesen, als sie erkannt hatte, dass Hartmut, das pedantische Arbeitstier, davor zurückschreckte, Verantwortung für eine neue unwägbare Beziehung zu übernehmen. Der langjährige Professor für Mathematik bewegte sich in erzkonservativen Kreisen, in denen Ehescheidungen verpönt waren. Obwohl ihre Ehe so schlapp geworden war wie ein ausgeleiertes Gummiband, hingen sie aneinander fest.

Ihr Mann wusste auch gar nicht, dass sie sein Geheimnis längst kannte und sich bestens damit arrangiert hatte. Elke ließ ihn gern leiden und erkundigte sich scheinheilig, was er in der vergangenen Woche so gemacht hatte. Fantasielos, wie er war, begann er ungelenk zu lügen und sie nutzte schadenfroh sein schlechtes Gewissen aus, um eine zusätzliche Geldzuwendung von ihm zu erpressen. Sie bekam zwar ein großzügiges Taschengeld und verwaltete den gemeinsamen Haushalt, aber die Bankvollmacht über sein Gehaltskonto hatte er nie mit ihr geteilt. Von Anfang an war klar, dass er die Geldgeschäfte allein führen würde. Die junge Elke hatte dagegen rebelliert und ihm hin und wieder den Genuss ihres Körpers verweigert nach dem Motto: wie Du mir, so ich Dir, doch der älteren Frau, die sie im Laufe der Jahre geworden war, genügte das Wissen, durch sein wachsendes Vermögen versorgt zu sein.

Hartmut war ein Pfennigfuchser. Er sparte Monat für Monat große Teile seines stattlichen Gehaltes und es war ihm in der Tat gelungen, seine Finanzen so geschickt zu verwalten, dass sich ihr Volumen im Einklang mit seinem Geiz stetig vergrößerte. Elke fürchtete sich eigentlich nur noch vor dem Altwerden an sich und hegte daher die Hoffnung, dass sich nichts verändern möge. Doch manchmal beschlichen sie Zweifel und sie fragte sich, ob er vielleicht doch beabsichtigte, sie gegen Susanne einzutauschen?

Seit einer Weile hütete auch Elke ein Geheimnis. Sie durchlief eine aufsehenerregende Veränderung und ihr ganzes Leben stand Kopf. Die Begegnung mit einem viel jüngeren Mann zeigte ungeahnte Folgen und ließ die frustrierte Frau wie auf Wolken dahin schweben. Sie fühlte, wie ihre Attraktivität zurückkehrte und es kostete sie viel Mühe, ihren Liebesrausch vor Hartmut zu verbergen. An einem warmen Frühlingsmorgen, genau genommen war es am 25. Mai gewesen, begegnete sie dem dreiunddreißigjährigen Jonathan und wurde seitdem von ihm am Teich erwartet.

Elke dachte gern an ihr erstes Treffen zurück. Sie war damals eher lustlos mit gesenktem Kopf zu ihrer kleinen Bucht gewandert und hatte, verborgen hinter dichtem Buschwerk, ihre Decke ausgebreitet. Erst wenn sie sicher war, dass wirklich niemand sie beobachtete, ließ sie unbekümmert Mantel und Bikini zu Boden gleiten, kühlte ihren Körper vorsichtig ab und durchpflügte für genau dreißig Minuten mit kräftigen Zügen das samtweiche Wasser. Ihre muskulöse Arme, ihr straffer Bauch und ihre festen Oberschenkel waren sichtbare Folgen des sommerlichen Trainings und man sah ihr die sechzig Jahre nicht unbedingt an.

Doch auch Jonathan liebte das frühmorgendliche Bad am Eschenbacher Teich. Der attraktive Maler mit den pechschwarzen Locken, der mehr schlecht als recht von seiner Kunst lebte, hatte sich aus Berlin in den Harz gewagt. Umgeben von der Einsamkeit der Wälder gelang es ihm am besten, ungestört zu arbeiten.

Jonathan hatte plötzlich lächelnd dagestanden. Seine Schritte hatte sie nicht gehört und war dennoch kaum verwundert, als direkt neben ihrem Kopf ein Paar dunkle, behaarte Beine aufragten. Elke, geblendet von der Sonne, musste blinzeln, um den Fremden erkennen zu können und hatte sich verlegen in ein Handtuch gewickelt.

„Du bist so schön!", flüsterte er mit seiner volltönenden, sanften Stimme und sie war wie gebannt sitzen geblieben.

„Ich hab dich hier schon oft beobachtet, deine schmalen Hüften, deine braune Haut, dein kurzes Haar! Du siehst aus wie eine verführerische Nymphe!"

Ungefragt ließ er sich neben ihr nieder und fing an, sie zu streicheln. Als sie den halbherzigen Versuch unternehmen wollte, aufzustehen, hielt er sie an den Schultern fest und hauchte zärtlich:

„Schhhhh!" Sofort sank Elke zurück auf die Matte. Sie dachte ja nicht im Traum daran, sich dieses unglaubliche Erlebnis entgehen zu lassen!

„Ich begehre dich, meine geheimnisvolle Badenixe!" sagte er und sie hatte trotz der Hitze eine Gänsehaut bekommen.

Seit diesem Tag im Mai kam und ging Jonathan, wie es ihm gefiel. Oft wartete sie vergebens und versuchte, sich die Enttäuschung nicht anmerken zu lassen, wenn sie den kleinen Pfad am Ufer allein wieder zurückging. Bis sie die Haustür erreicht hatte, hoffte sie noch, er möge auftauchen und ihr zurufen, schnell umzukehren. Doch das tat er nie.

Außerhalb der kleinen Bucht mieden sie jeden Kontakt,

denn sie konnten entdeckt werden und das würde eine Regel verletzen, die er von Anfang an aufgestellt hatte. Wenn sie sich zufällig in der Stadt begegneten, was nur zweimal geschehen war, gingen sie stumm und grußlos aneinander vorbei und Elke hörte dann noch lange den Schlag ihres wild pochenden Herzens.

Heute war ein besonderer Tag. Nachdem Jonathan dahinter gekommen war, dass Elke ihren Mann gar nicht mehr liebte, hatten sie leise flüsternd am Seeufer Pläne geschmiedet. Seit sie ihn kannte, schien ihr das weitere Zusammenleben mit Hartmut undenkbar. Sie schleppte sich lustlos von Tag zu Tag und die Sehnsucht nach dem jungen Künstler wurde immer stärker. Er liebte sie, er liebte sie wirklich und sie verzehrte sich buchstäblich nach ihm. Die Idee, auf die er sie gebracht hatte, war die einzige Alternative, die ihnen blieb. Alles andere hätte bedeutet, für immer lebendig begraben zu sein. Es ging nicht anders.

Sie schaute auf die Uhr: 6.30 Uhr. Nur das Zwitschern der Vögel und das weit entfernte Hämmern auf einer Baustelle bildeten die Geräuschkulisse des noch jungen Tages. Genauso jung wie Jonathan, dachte sie, und fühlte schon seine feingliedrigen, gebräunten Finger, seine straffen Muskeln und die kitzelnden schwarzen Haare auf ihrer Brust. Beinahe wie ein ausgebildeter Gigolo zog er die Register seiner Verführungskünste und wenn sie nebeneinander lagen, dachte sie manchmal: „Er ist mein Seelen-Zwilling!" So sehr ähnelten sie sich in Körper und Geist.

Der leidenschaftliche Geliebte war genauso zierlich, mediterran und dunkel wie sie und im Gegensatz zu ihrem Mann dauernd in Bewegung. Ein Mann wie Jonathan würde niemals Fett ansetzen, während ihr verweichlichter Ehemann es nicht für nötig hielt, sich mit dem zunehmenden Verfall seines Körpers zu befassen. Aber was regte sie sich überhaupt noch darüber auf? Für Elke war Hartmuts umfangreicher Bauchspeck inzwischen ein so gewohnter Anblick wie das mit Flechten übersäte Dach ihres Hauses. Er war ihr vollkommen gleichgültig und sie empfand ihn weder als störend noch als aufregend. Warum hatten sie eigentlich geheiratet?

Elke knotete den Bademantel auf und drapierte ihn so, dass man ihre gebräunten Schultern und den Ansatz der Brüste sehen konnte. Ob er überhaupt kommen würde? Nervös raffte sie den Bademantel wieder zusammen und blickte unruhig in alle Richtungen.

Die Initiative für das heutige Stelldichein war von ihr ausgegangen. Sie wollte ihren Mann an den Teich locken und hatte ihm eine handgeschriebene Mitteilung hinterlegt. Darauf stand, dass sie ihm etwas sehr, sehr wichtiges mitzuteilen habe und an ihrem Stammplatz am Ufer auf ihn warten würde.

Was genau passieren würde, wenn er tatsächlich käme, war ihr nicht ganz klar. Sie musste improvisieren und wenn alles so lief, wie geplant, würde Jonathan die Sache mit ihr gemeinsam durchstehen. Mit den Füßen wühlte sie nervös im noch taufeuchten Gras. Entfernte Schritte. Sie stützte sich leicht auf die Ellenbogen und lächelte zufrieden. Er kam und alles würde gut werden. Bald würde sie für immer mit ihrem jungen Apoll, ihrem unvergleichlich schönen Gott, zusammen sein dürfen! Erregung stieg in ihr auf, sie atmete tief ein und aus.

Die knirschenden Schritte hatten das Gebüsch erreicht, hinter dem sie saß. Schnell zauberte sie ein entspanntes Lächeln auf ihr Gesicht. Wenn sie verkrampft drein blickte, sah sie doppelt so alt aus. Da kam Hartmut zum Vorschein und sie begrüßte ihren Mann mit einem sanften: „Guten Morgen, mein Lieber!" Schwerfällig keuchend ließ er sich mit seinen auf 1,75 Länge verteilten neunzig Kilo auf die Decke fallen. Gereizt sagte er: „Na, ziemlich frisch hier draußen! Was sollte der Quatsch mit dem Brief?"

Sie war nun doch zu aufgeregt, um einen klaren Gedanken fassen zu können. „Ich dachte, wir könnten doch, ich meine, also...wir könnten doch noch mal von vorne anfangen, oder?!"

Er sah an ihr vorbei.

„Ach, Elke, sieh dich doch an! Mit einer alten Frau wie dir noch mal von vorne anfangen? Wie soll das denn gehen?"

Ihr Gesicht versteinerte zu einer Maske hilfloser Wut. Als ob er nicht auch alt und hässlich geworden wäre! Aber das zählte bei einem Hochschulprofessor nicht. Ein Mann wie Hartmut legte bei sich selbst keinen Wert auf Äußerlichkeiten. Er bezog sein Selbstwertgefühl aus dem Professorentitel und dem damit verbundenen gesellschaftlichen Status eines ehrwürdigen Mitglieds der Clausthaler Uni. Elke wusste, dass es außer dieser Susanne in Göttingen noch andere Studentinnen gegeben hatte. Besonders junge Chinesinnen hatten es ihm angetan und nach irgendwelchen Feiern oder spätabendlichen Vorlesungen ließ der dreimal so alte Mann sich gern von den jungen Kommilitoninnen mit auf ihre Bude nehmen.

Wenn ihr bisher noch Zweifel an ihrem Plan gekommen waren, dann hatten sie sich jetzt zerstreut. Neben dem Gefühl der Erniedrigung keimte Hass in ihr auf und sie ballte unwillkürlich die Fäuste.

„Warum bist du dann überhaupt gekommen?", fragte sie.

Hartmut sah sie erstaunt an.

„Warum ich gekommen bin? Dein alberner Brief hat mich neugierig gemacht. Ich hatte gehofft, dass du endlich in die Scheidung einwilligen würdest."

Er kramte eine Zigarette hervor und nahm eine tiefen Zug. Plötzlich verzerrte sich sein Gesicht und er presste die Hände auf sein Herz.

„Ich krieg keine Luft!", stieß er hervor und versuchte, in die Höhe zu kommen. Hilflos tasteten seine Füße nach festem Halt, glitten jedoch auf dem rutschigen Gras immer wieder aus.

„Meine Tropfen! Ich hab die verdammten Tropfen vergessen, hol sie mir!"

Elke rührte sich nicht. Aufmerksam studierte sie sein Aussehen. Die Lippen zeigten schon eine bläuliche Verfärbung und Schweiß bedeckte sein bleiches Gesicht. Gestern hatte sie Hartmuts lebenswichtige Herztropfen, die er gleich nach dem Aufstehen einnehmen musste, mit Wasser ausgetauscht. Die Tropfen waren geschmacklos und er hatte heute früh nichts davon bemerkt.

Die Gesundheit des Professors ließ seit Jahren zu wünschen übrig und besonders sein Herz war sehr angegriffen. Suchtartiger Arbeitseifer, nervöse Raucherei und chronischer Bewegungsmangel hatten ihm bereits mit neunundfünfzig Jahren den ersten Herzinfarkt beschert und der Arzt hatte ihm dringend geraten, das lebensrettende Medikament stets bei sich zu tragen. Wie immer hatte der starrsinnige Hartmut den Rat des Mediziners missachtet, aber die wirkungslosen Tropfen hätten ihm ohnehin nicht geholfen.

Jonathan und sie hatten beschlossen, Hartmut aus dem Weg zu räumen. Er stand zwischen ihnen und ihrer Liebe und es gab keine andere Möglichkeit.

„Elke, meine Tropfen...!" Nur noch leise flüsternd konnte er die Bitte wiederholen. Mit schmerzverzerrtem Gesicht lag er verkrampft auf dem Rücken und schnappte wie ein Fisch nach Luft. Dann entspannte er sich und wurde ganz still.

Jonathan stand neben ihr, bevor sie ihn rufen konnte. „Schschtt!", mahnte er, als sie etwas fragen wollte. Er beugte sich über den schlaffen Körper und befühlte die Halsschlagader.

„Er ist tot!", bemerkte er mit unbewegter Miene. „Glaub mir, Liebes, so ist es am besten für dich! Nun ziehen wir ihm die Klamotten aus, aber Vorsicht! Keine Kratzer, keine Spuren!" Elke zog gehorsam an Hartmuts Hosenbeinen.

Ängstlich schaute sie sich um. Noch immer war die gesamte Umgebung wie ausgestorben. Unterhalb der Uferböschung quakte ein Frosch und die Hitze staute sich schon jetzt in der kleinen Bucht. Trotz der morgendlichen Kühle erwartete sie ein heißer Herbsttag. Auch das war gut. Man würde umso eher glauben, dass es ein Badeunfall gewesen war. Wenn doch die winzigen Skrupel nicht an ihr nagen würden! Elke fand zwar auch, dass es so am besten war, aber einem Teil von ihr kam irgendetwas daran nicht richtig vor.

„Beeil dich, Liebste!", raunte Jonathan ihr zu und sie

erschauerte, als sein Mund leicht ihr Ohr berührte. Der Gedanke, bald für immer mit dem Geliebten zusammen sein zu können, löste einen heftigen Adrenalinstoß in ihr aus und verscheuchte die Gewissensbisse. Gemeinsam zerrten sie den nun unbekleideten Hartmut auf einer Strandmatte ins Wasser und als sein Körper schwerelos dahintrieb und dann gluckernd unterging, empfand Elke nur Erleichterung.

Eng umschlungen hockten sie noch ein paar Minuten im Gebüsch und beobachteten den Teich. Jonathan hatte beide Arme fest um sie gelegt und sie schützend an sich gedrückt.

Plötzlich hörten sie einen erstickten Laut und man sah den Kopf des Professors hustend und würgend über der Wasseroberfläche auftauchen. Er war noch gar nicht tot! Elke wollte aufspringen, doch Jonathan hielt sie fest. Der streng mahnende Blick, den er ihr zuwarf, belehrte sie, jetzt kein Mitleid zu zeigen. Hilflos ruderte Hartmut mit den Armen und schnappte noch ein paar Mal nach Luft. Dann versank er wieder. Elke verbarg ihr Gesicht an Jonathans Brust Das Miterlebenvon Hartmuts Todeskampf war mehr als sie ertragen konnte.

Er hielt sie fest an sich gedrückt und musterte prüfend die Umgebung. Kein Mensch war zu sehen.

„Niemand darf wissen, dass ich hier gewesen bin!", schärfte er ihr ein. „Ich war die ganze Zeit in Berlin, verstehst du!"

Natürlich würden sie sich nun eine Weile nicht sehen können und sie dachte entsetzt an die öden Wintermonate im Harz, die so unendlich lang sein konnten. Sie fragte sich, ob er nach dieser Tat überhaupt jemals zu ihr zurückkehren würde.

„Liebste, du musst jetzt stark sein! Also, noch mal: es war ein Badeunfall!! Du gehst ins Wasser und schwimmst in seine Richtung. Dann versuchst du, ihn zu finden und gerätst in Panik, weil er verschwunden ist. Du schreist um Hilfe und rennst in den nassen Sachen nach Hause. Du rufst die Polizei an. Du brichst vor Trauer zusammen. Dein armer Mann ist schwer herzkrank und wollte trotzdem schwimmen gehen. Er hatte keine Badehose dabei und darum hat er nackt gebadet. Und vergiss nicht, die richtigen Tropfen wieder zurück in die Flasche zu füllen!"

Jonathan beschwor sie, die veränderte Version des Geschehens so lange zu visualisieren, bis sie ihr ganz echt vorkam. Elke fing wieder an zu weinen. Es war alles zu viel für sie.

„Liebling, du musst es tun, los jetzt!!" Ein flüchtiger Kuss, dann war er verschwunden.

Elke watete auf dem Schiefergestein ins Wasser und schwamm mit kräftigen Zügen in die Richtung, wo Hartmuts Leiche versunken war. Tränen liefen über ihr Gesicht und sie konnte kaum etwas erkennen. Nachdem sie eine Weile ziellos hin- und hergeschwommen war, kehrte sie um und machte sich völlig aufgelöst auf den Heimweg. Schon während des Laufens befolgte sie den Rat des Geliebten und malte sich die Ereignisse so aus, wie sie zu sein hatten. Sie schrie mehrmals laut um Hilfe.

Der schwarzgelockte Adonis, der mit einem Küchenmesser Paprikaschoten in winzige Stücke zerschnitt, wendete nur gerade so weit den Kopf, um den Klang seiner Stimme zur Terrassentür hinauszulenken.

„Schatz, schenkst du uns Wein ein, das Essen ist gleich fertig!" Eine gertenschlanke, nicht mehr ganz junge Frau trat aus der smaragdgrünen Dämmerung eines tropischen Gartens ins helle Licht der Küche. Sie trug nichts als ein grellbuntes, durchsichtiges Tuch, das sie über der Brust verknotet hatte. Sie füllte zwei langstielige Gläser bis zum Rand mit samtroter Flüssigkeit, stellte sie auf den Tisch und umfasste die schmalen Hüften des Mannes mit beiden Armen. Wohlig gurrend schmiegte sie sich an seinen gebräunten Rücken und ihr Mund liebkoste die Haut an seinem Hals.

Vor einer Weile war er aufgesprungen und hatte gut gelaunt ausgerufen: „Ich hab Hunger, Elke-Schatz, lass mich was Leckeres kochen!"

Gut kochen konnte er, das musste man sagen und sie hatte zwei Kilo zugenommen und sogar ein kleines Bäuchlein angesetzt. Ansonsten war sie so schlank wie eh und je und rief sich in Erinnerung, was er über ihren Körper gesagt hatte: „Knabenhaft schön wie eine Amazone, zart wie eine Waldnymphe, grazil wie ein braunes Reh..." So etwas wäre Hartmut nie über die Lippen gekommen!

„Mein geliebter Heißsporn!", flüsterte sie.

Alles, was sie durchgemacht hatte, war es wert gewesen. Nur flüchtig dachte sie an die schlimmen Zeiten zurück, in denen sie immer wieder verhört worden war. Quälende Ängste und tiefe Verzweiflung hatten sie heimgesucht und oft stand sie kurz davor, die Wahrheit zu sagen. Nur das Bild von Jonathan hatte ihr die Kraft gegeben, stark zu bleiben. Irgendwann wurden die Untersuchungen eingestellt und sie konnte sich wieder frei bewegen.

Die lange Trennung von Jonathan und der ungewisse Ausgang der ganzen Geschichte hatten ihr sehr zugesetzt. Voller Abscheu hatte sie ihr gealtertes Gesicht im

Spiegel betrachtet und nicht mehr daran geglaubt, ihn je wiederzusehen. Doch er kam zurück und ihr zweites Leben begann.

Elke löste sich aus der Umarmung, nahm eines der beiden Weingläser und kehrte auf die Veranda zurück. Soviel Glück war ihr zuteil geworden! Vor drei Wochen hatten sie in Panama geheiratet und noch immer konnte sie nicht fassen, dass er nun ganz ihr gehörte. Seine Haut fühlte sich so weich an und die meisten Leute dachten, er sei ihr Sohn. Das brachten die zweifelnden Blicken zum Ausdruck, die man ihnen während der Reise in Europa immer wieder zugeworfen hatte. Hier in Südamerika spielte das aber keine Rolle mehr, sie waren einfach zwei Verrückte, die großzügig Geld ausgaben.

Nachdem sie drei Monate in einem pompösen Hotel in Panama-City abgestiegen waren, hatte Jonathan sich nach Ruhe gesehnt. Er schwärmte von den Naturschutzgebieten des Landes und war fasziniert von der Schönheit des Regenwaldes. Sie hatten eine luxuriöse Lodge im Chagres Nationalpark gemietet und wohnten seit ein paar Tagen in dem verschwenderisch eingerichteten Blockhaus. Elke gefiel das Leben in völliger Abgeschiedenheit. Sie brauchte Jonathan mit niemandem zu teilen, er gehörte ihr ganz allein.

Ein glücklicher Laut entrang sich ihrer Brust, ein Laut, der aus tiefster Seele kam und ihre neugewonnene Freude zum Ausdruck brachte. Jonathan war kein Name, sondern ein Lebensgefühl! Es durchrieselte sie heiß bei dem Gedanken an das, was sie bald nach dem Essen wieder zusammen tun würden.

Noch immer war Elke erstaunt, das ihr nach Hartmuts Tod soviel Geld zugeflossen war! Sie hätte nie gedacht, dass die Finanzkünste des Geizhalses genial gewesen waren. Er hatte sein gesamtes Vermögen in sorgfältig ausgewählten, soliden Aktienfonds angelegt und die waren so gewinnbringend gewesen, dass er kurz davor gestanden hatte, in die Riege der Millionäre aufzusteigen.

Schadenfreude breitete sich in ihr aus, wenn sie an seine geldknappe Geliebte dachte. Während sie als rechtmäßige Ehefrau die finanziellen Rücklagen ihres verstorbenen Gatten nach Herzenslust verbraten konnte, musste die ehemalige Rivalin in Göttingen versauern.

Schweigend saß sie auf der Terrasse und lauschte in die Dunkelheit der sternenklaren Nacht hinein. Nur die glimmende Zigarette beleuchtete ihr Gesicht und alles was sie hörte, waren die seltsam kreischenden und kekkernden Laute fremdartiger Tiere. Sie trank noch einen Schluck Wein. Wie gut sie es hatte. Sie liebten sich, sie reisten durch die Welt, buchten Rundflüge oder Schiffsreisen und genossen eine Art von Freiheit, die einem nur viel Geld bieten konnte.

Jonathan brauchte heute ungewöhnlich lange mit der Zubereitung eines seiner fantasievollen Gerichte. Elke hatte Hunger und ihr lief bei dem Gedanken an die in Zimtteig gebackenen Garnelen das Wasser im Mund zusammen. Sie rief durch die geöffnete Tür:

„Schatz, mein Glas ist schon wieder leer! Ich bin zu faul, um aufzustehen."

Wie aufmerksam er war! Kaum hatte sie gerufen, da stand er schon neben ihr, hielt eine Flasche mit Rotwein in der Hand und schenkte ihr ein. Anstatt unverzüglich in die Küche zurückzukehren, stellte er sich ans Kopfende der stabilen Liege aus Tropenholz und fuhr mit den Fingern ganz leicht über ihr Gesicht. Sie bekam am ganzen Körper eine Gänsehaut. Oh, sie liebte diesen Mann!

„Ich liebe dich, Jonathan!", flüsterte sie. „Und ich könnte mir ein Leben ohne dich gar nicht mehr vorstellen!"

Zärtlich umschlossen seine Finger ihren Hals und pressten übergangslos ihren Kehlkopf so lange zusammen, bis sie nach einigen verzweifelten Zuckungen in sich zusammenfiel.

Jonathan schüttelte sich und murmelte angeekelt: „Endlich! Ich hätte es keine Sekunde länger ausgehalten!"

Im demselben Moment zerteilte eine dunkelhaarige junge Frau den Moskitovorhang und trat nach draußen. Schlank und knabenhaft hätte sie die Schwester sowohl der Toten als auch von Jonathan sein können. Mit einem konzentrierten Ausdruck im Gesicht kam sie näher, legte fachkundig zwei Finger auf Elkes Halsschlagader und nickte zufrieden.

„Ich glaube, die ist weg, oder?" Sie sah ihn fragend an. Jonathan nickte bestätigend. Mit gerunzelter Stirn betrachtete er die auf der Liege ausgestreckte Elke.

„Und wir zwei sollten auch bald weg sein, Susanne!", bemerkte er warnend. „Lass uns gleich morgen früh weiterfahren!"

Gemeinsam kehrten sie in die Blockhütte zurück und setzten sich an den großen, festlich gedeckten Esstisch. Nach der Mahlzeit trug Jonathan die junge Frau wie in einem schlechten Film ins Schlafzimmer und sog während des Gehens den Geruch ihres unverwechselbaren Parfüms ein. Wie konnte eine ehemalige Mathematikstudentin darauf verfallen, sich Chanel Nr. 5 zuzulegen?

Im Schlafzimmer umarmten und küssten sie sich voller Leidenschaft.

Eine Weile später lagen sie nebeneinander und Jonathan zündete sich eine Zigarette an. Er dachte an die vergangenen Monate, die er mit der Witwe verbracht hatte und atmete erleichtert auf. Erst gestern war Susanne unbemerkt zu ihnen gestoßen und sie hatten den letzten Teil ihres Planes in die Tat umgesetzt. Spöttelnd bemerkte er:

„Ich muss immer wieder lachen, wenn ich daran denke, wie exzellent du in meine Rolle geschlüpft bist und in Berlin so getan hast, als ob du Jonathan, der Maler, wärest!" Susanne sprang aus dem Bett und bedankte sich mit einer atemberaubenden Demonstration ihrer darstellerischen Fähigkeiten für das Kompliment. Sie imitierte den Geliebten so gut, dass er sich vor Lachen kaum halten konnte und auch Susanne fiel kichernd aufs Bett zurück.

Jonathan blies den Rauch seiner Zigarette kunstvoll mit kleinen Kringeln in die Luft. Susanne und er konnten zufrieden sein, alles hatte bestens geklappt. Während er damals mit Elke am Eschenbacher Teich den Ehemann entsorgt hatte, wurde ihm durch Susanne zur Tatzeit in Berlin ein Alibi verschafft.

Die talentierte junge Frau, die lieber die Schauspielschule besucht hätte, anstatt Mathematik zu studieren, setzte alles daran, in ihrer Rolle als Jonathan so aufzufallen, dass jeder Mensch in der Nachbarschaft sich an ihren Auftritt erinnern würde. Sie spielte den unglücklichen Künstler mit den lockigen schwarzen Haaren, der aus Liebeskummer zuviel getrunken hatte und brachte die Nachbarn durch ihr lautstarkes Geschwafel zur Verzweiflung. In den Morgenstunden hatte sie die Hauptstadt wieder verlassen und war nach Göttingen zurückgekehrt. Jonathan war währenddessen unauffällig zurück nach Berlin gereist. Anschließend warteten die drei Beteiligten in drei verschiedenen Städten die weitere Entwicklung ab.

Elkes Befürchtungen hatten sich als unbegründet erwiesen. Der Badeunfall wurde akzeptiert, die Untersuchungen eingestellt und Jonathan hatte ihr vorgeschlagen, den Harz zu verlassen und gemeinsam nach Panama zu fliegen. Die trauernde Witwe war in den vergangenen Monaten stark abgemagert und niemand verübelte ihr den Wunsch, sich von den Strapazen um den plötzlichen Tod ihres Gatten in einem warmen Land zu erholen. Mit den nötigen Reisedokumenten ausgestattet, war sie in den Zug nach München gestiegen. Dort hatte sie sich weinend in die Arme des Geliebten geworfen.

Jonathan seufzte. Bis dahin hatte alles gut geklappt, aber dann war der schwierigste Teil gekommen. Er hatte mehrere Monate mit Elke verbringen und so tun müssen, als sei er wahnsinnig in sie verliebt. Das war hart gewesen! Sie bewohnten in Panama-City eine Honeymoon Suite für junge Brautpaare und die Kellner starrten belustigt hinter ihm her. Er kam sich vor wie ein Gigolo. Als die Trauung endlich vollzogen war und er über ihre Konten verfügen durfte, hatte er erleichtert aufgeatmet.

Währenddessen beobachtete Susanne die Ereignisse geduldig aus der Ferne. Die geschickte Strategin und langjährige Geliebte des Professors war stolz auf ihr mit mathematischer Genauigkeit konstruiertes Projekt. Schon als sie zum ersten Mal die Ähnlichkeiten zwischen sich, dem schönen Jonathan und der Professorengattin bemerkte, hatte sich in ihrem Kopf der ausgeklügelte Plan gebildet. Doch bevor sie dem Künstler erlaubte, sich aktiv an dem Komplott zu beteiligen, hatte sie ihn gezwungen, ein schriftliches Eingeständnis seiner Mittäterschaft zu unterschreiben. Das Schreiben befand sich noch immer in ihrem Besitz und schützte sie vor einem Sinneswandel des Komplizen.

Morgen sollten die nächsten Schritte eingeleitet werden. Die Leiche hatten sie im Kofferraum des Jeep verstaut und den Wagen in die Garage gefahren. Von nun an würde Susanne in die Rolle der Witwe schlüpfen und mit Jonathan ein sorgloses Leben führen. Wie gut, dass sie einander alle so ähnlich waren!

Sie lag auf der Terrasse der Lodge und bewunderte die beeindruckende Sternenpracht am schwarzblauen Himmel von Panama. Sie schielte zu Jonathan hinüber, der auf der Liege neben ihr eingeschlafen war.

Susanne verspürte keine Schuldgefühle. Wie knauserig der Professor immer mit seinem Geld umgegangen war! Nur einmal, als sie ihm aufgeregt von ihrer Schwangerschaft berichtet hatte, ließ er sich nicht lumpen. Er drängte ihr eine Reise in die Niederlande auf und bezahlte sowohl den Klinikaufenthalt als auch den Flug. Hinterher hatte er sie großzügig mit fünfhundert Euro dafür entschädigt, sein Kind aus ihrem Körper entfernt zu haben. Der Gute!

Susanne hatte sich oft gefragt, was ihr eigentlich an dem viel älteren Mann gefiel. Sein hoher gesellschaftlicher Status innerhalb der Uni? Seine völlige Schamlosigkeit beim Sex? Hatte sie in ihm den Vater wiedererkannt? Vielleicht. Auch der ständig besorgte Hartmut hatte immer so getan, als würden ihn schwere Geldsorgen plagen und kurz vor seinem Tod hatte sie nur noch wissen wollen, wie es in Wahrheit um die Finanzen des gut verdienenden Professors stand. Regelmäßig hatte sie nachts seine Sachen durchwühlt und dabei waren ihr ein paar Kontoauszüge in die Hände gefallen. Als sie die sechsstelligen, beinahe siebenstelligen Zahlen las, hatte sie nicht schlecht gestaunt.

Hartmut, der zu geizig war, um sie zum Essen auszuführen, war unverschämt reich gewesen!

Nein, Susanne empfand keine Gewissensbisse. Im Gegenteil. Elke und Hartmut hatten eine Nemesis in Form von Jonathan und Susanne durchaus verdient!

„Schade, mir gefällt es hier, ich wäre gern länger geblieben!" Jonathan gähnte und streckte sich.

„Ich auch," sagte Susanne und fuhr sich mit den Händen durch die kurzen, dunklen Haare.

„Und wo lassen wir Elke?"

Er machte eine wegwerfende Handbewegung.

„Ach, hier im Naturschutzgebiet gibt es in den Tümpeln und Teichen unzählige, gefräßige Kaimane, die würden von einer Leiche nicht viel übrig lassen. Ich finde, das ist für die Frau am Teich ein passendes Ende."

GESTATTEN: DER TOTMACHER!

„Ohne Erinnerung bleiben die Opfer der Geschichte in der Vergangenheit verloren" Walter Benjamin

Das Ende des Zweiten Weltkrieges mit über 60 Millionen Toten war noch lange nicht der Anfang einer wohlgeordneten Normalität. Das Nachkriegsdeutschland befand sich in moralischer und materieller Hinsicht in einem desolaten Zustand und die Versorgungslage war katastrophal. Die Bevölkerung hungerte, der Schwarzmarkt boomte und das Verschieben von Nahrungsmitteln erlangte eine immense wirtschaftliche Bedeutung. Tonnenweise wurden Waren aus der britischen Zone herausgeschmuggelt und im russischen Sektor gegen Alkohol oder sächsische Industriewaren eingetauscht.

Der Harz stand unter britischer und russischer Militärverwaltung und die Trennlinie zwischen den beiden Sektoren, die trotz zahlreicher Aufsichtsposten damals noch wenig befestigt war, wurde die „Grüne Grenze" genannt. Vom äußersten Norden bis hinab nach Bayern erstreckte sich dieses Niemandsland und stellte die Grenzwächter auf beiden Seiten oft vor unlösbare Probleme.

Die Aktenordner der Polizeibehörden im grenznahen Bereich dokumentieren ein hohes Maß von moralischer Verwahrlosung und beinahe täglich wurden Morde, Vergewaltigungen und Raubüberfälle registriert. Interzonenflüchtlinge, die Schmuck oder Bargeld bei sich trugen, stellten eine besonders beliebte Beute dar.

Wenn ein Bewohner seinen Sektor verlassen und einen anderen betreten wollte, benötigte er einen Interzonenpass und wer keinen besaß, versuchte sein Glück auf Schleichwegen. Das war nicht ungefährlich, denn illegale Grenzübertritte wurden besonders von der Roten Armee, die den russischen Sektor kontrollierte, hart bestraft und unter Umständen landete man sogar in einem Arbeitslager. Aber auch in der britischen Zone musste man befürchten, nach der Verhaftung durch die Landpolizei vor ein Schnellgericht gestellt und verurteilt zu werden.

Einheimische hatten Ortsfremden gegenüber einen großen Vorteil. Sie bewegten sich im Grenzgebiet so sicher wie das Wild. Flüchtlinge, die aus Dresden oder Berlin in den gebirgigen Harz kamen und ohne Ortskenntnisse über die Grenze wollten, benötigten die Hilfe eines erfahrenen Begleiters. Doch nicht jedem Grenzführer konnte man bedingungslos vertrauen. Im Dunkel der Nacht entpuppten sich die anfangs freundlichen Helfer oft als gefährliche Verbrecher, die ihre Schützlinge überfielen und ausplünderten.

Frauen und Mädchen ohne männlichen Schutz waren besonders gefährdet. Wenn Not und Hunger weibliche Grenzgängerinnen zwang, das riskante Wagnis einzugehen, waren sie nicht nur skrupelloser Habgier ausgeliefert, sondern zusätzlich von sexueller Gewalt bedroht. Ihre oft grausam verstümmelten Leichen fand man in Bächen, Brunnenschächten oder verscharrt in einsamen Waldstücken. Einige Opfer konnten bis heute nicht identifiziert werden.

Bis zur Gründung der Bundesrepublik erreichte die Kriminalitätsrate Rekordhöhen. Nach der Währungsreform beruhigte sie sich und stieg dann wieder besorgniserregend an. Heute erinnert sich niemand mehr gern an diese Zeit, die ein Teil unserer Geschichte ist.

Margot

Im Jahr 1947 war der Januar ungewöhnlich kalt. Margot hatte sich auf die Suche nach Briketts gemacht, die sie gegen Bezugsscheine eintauschen wollte. Die Kälte setzte ihr zu und ihre Stupsnase war schon ganz rotgefroren. Sie stopfte eine braune Haarsträhne unter die Mütze, schlug die Hände gegeneinander und trat schnell von einem Bein auf das andere, um sich warm zu halten.

Seit ihr Elternhaus in Braunschweig bei dem schrecklichen Bombenangriff zerstört worden war, mussten sie sich zu dritt mit einer winzigen Kammer begnügen und es fehlte an Brennmaterial und warmen Decken. Ihre gesamte Habe lag unter Trümmern begraben und sie waren wie viele andere Menschen völlig verarmt. Besonders im Winter hielt man das kaum aus. Manchmal wusste Margot nicht mehr, was schlimmer war: hungern oder frieren? Die Zwanzigjährige hatte sogar schon ans Sterben gedacht, aber sie konnte die Mutter doch nicht im Stich lassen und auch die kleine Schwester brauchte sie.

Suchend schob sie sich durch die Menge. Der Braunschweiger Schwarzmarkt hatte sich im Hauptbahnhof breit gemacht und wimmelte von Menschen. Jeder wollte überleben. Sie beobachtete unauffällig einen gutaussehenden jungen Mann, der an der Wand lehnte und die Vorübergehenden aufmerksam musterte. Immer wieder blieb jemand wie absichtslos neben ihm stehen und Gegenstände oder Geld wechselten den Besitzer. Händler und Käufer erkannten sich oft nur an einem bestimmten Gesichtsausdruck.

Entschlossen ging die junge Frau auf den Mann zu und brachte ihr Anliegen vor. Der Händler, dessen Rucksack mit begehrten Schwarzmarktartikeln aller Art gefüllt war, prüfte unauffällig Margots Lebensmittelscheine und steckte sie dann schnell ein. Lässig zog er ein Bündel hervor und auch Margot versuchte den Anschein von Beiläufigkeit zu erwecken, während sie die Briketts hastig in ihrer Einkaufstasche verstaute. Sie erweckten beide den Eindruck, als würden sie sich gut kennen und redeten über belangloses Zeug. Der Bahnhof wurde fortwährend kontrolliert und manchmal führte die britische Militärverwaltung Großrazzien durch.

Margot gefiel der junge Mann, der sich als Konrad vorgestellt hatte und sie blieb noch eine Weile neben ihm stehen. Sie tauschten sich darüber aus, wo man dies und das kriegen konnte und als er erwähnte, dass er regelmäßig in Vienenburg zu tun hatte, rief sie aus:

„Ich habe eine Tante in Abbenrode, in der russischen Zone!" Hoffnungsvoll fragte sie: „Kannst du mich über die Grenze bringen?"

„Nee, ich nicht," sagte Konrad, „aber mein Freund Rudi, der ist der beste Grenzführer, den es gibt, der kann dich bringen."

Margot äußerte Bedenken, ob sie denn einen so guten Führer bezahlen könne und Konrad zuckte mit den Achseln.

„Wenn du nicht willst..." Schnell sagte sie: „Doch, doch, ich will schon, aber ich hab doch kein Geld!"

Konrad runzelte die Stirn. „Der Rudi nimmt nicht viel." Margot war überwältigt und ihr gutmütiges Gesicht strahlte vor Freude. Die Vorstellung, sich bei Tante Hedwig wieder einmal satt essen und mit Lebensmitteln eindecken zu können, war dermaßen verlockend, dass sie gleich mit Konrad ein Treffen ausmachte.

Eine Woche später saß sie im überfüllten Nahverkehrszug und blickte hinaus auf die schneebedeckten Felder. Sie hatte viel an Konrad gedacht, so einen hübschen Mann hätte sie gern zum Freund. Ob er dasselbe empfand? Sie stellte sich vor, dass er ihr einen Ring schenken würde und sie verlobt wären. „Konrad, mein Verlobter!", könnte sie dann sagen und hätte endlich einen Beschützer.

Als die Lok pfeifend in Vienenburg anhielt, beschlich Margot eine leise Furcht. Wenn Konrad sie nun vergessen hatte? Ängstlich hielt sie Ausschau nach ihm, konnte ihn jedoch nirgendwo entdecken. Hatte sie das Geld für die Zugfahrt umsonst ausgegeben?

Nachdem sie eine Weile suchend umhergegangen war, entdeckte sie hinter dem Bahnhofsgebäude eine vermummte Gestalt. War das Konrad? Der Mann stand unbeweglich da, hatte die Mütze tief über die Augen gezogen und einen Schal um Gesicht und Nase gewickelt. Als sie näher trat, erkannte sie, dass er es war und begrüßte ihn erleichtert. Konrad brummte nur etwas unverständliches, aber sie war dennoch froh, dass er auf sie gewartet hatte.

Mit einer Handbewegung bedeutete er ihr, ihm zu folgen und ging mit großen Schritten stadtauswärts voran. Eigentlich hatte sie erwartet, ihren Grenzführer in Vienenburg zu treffen. Sie hatte sich ausgemalt, eine beheizte Stube zu betreten, ein Stück Brot angeboten zu bekommen und im warmen Zimmer sitzend auf die Dunkelheit zu warten.

„Konrad, bitte nicht so schnell! Wohin gehen wir denn?" rief sie atemlos. Es fiel ihr schwer, mit seinem Tempo Schritt zu halten. Er drehte sich um, blieb aber nicht stehen und sagte nur, dass sie sich beeilen solle, weil sie noch ein ganzes Stück zu laufen hätten. Rudi sei eben kein Einheimischer und daher müssten sie ihn außerhalb der Stadt in einem Gasthof treffen. Enttäuscht beschleunigte sie ihre Schritte.

Sie fror erbärmlich. Der Januar hatte den Dezember an Kälte noch übertroffen und je weiter sie aus dem Ort herauskamen, umso weniger Menschen zeigten sich auf der Straße. Das Mädchen bekam es plötzlich mit der Angst zu tun und kämpfte gegen den Wunsch an, zum Bahnhof zurückzurennen. Ihr gefiel die Sache mit dem Gasthof überhaupt nicht, aber was sollte sie tun? Selbst wenn man in Not geriet, war es in diesen schlimmen Zeiten ziemlich aussichtslos, jemanden um Hilfe zu bitten. Also lief sie gehorsam weiter.

Bei jedem Atemzug strömte eine kleine weiße Nebelfahne aus ihrem Mund. Sie keuchte und wischte die laufende Nase mit dem Handschuh ab. Der eisverkrustete Feldweg war glatt und ein paar Mal rutschte sie aus und wäre fast hingefallen, weil sie die zugefrorenen Pfützen unter der Schneedecke nicht bemerkt hatte. Gut, dass sie den Brotkanten von heute früh aufbewahrt und eingesteckt hatte, sie würde ihn später noch dringend brauchen. Schon jetzt fühlte sie sich ausgepumpt und es kostete sie große Kraft, den Abstand zwischen sich und Konrad nicht zu groß werden zu lassen.

Die Landschaft wirkte öde und unbewohnt und war bis auf wenige Hügel ziemlich flach. In der Ferne sah man die Gebirgskuppen des Harzes liegen. Die ganze Gegend machte einen trostlosen Eindruck. Sie hatten die letzten Häuser von Vienenburg hinter sich gelassen und der Schnee, der unter ihren Füßen knirschte, drang allmählich durch die Ritzen ihrer abgewetzten Schnürschuhe. Noch immer hatten sie ihr Ziel nicht erreicht und sie überlegte die ganze Zeit, ob es richtig gewesen war, dem fremden Mann zu vertrauen. Besonders die Verabredung an einem so einsam gelegenen Ort war ihr nicht geheuer, doch zum Umkehren war es zu spät. Sie war nun ganz auf sich selbst gestellt und trottete mit hängendem Kopf hinter Konrad her. Wenn ihr etwas zustieß, was würde die Mutter dann ohne sie anfangen?

Konrad blieb stehen. „Da ist es!"

Als sie den Kopf hob, zeichneten sich in etwa fünfzig Metern Entfernung die Umrisse eines Gebäudes ab und kurze Zeit später hatten sie das Wirtshaus „Zum Braunen Hirsch" erreicht. Als Konrad den Schal lupfte, sah sie in seinem Gesicht nur kalte Abweisung. Mit einer Kopfbewegung und knappen Worten gab er ihr zu verstehen, sie solle da reingehen.

„Ja, gehst du denn nicht mit?" fragte sie erstaunt.

Grußlos drehte er sich um und eilte in südlicher Richtung davon. Die junge Frau blickte ihm so lange nach, bis er im Weiß der verschneiten Feldmark verschwunden war. Das schnelle Laufen hatte die Kälte etwas vertrieben, aber jetzt kam sie wieder unter den viel zu dünnen Mantel gekrochen und deprimiert drückte Margot die Klinke der schweren Tür nach unten. Sie hoffte, dass die Stube wenigstens beheizt war und dass sie von Rudi, dem Grenzführer, dort auch wirklich erwartet wurde.

Erleichtert atmete sie auf. Schon beim Betreten des Wirtshauses kam ein dicklicher Mann auf sie zugeeilt und schob sie schnell zu einem Tisch, der unmittelbar seitlich vor den Fenstern stand. Er musste von dort ihre Ankunft beobachtet haben.

„Ich bin der Rudolf", sagte der Fremde mit einer etwas hohen Stimme und murmelte noch etwas, was Margot aber nicht verstand. Sie bemerkte nur, wie sich sein rundes Gesicht zu einem feisten Grinsen verzog. Während er die abgemagerte Gestalt des Mädchens musterte, sog er gierig an einem Zigarettenstummel.

„Wie heeßt`n du?"

„Margot Mehrlein", antwortete sie verlegen und sah sich ängstlich in der schummrigen Gaststube um.

„Nu setz dir schon hin," forderte er ungeduldig und drückte sie auf einen Stuhl, während er selbst in ein bequemes braunes Sofa sank. Der Mann war noch jung, Anfang zwanzig vielleicht, kaum älter als sie, aber seine Geschäfte schienen sehr gut zu laufen. Er trug einen mit Fell gefütterten schwarzen Wintermantel, glänzende schwarze Lederstiefel und gehörte wohl zu den Glücklichen, die sich Alkohol und Zigaretten leisten konnten. Abwechselnd führte er ein Bierglas und eine Zigarette zum Mund.

Das Mädchen genoss dankbar die bescheidene Wärme, die ein schwach beheizter Kachelofen im Hintergrund verströmte und sammelte ihre Kräfte für den bevorstehenden Marsch über die Grenze. Sie schwieg verlegen und als gäbe ihm die nun folgende Stille ein Zeichen, besorgte der Mann in sächsischer Mundart das Reden. Vieles in seinem seltsamen Monolog blieb für Margot unverständlich und das, was sie verstand, verursachte ihr Unbehagen. Doch das schien den Grenzführer nicht weiter zu stören, obwohl er ihr leutselig den breiten Oberkörper zugewandt hatte, sah er aus großen runden Brillengläsern gleichgültig durch sie hindurch.

An Rudi war alles rund und wohlgenährt. Trotz der

allgemeinen Lebensmittelknappheit war er doppelt so beleibt wie Margot, deren Rippen man selbst durch den dicken Strickpullover hindurch hätte fühlen können. Der dauernde Hunger war ja auch der Grund, aus dem sie sich entschlossen hatte, das Wagnis eines illegalen Grenzübertrittes auf sich zu nehmen. Hätte sie ihr Vorhaben nur um einige Monate verschoben!

Irgendwann ging ihm der Gesprächsstoff aus und der redselige Mann versank in düsteres Schweigen. Hin und wieder lächelte er und hielt flüsternd Zwiesprache mit sich selbst. Sein Körper roch nach Alkohol und Margot fragte sich, ob er wohl betrunken war?

Wie lange saßen sie hier nun schon? Immerhin konnte sie froh sein, dass sie nicht draußen warten musste. Bestimmt würde das Thermometer heute Nacht auf zwanzig Grad unter Null sinken.

Sie blickte sich zum wiederholten Male in der Gaststube um. Ihre Besorgnis wuchs und nicht nur der gefahrvolle Gang über die Grenze, sondern auch der Fremde, dem sie sich blindlings anvertraut hatte, jagte ihr Angst ein.

Was er da erzählt hatte! Sie verstand ja, dass man in Notzeiten alles aß, was irgendeinen Nährwert hatte, aber rohes Katzenfleisch?! Genüsslich hatte er beschrieben, wie er eine Katze totgeschlagen und das Fleisch gegessen hatte. Aber vielleicht war der Kerl ja nur ein bisschen plemplem? Davon gab es etliche nach dem Krieg, die hatten an der Front einfach zuviel mitgemacht, zu viele Tote gesehen. Glücklicherweise war seine Redseligkeit inzwischen verflogen.

Margot kämpfte gegen den Drang an, aufzuspringen und zurück zum Bahnhof zu laufen. Ach, wäre sie nur zuhause geblieben! Unauffällig lugte sie zu dem Wirt hinüber, der hinter der Theke saß und an seiner Pfeife sog. Den Alten schienen die Schrecken der Nachkriegszeit nicht weiter zu bekümmern. Gleichmäßig tickte die Wanduhr und zeigte mit wohlklingenden Schlägen die vollen und halben Stunden an.

Die Dunkelheit des frühen Abends machte es unmöglich, hinter den Scheiben noch etwas zu erkennen. Wenn sie doch endlich losgingen! Wie lange wollte der denn noch warten? Argwöhnisch beobachtete sie den Tischnachbarn und kam mehr und mehr zu der Überzeugung, dass er nichts Gutes im Schilde führte. Rasch verbot sie sich derartige Gedankengänge und malte sich das Wiedersehen mit der überraschten Tante aus, vor deren Tür sie schon bald wohlbehalten stehen würde. Die wusste ja noch gar nicht, dass sie unterwegs war!

Beim vorigen Mal hatte doch auch alles gut geklappt. Ein Nachbar von Tante Hedwig, der Müllerknecht Fritz Jansen aus Abbenrode, war vorausgegangen und hatte es geschickt verstanden, sämtlichen Kontrollposten auszuweichen. Für den Rückweg hatten die beiden mit Nahrungsmitteln schwer bepackten Grenzgänger dann nur eine knappe Stunde gebraucht. Damals war das Mädchen neunzehn gewesen.

Margot war die älteste von zwei Töchtern und vermisste ihren Vater sehr. Der Ernährer und Beschützer der Familie fehlte an allen Ecken und Enden, doch Walter Mehrlein war bisher nicht aus dem Krieg zurückgekehrt. Vielleicht war er längst tot. Die Mutter kam mit der Rolle einer Kriegerwitwe überhaupt nicht zurecht. Ihr ganzes Leben lang hatte sich jemand um sie gekümmert, erst die Eltern, dann der Ehemann und nun war diese Aufgabe Margot zugefallen. Die Gedanken von Alma Mehrlein kreisten die meiste Zeit um ihr verlorenes stattliches Haus und ihre schöne Garderobe, die in den Flammen des Bombenangriffs verkohlt war. Sie schimpfte auf die vielen Ausländer, die den Deutschen angeblich das Brot wegnehmen würden und anstatt sich über das Kriegsende zu freuen, trauerte sie um ihre verlorenen Hoffnungen. Dabei bemerkte sie gar nicht, dass ihre ältere Tochter völlig überfordert war.

Die kleine Schwester, die nach der Tante auf den Namen Hedwig getauft worden war, dachte immer nur ans Essen. Margot musste sich dauernd neue Lügen ausdenken, um das Kind zu vertrösten.

„Morgen gibt´s Kartoffeln, wart´s nur ab!", sagte sie und spielte, hüpfte oder malte mit der Kleinen, damit sie von ihrem knurrenden Magen abgelenkt wurde. Wenn sie weinte, was sehr oft geschah, war es die Ältere, die ihr ein Lied vorsang oder sie in den Schlaf wiegte. Der andauernde Hunger war besonders für Kinder kaum auszuhalten. Wie sollten sie nur den langen Winter überstehen?

„Margot, Du musst nach Abbenrode und Lebensmittel holen! So kann es nicht weitergehen! Wir hungern und meine Schwester bedient sich aus gefüllten Vorratskammern!"

Margot war nicht sicher, ob es der Tante wirklich so gut ging. Doch die Aufforderung der Mutter duldete keinen Widerspruch, und sie hatte ja auch recht. Etwas musste geschehen und wer außer der ältesten Tochter sollte das Wagnis auf sich nehmen?

Margot wischte mit den Fingern ein Loch ins zugefrorene Fenster und starrte in die Dämmerung hinaus. In der Ferne, unter einer weißen Schneedecke, lag irgendwo Abbenrode. Deprimiert dachte sie wieder an Braunschweig.

Morgens bildeten sich vor den Geschäften unübersehbar lange Warteschlangen, die sich gegen Mittag wieder auflösten, weil schon wieder alles ausverkauft war. Trotzdem standen die Leute geduldig an, während der Hunger ihre Fantasie beflügelte: knuspriges Brot, duftende Semmeln, warmer Kuchenteig, ein Hefezopf. Würste, Schnitzel, Käse, Butter, Milch, Sahne, Schinken, Speck, Klopse, Klöße, Hühnersuppe, Rindfleischsuppe, Gemüsesuppe, Pudding, Schokolade, Backfisch, Aal, Hering, und das ganze wieder von vorn.

Der Hunger war so groß, dass sogar vergammeltes Fleisch auf dem Schwarzmarkt verkauft wurde. Margot konnte sich genau erinnern, wann sie davon gegessen hatte. Es war vor einem Jahr gewesen. Sie hatten das übelriechende Fleisch, über dessen Herkunft man nur spekulieren konnte, gründlich gewaschen und mit Steckrüben gekocht. Nachher war ihnen schlecht geworden und sie hatten alles wieder ausgebrochen.

Margot schielte zu Rudi hinüber, der noch immer auf dem braunen Sofa saß und rauchte. Sie wäre dankbar gewesen, wenn er ihr wenigstens einen Schluck Bier abgegeben hätte. Aber er machte keine Anstalten, mit ihr zu teilen und sie hatte kein Geld, um etwas zu bestellen. Immer wenn er trank, rutschte der Ärmel seiner Jacke hoch und man sah, dass sein Arm rundherum tätowiert war. Er hatte durchblicken lassen, dass er Schnaps und Kämme gegen Heringe eintauschte und damit sehr viel Geld verdient hatte. Genauso wie Konrad, dachte das Mädchen und spürte schon wieder, wie sich ihr Magen, nicht nur vor Hunger, schmerzhaft zusammenkrampfte.

Warum war Konrad so verändert gewesen? Während der Zugfahrt hatte sie sich auf das Wiedersehen mit ihm gefreut und gehofft, von ihm zur Begrüßung etwas Essbares angeboten zu bekommen. Das Wasser lief ihr im Mund zusammen, als sie sich in Erinnerung rief, welche Mahlzeit Tante Hedwig beim letzten Besuch zubereitet hatte: Bratkartoffeln mit Speck!

Vor dem Krieg war Margot ein regelmäßiger Gast auf dem kleinen Hof in Abbenrode gewesen und hatte dort schöne Sommertage verbracht. Den meisten Bauern war es unter Hitler besser gegangen als jetzt und Margot hatte sich oft gefragt, ob es besser gewesen wäre, wenn Deutschland den Krieg gewonnen hätte. Das war es jedenfalls, was die Tante meinte, doch Margot wusste nicht, was sie denken sollte.

Ihr fielen die grauenhaften Bilder wieder ein. Die gesamte deutsche Bevölkerung war von der Militärregierung gezwungen worden, sich einen Film anzusehen. Er hieß „Die Todesmühlen" und zeigte beim unbeteiligten Surren der Kamera apathisch da hockende, lebende Skelette. Das waren die Überlebenden aus den Konzentrationslagern. Während Margot die riesigen Leichenberge vor den rauchenden Schornsteinen der Krematorien sah, überfiel sie plötzlich eine entsetzliche Angst. Nicht einmal beim Heulen der Sirenen hatte sie sich so gefürchtet.

Ihre Mutter hatte sich geweigertt, ins Kino zu gehen und wollte es auch Margot verbieten. „Wir haben das alles doch gar nicht gewusst!" Sie bäumte sich dagegen auf, vor ihrer Tochter so schlecht da zu stehen.

Margot warf einen kurzen Blick auf den noch immer schweigenden Grenzführer und schüttelte die bedrükkenden Erinnerungen ab. Stattdessen versuchte sie, sich Tante Hedwigs sommerlichen Garten mit seinen Möhren, Bohnen, Erbsen und Tomaten vorzustellen.

Nicht nur einen schönen Garten, sondern drei Kühe und acht Schweine hatte die Tante vor dem Krieg besessen. Margot half im Stall, rupfte Unkraut auf den Rübenfeldern und kehrte nach jedem Aufenthalt in der ländlichen Idylle erholt in die große Stadt zurück.

Damals war sie noch das einzige Kind ihrer Eltern gewesen, denn erst gegen Ende des Krieges wurde ihre Schwester Hedwig als sichtbare Folge eines väterlichen Fronturlaubes geboren. Wenn er nicht mehr heimkehrte, würde sie die letzte lebende Erinnerung an ihn sein. Der kleine Nachzügler tat Margot oft leid. Sie war so dünn und hatte sich noch nie in ihrem Leben richtig satt essen können!

Wie es wohl in Abbenrode inzwischen aussehen mochte? Sie hatte gehört, dass der Hof seit Kriegsende Tag und Nacht von ihren beiden Vettern und einem Knecht bewacht werden musste. Schon mehrfach hatte man den Stall aufgebrochen, Schweine geschlachtet und die Fleischstücken gleich mitgenommen. Seitdem hatte man die Tiere ins Haus geholt. Sie standen nachts in der Vorratskammer hinter Schloss und Riegel und die Vorräte lagerten im Keller. Margot seufzte. Schlimme Zeiten waren das! Der Krieg war eigentlich noch gar nicht richtig vorbei.

Sie schrak zusammen. Soeben war die Wirtshaustür mit einem dröhnenden Krach ins Schloss gefallen. Zwei Männer traten grußlos ein, blickten sich misstrauisch um und schüttelten den Schnee von den Schultern. Nach einem kurzen Wortwechsel verschwanden sie mit dem Wirt in einem Hinterzimmer. Margots Unruhe nahm zu, worauf warteten sie?

„Wann soll's denn losgehen?", fragte sie den Mann neben sich, der schweigend einen Zug aus dem zum dritten Mal gefüllten Bierkrug nahm. Er grinste nur unbestimmt. Den Lohn für seine Dienste hatte sie ihm gleich bei ihrer Ankunft aushändigen müssen, noch ein Grund mehr, warum sie nicht mehr wegkonnte.

Ihr wäre viel wohler gewesen, wenn sie mit mehreren Personen aufbrechen würden, aber wie es schien, würde sie die einzige bleiben und musste ganz allein mit diesem unheimlichen Kerl in die nächtliche Kälte hinaus. Sie hielt das Warten bald nicht mehr aus, rutschte auf dem Stuhl hin und her und trommelte mit den Fingern auf den Tisch.

„Na, na, Frollein, mach ma halblang!", sagte er und starrte sie durch die runden Brillengläser verärgert an.

Verlegen entschuldigte sie sich und presste die steifen Knie gegeneinander. In der Wirtsstube war es inzwischen immer kälter geworden. Sie verlagerte ihre Haltung nach vorn, denn wenn sie sich zurücklehnte, schlief sie am Ende noch ein. Angestrengt versuchte sie, hinter den vereisten Scheiben etwas von dem wilden Schneetreiben zu erkennen, das vor einigen Minuten eingesetzt hatte. Wenn sie sich nur nicht verirrten! Es war noch ein weites Stück zu laufen und die vielen Umwege, die sie machen mussten, um den Kontrollposten auszuweichen, führten über weglose Felder und durch dichte Waldstücke.

„Hopp, hopp, mir machen los!"

Sie schrak auf, als der lange Stock des Mannes sie in die Rippen stieß. Da war sie doch eingenickt! Schnell sprang sie auf, nahm den Mantel vom Stuhl und knöpfte ihn zu. Sie schlang sorgfältig den Schal um Kopf und Hals, verknotete die Enden und suchte nach dem Wirt, um sich zu verabschieden. Aber der Alte, der den ganzen Abend kein Wort gesagt hatte, war verschwunden. Beklommen ging sie hinter Rudi her und folgte ihm ins Dunkel der mondlosen Nacht.

Rudolf Pleil fror nicht. Nach vier Gläsern Bier und drei Schnäpsen war sein Inneres wohlig erwärmt. Dennoch war er unzufrieden und schlecht gelaunt. Was hatte der Konrad ihm da für eine gebracht? Die war eigentlich nicht richtig. An der war viel zu wenig dran. Er befühlte den Hammer, den er unter seinem langen schwarzen Mantel verborgen hielt.

Bei der hier würden sie auch keine Wertsachen finden. Einmal hatten sie tausend Reichsmark im Schlüpfer einer Witwe gefunden und bei einer anderen drei Sparkassenbücher! Und die Frau von letztem Weihnachten hatte eine schöne Puppe dabei gehabt. Die hatte er seiner kleinen Tochter zu Weihnachten geschenkt.

Er war stolz auf sich und zufrieden. Die lange Wartezeit machte ihm nichts aus. Er saß immer in dem Wirtshaus, wenn er in diese Gegend kam. Nachmittags traf er ein und hoffte auf Flüchtlinge, die einen Führer suchten. Das braune Sofa war sein Stammplatz, von dort konnte er die ganze Umgebung überblicken. Gleich würde er den Schüßler im Bahnwärterhäuschen treffen. Der wollte die Frau zuerst haben. Dem gefielen so dünne und wenn der fertig war, würde er das Weibsstück totschlagen und dann bearbeiten. Ihm wurde heiß zwischen den Beinen.

Nicht einmal die Kälte konnte ihm etwas anhaben. Auch da hatte er sich was ausgedacht. Im Flaschenkorken steckte ein Schlauch und den benutzte er als Trinkhalm. Während er mit großen Schritten auf die Grenze zuging, sog er unauffällig an dem Röhrchen. Die Frau hinter ihm merkte nichts. Er grinste. Normalerweise bot er den Weibern vorher noch was an. Aber so einem Gerippe doch nicht.

Das Schneetreiben hatte aufgehört und sie befanden sich noch immer in der Nähe des Wirtshauses. Nicht dass ihn das stören würde. In der Dunkelheit konnte man keine zehn Meter weit sehen und das Mädchen folgte ihm ahnungslos. Von Ferne erklangen die Schläge einer Kirchturmsuhr.

Soeben hatten sie die Schienen der stillgelegten Bahnstrecke nach Osterwieck überquert und waren rechts abgebogen. Die russische Zone schottete sich ab und gestattete keinen Zugverkehr durch ihr besetztes Gebiet. Vor ihnen, in etwa fünfzig Metern Entfernung, stand das alte Bahnwärterhäuschen. Im Fenster blitzte kurz Licht auf. Das musste Konrads Taschenlampe sein. Mit dem hatte er hier vor vier Wochen im Schnee zwei Frauen bearbeitet. Die lagen noch immer im Brunnenschacht.

Er drehte sich um.

„Na Frollein, ˋne kleine Pause gefällig?" Das Weiße in seinen Augen blitzte in der Dunkelheit und sein Atem ging schnell.

Margot klapperte mit den Zähnen. Sie fror und hatte schreckliche Angst. Inzwischen wusste sie, dass etwas nicht stimmte. Warum führte er sie zu dem Bahnwärterhäuschen? Da war doch jemand, sie hatte Licht hinter dem Fenster aufblitzen gesehen. Ihre Kehle war wie zugeschnürt.

Plötzlich brach ein lange angestauter, tiefer Schmerz in ihr auf und vermischte sich mit Angst und Verzweiflung. Sie spürte die warme Nässe von Urin in ihre Wollstrümpfe sickern und sah ihr viel zu kurzes, kleines Leben schnell vor sich ablaufen. Vor lauter Panik versteifte sich ihr Körper und sie hätte nicht einmal mehr weglaufen können. Sie blieb stehen und stieß einen verzweifelten Schrei aus. Der Mann zerrte wütend den Hammer hervor und schlug zu.

Braunschweiger Zeitung, 17. Januar 1947 - Abbenrode bei Vienenburg - In der Ecker wird die Leiche der 20jährigen Margot M. aus Braunschweig geborgen. Ihr Schädel war eingeschlagen und ihr Körper wies mehrere Verletzungen auf. Die junge Frau hatte Verwandte in der sowjetischen Zone besuchen wollen.

Rudolf Pleil

Die erste Festnahme des dreiundzwanzigjährigen Gelegenheitsarbeiters Rudolf Pleil im April 1947 erregte kein allzu großes Aufsehen. In der Nähe von Zorge im Harz hatte er im Streit mit dem Beil auf einen Hamburger Kaufmann eingehackt und den leblosen Körper in einen Bach geworfen. Über die Tatwaffe konnte Pleil bald ausfindig gemacht werden. Wegen Totschlags in angetrunkenem Zustand verurteilte man den harmlos wirkenden und bis dahin unverdächtigen jungen Mann zu zwölf Jahren Zuchthaus.

Niemand brachte ihn mit irgendwelchen anderen Morden in Verbindung. Doch der ewig hungrige, dickliche Häftling hatte in den Jahren zuvor schon unzählige Frauen bestialisch ermordet, sexuell missbraucht und ausgeraubt. Und zwar in derselben Reihenfolge. Nur eine einzige Frau hatte Pleils Hammerattacken überlebt, Lydia S. blieb schwer verletzt im Schnee liegen und konnte sich mit letzter Kraft ins nächste Dorf schleppen. Ihre Täterbeschreibung war höchst aussagekräftig, dennoch ging die Polizei ihren Hinweisen nur unzulänglich nach.

Mindestens fünf Frauen, auch das junge Mädchen aus Braunschweig, hätten vielleicht nicht sterben müssen, wenn gründlicher ermittelt worden wäre. Die einzige Überlebende war jedoch im späteren Prozess eine der wichtigsten Zeuginnen.Um an größere Essensrationen heranzukommen, beschloss der Häftling, sich um eine Nebenbeschäftigung als Henker zu bewerben. In der Nachkriegszeit wurde in Deutschland noch die Todesstrafe vollstreckt.

Eines Tages erhielt der Bürgermeister der Stadt Vienenburg einen merkwürdigen Brief. Absender war der stadtbekannte, frühere Grenzgänger und Schwarzhändler Rudolf Pleil. Er bat um eine Bestätigung, dass sich im Brunnen des alten Bahnwärterhäuschens zwischen Vienenburg und Abbenrode zwei Frauenleichen befänden. Die habe er selber gut und schnell totgemacht und daran könne sein zukünftiger Arbeitgeber doch erkennen, wie sehr er für einen Posten als Henker geeignet sei.

Der obskure Brief wurde an die Vienenburger Polizei weitergeleitet und der Vorgang untersucht. Die Angaben des Häftlings bewahrheiteten sich und der grausige Fund machte es erforderlich, den Mann erneut zu verhören. Der Fall ging zurück nach Braunschweig und Pleil wurde ins Untersuchungsgefängnis am Rennelberg verlegt.

Von nun an fiel das Interesse der Medien schlaglichtartig auf den mutmaßlichen Serienmörder und Pleil genoss es, die geballte Aufmerksamkeit des Publikums und der gesamten Bevölkerung der jungen Bundesrepublik auf sich zu ziehen.

Der redselige Kerl beschäftigte bis zur Urteilsverkündung im November 1950 zahlreiche Gutachter, Sachverständige, Psychiater, Psychologen, Richter, Anwälte, Polizeibeamte und Reporter. Ein riesiger Aktenberg häufte sich an und Pleil setzte sich bei jeder Vernehmung und während des gesamten Prozesses wie ein Volksschauspieler in Szene.

Wieder war es sein gewaltiger Appetit, der ihn trieb, weitere Untaten aufzudecken. Im erpresserischen Tauschhandel gegen größere Essensrationen aus der Gefängnisküche, gab er Stück für Stück neue Verbrechen zu und führte die Beamten von Tatort zu Tatort entlang der Zonengrenze. Er genoss ihr entsetztes Interesse und schilderte in allen Einzelheiten, wie er die Morde an den Frauen begangen hatte. Erst durch diesen Prozess erkannte man, dass Pleil kein Einzeltäter war, sondern zwei weitere Männern an seinen Raubzügen beteiligt hatte. Daraufhin wurden Konrad Schüßler und Karl Hoffmann verhaftet. Es dauerte drei Jahre, sämtliche Fakten für das Schwurgericht Braunschweig zusammenzutragen.

Die Abgründe menschlichen Verhaltens

Wäre der sadistische, habgierige Triebtäter unter günstigeren Lebensbedingungen ein *guter Mensch* geblieben? Wurde seine abartige sexuelle Veranlagung, die zunächst vielleicht nur in ihm schlummerte, durch bestimmende Ereignisse aktiviert? Neue Forschungsergebnisse lassen eine solche Vermutung zu. Wie auch immer, seit einem gewissen Zeitpunkt war Sexualität für den jungen Mann untrennbar mit Gewalt gegen das andere Geschlecht verbunden und bald befriedigte ihn der herkömmliche Beischlaf nicht mehr. Er wollte die Frauen auf seine Weise „bearbeiten" und unter „Bearbeiten" verstand Pleil die grausam-sadistische Misshandlung des weiblichen Körpers. Er berichtete, dass er die Frauen anfangs nur niederschlug, damit sie sich nicht wehren konnten, wenn er sie missbrauchte. Doch dann stellte er fest, dass ihm gerade ihre Todesqualen die größte Lust bereiteten.

Das Monster im Körper eines kleinen Idioten

Der Häftling mit dem gutmütigen, runden Gesicht hielt sich selbst für einen ganz normalen Mann. Während er im Zuchthaus ohne jedes Schamgefühl abstoßende und ekelerregende Widerlichkeiten zu Papier brachte, unternahm er den Versuch, seine gefährliche und boshafte Abnormität als vollkommen natürlich auszugeben.

Trotz der vielen, schrecklichen Mordtaten wurde Pleil weder von Schuldgefühlen noch von Gewissensbissen gequält. Im Gegenteil, der zweifache Vater wünschte sich für den Sohn, er möge in seine Fußstapfen treten und ein ebenso begabter Totmacher werden wie er. Nur eines würde er in seinem Leben bereuen: nicht noch mehr Weibsstücke tot gemacht und bearbeitet zu haben, wo er doch jetzt vielleicht für immer daran gehindert wurde.

Sadistische Massenmörder wie Rudolf Pleil waren seinerzeit kein Einzelfall. Ein ganzes Volk hatte mehrheitlich zugelassen, dass menschliche Wertmaßstäbe verloren gingen und Gut und Böse durcheinander gerieten. Zahlreiche Kriegsverbrecher, die zur selben Zeit wie Pleil vor Gericht standen, beriefen sich trotz der schwer belastenden Beweislage auf das bekannte *Nicht schuldig!* und viele wurden frei gesprochen oder nur kurze Zeit inhaftiert. Im Gegensatz zu Pleil verlor keiner der Angeklagten der Nürnberger Prozesse seine bürgerlichen Ehrenrechte.

Das Urteil

Rudolf Pleil konnten neun Raubmorde eindeutig nachgewiesen werden. Bei weitem nicht seine gesamten Verbrechen, aber genug, um ihn für immer ins Zuchthaus zu bringen. Er selbst behauptete, mindestens vierzig Frauen ermordet zu haben, doch wieviele Morde der „Totmacher" tatsächlich verübt hat, wird im Dunkel der Geschichte verborgen bleiben.

Im November 1950 wurde Pleil zu einer lebenslänglichen Zuchthausstrafe und der Aberkennung der bürgerlichen Ehrenrechte verurteilt. Auch über seine Komplizen verhängte man langjährige Freiheitsstrafen. Der etwa fünfzigjährige Konrad Schüßler wurde allerdings Ende der 1970er Jahre begnadigt und auf freien Fuß gesetzt.

Auch Pleil hätte nach damaliger Rechtsauffassung als voll schuldfähiger Delinquent eines Tages begnadigt werden können. Im Februar 1958 fand man den Vierunddreißigjährigen jedoch erhängt in seiner Zelle.

Im Schwurgerichtsprozess in Braunschweig wurden damals folgende Morde verhandelt:

März 1946 , Eva M., mit Beil erschlagen

Juli 1946, Unbekannte Frau, mit Hammer erschlagen

August 1946, Unbekannte Frau, Kehle durchschnitten

September 1946, Irene H., mit Feldstein erschlagen

Dezember 1946, Lydia S., überlebt

Dezember 1946, Emmy L., mit Eisenstange erschlagen

Dezember 1946, Gertrud G., mit Eisenstange erschlagen

Januar 1947, Margarete M., mit Eisenstange erschlagen

Februar 1946, Helene S., mit Eisenstange erschlagen

März 1947, Unbekannte Frau, mit Messer erstochen,

Originalauszüge aus der Braunschweiger Zeitung

1946

November Walkenried-Juliushütte/Ellrich: In der Nähe des früheren KZ Juliushütte wird die Leiche der 25jährigen Christa S. gefunden.

12. Dezember Mordversuch im Südharzer Grenzgebiet: Die 55jährige Witwe Lydia S. aus Schleswig-Holstein wird bei der Rückkehr aus der sowjetischen Zone von dem sie begleitenden Grenzführer brutal mit einem Knüppel zusammengeschlagen und beraubt. (Pleil und Schüssler)

13. Dezember Vienenburg: Am Bahnwärterhäuschen Nr. 25 der stillgelegten Strecke nach Halberstadt wird die Hausfrau Emmy L. vergewaltigt, danach dann mit einer Kuppelstange erschlagen und ihre Leiche in den dortigen Brunnen geworfen. (Pleil und Schüssler)

19. Dezember Vienenburg: Am Bahnwärterhäuschen Nr. 25 an der stillgelegten Strecke nach Halberstadt wird die 44jährige Witwe. G. mit einer Kuppelstange erschlagen und ihre Leiche in den dortigen Brunnen geworfen. (Pleil und Schüssler)

1947

13. Januar Auf dem Galgenberg bei Hornburg wird die Leiche einer Unbekannten gefunden.

17. Januar Abbenrode bei Vienenburg: In der Ecker wird die Leiche der 20jährigen Margot M. aus Braunschweig geborgen. Ihr Schädel war eingeschlagen und ihr Körper wies mehrere Verletzungen auf. Die junge Frau hatte Verwandte in der sowjetischen Zone besuchen wollen. (Pleil)

Mitte Februar Ellrich-Gudersleben: In einem Waldgebiet wird unter einem Holzstoß die Leiche der 49jährigen Ehefrau S. gefunden. Man hatte sie mit einer Eisenstange, die neben ihr lag, erschlagen. Zudem war sie Opfer eines Sexualverbrechens geworden. (Pleil)

03. März Zorge (Restkreis Blankenburg): Anfang März entdeckt man bei Zorge den Schädel einer jungen Frau mit einem hühnereigroßen Loch an der Schläfe. Der Rumpf fehlte. (Pleil und Hoffmann)

12. März Mord bei Walkenried: Mehrere bewaffnete Männer überfallen eine Grenzgänger-Gruppe von dreißig Personen, vergewaltigen die mitgehenden Frauen und rauben die Gruppe aus.

14. April Zorge (Restkreis Blankenburg): Ein bestialischer Mord : Ein Einwohner findet die Leiche eines etwa 50jährigen Mannes, dessen Schädel und Körper durch zahlreiche Beilhiebe fürchterlich verstümmelt ist. (Pleil)

30. Mai Wieda (Restkreis Blankenburg): Neuer Mord im Grenzgebiet Kurz nach 22 Uhr wird die 40jährige Ehefrau Viktoria M. auf der Landstraße Wieda-Walkenried tot aufgefunden.

02. Juni Oker: Aufgrund des starken Verwesungsgeruchs wird die Leiche der 25jährigen Kriegerwitwe S. in ihrer Wohnung entdeckt.

04. August In einem Kornfeld am Harbker Weg unweit der Zonengrenze wird die Leiche einer unbekannten Frau gefunden. Ihr Schädel ist zertrümmert.

12. August Zorge (Restkreis Blankenburg): Im Zorger Forst wurde eine 25jährige Frau von Banditen überfallen und durch Hiebe mit einer Eisenstange lebensgefährlich verletzt

07. Oktober An der Zonengrenze: Beim nächtlichen Versuch, die Zonengrenze bei Braunlage zu überschreiten, wurde in diesen Tagen die in Heimburg bei Blankenburg wohnhafte Elisabeth B. von einem unbekannten Täter überfallen und vergewaltigt

20. Dezember Bündheim bei Bad Harzburg: Raubmord. Am

Vormittag finden Hausbewohner die 84j. Wwe. Auguste L. in ihrem Zimmer tot auf einem Stuhl sitzend. Offensichtlich liegt ein Raubmord vor.

1948

28. Februar Schöningen (LK Helmstedt): Am Abend wird Frau Gertrud K. von ihrem Grenzführer, einer Eisenbahnbekanntschaft, mit einem Messer bedroht, beraubt u. vergewaltigt. Der Täter entkommt.

11. März Nahe der Zonengrenze findet man im Schiffgraben bei Mattierzoll (Kreis Wolfenbüttel) die Leiche des in Berlin wohnhaften 62jährigen Amtsgehilfen Hermann F. Die Polizei geht von einem Mord aus.

13. Juni In der Nacht zum Sonntag wird eine 25jährige Kindergärtnerin aus Sachsen nach Überschreitung der Grenze in Richtung Osten zwischen Obisfelde und Vorsfelde von ihrem Grenzführer mit einem Knüppel niedergeschlagen und ihres Koffers beraubt. Sie hatte den jungen Mann und seine Freundin zuvor kennen gelernt und sich dem Paar angeschlossen. Das Duo entkam.

21. September In Bad Harzburg wurde der 22jährige Ferdinand R. alias Friedrich von Elm verhaftet. Er gestand einen Raubmord und zwei Mordversuche.

21. Oktober In der Nacht zum 21. Oktober wird an der Bahnlinie Offleben-Völpke in unmittelbarer Nähe der Zonengrenze die Leiche eines etwa 20-25 Jahre alten Mädchens gefunden. Es wurde erwürgt. Armbanduhr und etwaiges Gepäck fehlen.

23. Oktober Das tote junge Mädchen ist jetzt identifiziert. Es handelt sich um die aus Berlin-Lankwitz stammende Sigrid W.

Ich danke dem Niedersächsischen Landesarchiv Wolfenbüttel für die freundliche Unterstützung

DER LETZTE SCHREI

Im Schein des Vollmondes schlenderte eine Frau durch die Straßen einer kleinen Stadt am Harzrand. Es war drei Uhr morgens und als würden ihr selbst um diese Zeit gierige Männeraugen hinterher starren, setzte sie geziert einen Fuß vor den anderen und ließ ihre Hüften lasziv hin und her schwingen. Sie war nur mit einem sehr kurzen Rock und einer engen Bluse bekleidet und ein zufälliger Beobachter hätte sich erstaunt gefragt, ob es in dem kleinen Kurort neuerdings einen Straßenstrich gäbe.

Die einsame Gestalt ging langsam auf eine Parkanlage zu, die vom schwachen Licht der Laternen nicht mehr erreicht wurde. Jede andere Frau hätte eine so menschenleere Gegend gemieden, doch die nächtliche Herumtreiberin suchte ganz bewusst die Nähe von Gefahr. Sich unwägbaren, riskanten Situationen auszusetzen, gab ihr einen Kick und sie fühlte schon ganz deutlich das Ansteigen ihres Adrenalinspiegels.

In der tiefen Stille der Nacht verwandelte sich das Geräusch ihrer hohen Absätze auf den Pflastersteinen in laute Trommelschläge. Klack, klack, klack, klack. Unbekümmert setzte sie ihren Weg fort, bis die Dunkelheit des Parks sie vollständig umhüllt hatte. Sie ließ sich auf einer Bank nieder und schlug die Beine übereinander. Dabei rutschte der Rock noch ein paar Zentimeter höher und das fahle Licht des Mondes beleuchtete erstaunlich sehnige Schenkel. Aus einer winzigen Handtasche kramte sie etwas hervor. Entspannt zurückgelehnt, steckte sie sich eine Zigarette an und sog den Rauch genussvoll tief ein. Bei jedem Zug berührte sie leicht mit den Fingern ihre wulstig aufgespritzten Lippen und stellte anerkennend fest, dass sich die kunstvolle Maßarbeit der plastischen Chirurgie noch immer perfekt anfühlte.

Schon während ihres ersten Klinikaufenthaltes war sie von der vermodernden Eleganz des kleinen Harzstädtchens begeistert gewesen. Prominente wie Kafka, Hans Albers und Marika Rökk hatten den Kurort aufgesucht und mit beinahe rührseligem Stolz dachte die Frau daran, dass hier ihre neuen Brüste zur Welt gekommen waren. Erstklassiges Silikon! Und weil der Sex mit dem plastischen Chirurgen ebenso aufregend gewesen war wie der neue Busen, hatte sie ihren Aufenthalt auf unbestimmte Zeit verlängert. Warum auch nicht? Das Spielcasino und ein Golfplatz lockten betuchte Herren an, für die sie in der morbiden Gesellschaft des Kurortes ihre Netze spinnen würde.

Vor einer Weile hatte sie im Zentrum von Bad Harzburg eine Jugendstilvilla mit unzähligen kleinen Türmchen gekauft und bewohnte das verschwenderisch möblierte Gebäude seitdem ganz allein. Vierzehn Zimmer, ein Schwimmbad mit Sauna und ein moderner Fitnessraum stellten den sichtbaren Beweis ihrer materiellen Unabhängigkeit dar und dienten ihr als Schafspelz, den sie sich umhängte, um ihre Raubgier zu verdecken. Niemand sollte argwöhnen, dass sie sich ihren Opfern aus reiner Habgier näherte.

Seit drei Tagen hatte sie einen neunundachtzigjährigen Witwer im Visier, den sie allabendlich an einem Spieltisch des Casinos unauffällig beobachtete. Der mehrfache Millionär hatte sie sofort zu einem Drink in die Bar eingeladen und er schien bestens geeignet zu sein, ihr Vermögen derart anzureichern, dass sie eine Pause einlegen konnte. Sie musste sich unbedingt von den Anstrengungen der vergangenen Monate erholen. Die finanziellen Hintergründe des Mannes waren jedoch noch nicht ganz ausgeleuchtet und sie zögerte den Moment der engeren Kontaktaufnahme immer wieder hinaus. Verständlicherweise benötigte sie ja auch eine gewisse Vorlaufzeit, um sich mental auf das außerordentlich hohe Maß an körperlichem Verfall einzustimmen, das sie erwartete. Selbst für eine geübte Betrügerin wie sie war es nicht ganz einfach, die rettungslos verliebte Gespielin eines hochbetagten Greises zu mimen.

Plötzlich raschelte es im Laub und eine wütende Männerstimme zischte dicht neben ihrem Ohr:

„Marie!" Ein Mann stand hinter der Bank, packte sie an den Armen und riss sie hoch.

„Hab ich dich endlich, du dreckige Hure! Du hast meinen Bruder umgebracht!" Er verdrehte ihr schmerzhaft das Handgelenk.

„Aber nein, was soll denn das!", stieß sie hervor. „Ich heiße nicht Marie. Sie irren sich!"

Der Mann war kräftig gebaut und nicht viel größer als sie. „Du blöde Schlampe, du lügst!"

„Aua, Sie tun mir weh!" Die Frau widersetzte sich mit aller Kraft, rammte ihm die Ellenbogen in den Bauch und trat mit den Beinen um sich. Dabei verlor sie in den hohen Absätzen das Gleichgewicht und wäre beinahe gestürzt. Um nicht auch hinzufallen, ließ er sie los und sie sank sogleich rührend hilflos zu Boden. Der Mann war irritiert, doch als sie Anstalten machte, aufzuspringen und wegzurennen, hielt er sie mit dem Rücken gegen seinen Körper gepresst. Seine große Pranke umklammerte ihre beiden Handgelenke und mit der freien Rechten hielt er ein Messer gegen ihren Hals.

„Natürlich bist du das, Marianne Kotte, genannt Marie! Dachtest du, in so einem kleinen Provinznest würde ich dich nicht finden? Ich hab auch lange auf eine Gelegenheit wie diese gewartet!"

Die Frau überlegte mit geschärften Sinnen, wer der Mann war und wie er gewusst haben konnte, wo sie sich aufhielt. Als habe er ihre Gedanken gelesen, flüsterte er kurzatmig:

„Ich hab ein Foto von dir gefunden."

Er steckte das Messer weg und zog etwas hervor. Von hinten hielt er ihr ein Foto vor die Nase und im Schein des Mondlichtes erkannte sie ihren eigenen nackten Körper, der sich auf einem flauschigen Teppich räkelte. Ihr Kopf ruhte auf den Beinen eines ebenfalls unbekleideten Mannes, der lächelnd auf sie herabsah. Ja, das war tatsächlich Thomas Rotkegel, einer ihrer Geliebten aus früheren Zeiten. Ewig musste das her sein. Sie hatte nicht bemerkt, dass sie heimlich fotografiert worden war, der Mistkerl hatte wohl eine versteckte Kamera oder so was angebracht. Zu Dritt waren sie jedenfalls nicht gewesen.

„Also gut," seufzte sie resigniert. „Ich kannte den Thomas und das auf dem Foto bin ich auch. Na und? Lässt du mich jetzt los?"

Sein Griff verstärkte sich. Wie ein braves Kind senkte sie ergeben den Kopf und dachte nach. Sie gab ihrer Stimme einen wehmütigen Klang und begann, von ihrer Zeit mit Thomas zu erzählen.

Wieder blieb der Mann unbeeindruckt und schnaufte vor verhaltener Wut.

„Marie, die ominöse Frau ohne Scham, mit der Tom

immer angegeben hat. Sein Betthase, seine Supertitte."

Verärgert zog sie die Augenbrauen zusammen, als er das Wort so abfällig hervorstieß. Ihre Brüste um drei Körbchengrößen anschwellen zu lassen, war auch nicht unbedingt ihr Geschmack gewesen, aber das Resultat und seine Wirkung auf bestimmte Männer konnte sich sehen lassen. Ein Busen dieses Formates öffnete einem den Weg zu den lukrativsten Bankkonten!

Der Mann quetschte ihre Handgelenke noch immer mit seiner Pranke und heulte: "Du hast meinen Bruder auf dem Gewissen, du eiskalte Hexe!"

Meine Güte, was wollte der Kerl denn nur? Seit Jahren hatte sie nicht einmal mehr an Thomas Rotkegel gedacht! Es gab so viel wichtigere Dinge zu tun, als sich an die wenig aufregenden Monate mit dem selbstgefälligen Gockel zu erinnern.

Eigentlich hatte sie ihn sogleich vergessen, nachdem er ihr den Code seines Schweizer Nummernkontos verraten hatte. Erstaunlich, wie schnell sie bei ihm ans Ziel gelangt war! Schon nach wenigen Wochen hatte er ihr als sichtbaren Beweis seiner Liebe lässig ein paar Zahlen auf einen Zettel gekritzelt und das zusammengefaltete Papier gönnerhaft unter ihre Brust geklemmt.

„Nimm, soviel du willst, Darling, und flieg, wohin du willst! Aber wenn ich dich brauche, dann hast du zurück zu sein, und zwar sofort!" Besitzergreifend hatte er ihr langen Haare gepackt und ihren Kopf ganz weit nach hinten gebogen. Erregt von der Macht, die er über den wohlgeformten Frauenkörper zu haben glaubte, hatte er seine Hose aufgeknöpft und sie auf die Knie gedrückt.

Der Einfaltspinsel war tatsächlich der Meinung gewesen, sie beherrschen zu können. Die aufgeschönte Frau lachte bei dieser Erinnerung verächtlich auf. Welch eine maßlose Selbstüberschätzung! Vielmehr hatte sie über seinem Rücken die Reitgerte geschwungen und dafür gesorgt, dass er immer mehr zu einem trotteligen Esel mutierte. Um den Prozess des geistigen und seelischen Verfalls zu beschleunigen, waren Kräuter und Pflanzen zum Einsatz gekommen, die sie im Internet bestellt hatte und mit seinen Lieblingsdrinks vermischte. Im Endstadium seiner Umnachtung hatte er gehorsam mit krakeliger Schrift einen Abschiedsbrief geschrieben und um Verzeihung für seinen Entschluss gebeten, freiwillig aus dem Leben zu scheiden. Ihre unermüdliche Fürsorge hatte Thomas Rotkegel einen sanften Tod beschert.

Wie gern diese arroganten Pisser betrogen werden wollten!

Das schmerzhafte Drücken der Klinge gegen ihren Hals zog sie zurück in die Gegenwart. Der Unbekannte war durch ihre Passivität verstört und atmete hektisch ein und aus, Was hatte er erwartet, eine Nahkampfexpertin? Sie war zwar von den regelmäßigen Fitnessübungen durchtrainiert, aber gegen diesen Klotz hatte sie natürlich keine Chance. Sie musste einen anderen Weg gehen.

Sanft drückte sie ihr Becken gegen seinen Unterkörper und merkte, wie er vor der Berührung zurückschreckte. Aha! Nun lagen seine Rachegelüste mit ganz anderen Gelüsten im Widerstreit und sie war sicher, ihn bald in einen testosterongesteuerten Zombie verwandelt zu haben. Er ahnte ja nicht, dass sie die ganze Zeit wie eine Jagdspinne die Wirkung sämtlicher Gifte erprobte, die ihr zur Verfügung standen.

Die Pranke des Mannes hielt noch immer ihre Handgelenke umklammert. Wehmütig hauchte sie: „Ich hab Ihren Bruder doch sehr geliebt, das müssen Sie mir glauben!"

Der Fremde gab ein höhnisches Grunzen von sich. Sein langes dünnes Haar kitzelte sie unangenehm im Nacken und sie verfluchte sich im Stillen. Warum hatte sie nicht besser aufgepasst? Für Geld zu heucheln, zu lügen oder zu töten, war eine Sache, auf die sich verstand. Aber ihren teuren Körper diesem ungepflegten Subjekt zu überlassen, das war mehr als sie ertragen konnte. Sie ekelte sich vor seinem strengen Geruch und verstand erst jetzt, warum Tom seinen Bruder vor der prestigebewussten Öffentlichkeit verschwiegen hatte.

„Du verdammtes Miststück!", redete er sich weiter in Wut. „Du weißt doch gar nicht, was Liebe ist! Mein Bruder, der hat dich wirklich geliebt! Alles, alles hat er für dich getan! Und wenn du ihm nicht über den Weg gelaufen wärest, dann würde er jetzt noch leben! Aber dafür sollst du büßen! Du hast ihn umgebracht und es wie Selbstmord aussehen lassen und dann hast du seine ganzen Konten geplündert! Dafür sollst du verrekken und verbluten, bis nichts mehr von deinem geilen Dreckskörper übrig ist!"

Sie schrie auf, als die Klinge ihre Haut einritzte. Der Schmerz und die Angst vor einer hässlichen Narbe ließen sie für einen kurzen Moment in Panik versinken. Mit einer Atemübung kämpfte sie dagegen an, spannte die Muskeln und setzte weiterhin die einzig erfolgreiche Strategie ein, die bisher noch bei jedem Mann gewirkt hatte.

Sie flüsterte gurrend: „Ich wusste ja gar nicht, dass Tom

einen Bruder hat!" Ohne sich um die drohende Gefahr zu kümmern, presste sie ihren Hintern fest gegen seine Lenden und ließ ihn mit geübten Bewegungen kreisen. Sie schnurrte dabei wie ein Kätzchen.

„Du erinnerst mich an ihn, Süßer, und du machst mich genau so an wie er und ich mag die Art, wie du mich festhältst!"

Ihre Taktik verfehlte nicht ihre Wirkung und sie spürte, wie sich etwas in seiner Hose veränderte. Nach weiterem Stöhnen lockerte sich sein Griff und als es ihr gelang, durch geschicktes Drehen und Wenden ihren Rock immer weiter hochzuschieben, war er besiegt und ließ die Hand mit dem Messer sinken. Jetzt endlich kam der Superbusen zum Einsatz, den er vorhin so frech beleidigt hatte! Vorsichtig rieb sie sich an seiner Jacke und der Mann klappte das Messer zu und verstaute es umständlich in seiner Hosentasche. Auf die Wirkung ihrer Titten war Verlass!

Ein verstohlener Blick in seine halbgeschlossenen Augen bestätigte ihr, dass sie ihn beinahe überrumpelt hatte. Aber sie musste noch Geduld haben und den passenden Moment abwarten. Es hatte wenig Sinn, schon jetzt die Flucht zu wagen. In ihren hohen Absätzen käme sie nicht weit und barfuss laufen ging gar nicht.

„Willst du nicht ausprobieren, wie gut ich bin?", flüsterte sie schmeichelnd und kämpfte gegen einen Brechreiz. Er stank nach Schweiß und ungelüfteten Klamotten.

„Fühlst du, wie sehr ich dich begehre?" Trotz ihres Widerwillens brachte sie eine gehauchte Liebeserklärung zustande. Er grinste nur dümmlich.

„Bitte, lass mich los, das tut so weh!" Aufstöhnend drückte sie sich gegen ihn und er gab endlich ihre Handgelenke frei. Während sie aufmerksam sein Gesicht beobachtete, knöpfte sie die Bluse auf und ihre Brüste sprangen hervor wie zwei übergroße Softbälle. Der Mann tat weiterhin unbeteiligt, doch sein keuchender Atem zeigte das Gegenteil an. Zärtlich umschlang sie seinen Hals und zog ihn sanft nach unten. Folgsam ließ er sich mit ihr zusammen auf den Boden gleiten, nestelte unbeholfen an seiner Hose herum und warf sich mit seinem ganzen Gewicht auf sie.

Geschafft! Eben noch wollte er sie töten und nun lag er auf ihr wie ein abgerichteter Köter. Von nun an gab es nur noch technische Probleme und die ließen sich lösen. Während sie weiterhin Erregung heuchelte, hoffte sie, dass es schnell gehen würde. Resigniert stellte sie fest, dass das noch eine ganze Weile dauern konnte. Der Kerl war viel zu verkrampft.

Angeekelt wippte sie mit dem Becken auf und ab und ließ ihren Gedanken freien Lauf. Worin begründete sich eigentlich ihr Erfolg? Es war wohl die Mischung aus umwerfender Optik, atemberaubender Erotik und dreister Arroganz, die sie so unwiderstehlich machte. Doch sie betrachtete sich auch als eine Meisterin der Manipulation und war stolz darauf, Männer und Frauen dazu gebracht zu haben, ihren Forderungen Folge zu leisten.

Noch immer hüpfte der Kerl auf ihr herum und erst nachdem sie etwas nachgeholfen hatte, ging sein gepresstes Keuchene endlich in unterdrücktes Gebrüll über. Verzückt schloss er für einen Moment die Augen.

Jetzt! Sie spannte die Muskeln, stemmte sich mit einer blitzschnellen Drehung ihres durchtrainierten Körpers hoch und hockte schon auf seiner Brust. Das Messer hatte sie ihm längst unbemerkt aus der Tasche gezogen und aufgeklappt. Triumphierend presste sie es gegen seine Kehle.

„So, mein Kleiner, die Reise ist zuende! Du böser, dummer Junge! Warum steckst du deine Nase in Sachen, die dich nichts angehen? Dein dämlicher Bruder war glücklich mit mir und allein dafür habe ich jede Belohnung verdient. Sollte ich warten, bis er an Altersschwäche stirbt?"

Die Mütze des Mannes war von seinem Kopf gerutscht und zeigte eine fettige Glatze. Ungläubig starrte er sie an und das Weiße in seinen Augen wurde immer größer vor Erstaunen und Angst. Die Frau war gefährlich, dass wusste er und rührte sich nicht.

„Du widerst mich an, Drecksack! Hast du geglaubt, ich wäre wirklich heiß auf dich?" Sie spuckte wütend aus und fügte ihm durch die abrupte Bewegung am Hals eine Schnittwunde zu. Dabei löste sich ein Blutstropfen. Der Anblick des Blutes erregte sie und in der berauschenden Gewissheit, die absolute Kontrolle über Leben und Tod zu haben, warf sie mit einer Geste des Triumphes den Kopf nach hinten. Es war der letzte genussvolle Augenblick in ihrem Leben.

Der Mann riss ihr das Messer aus der Hand.

„Nein!!!"

Wütend war der letzte Schrei, den sie ausstieß, bevor er zustach. Er gab ihr schnell einen Schubs, damit ihr verwirrend schöner Leib zur Seite wegsackte und nicht auf ihn fiel. Blut quoll aus der tiefen Öffnung unterhalb ihrer vergrößerten Brust und versickerte im Gras.

Er erhob sich, klopfte seine Kleidung ab und suchte im Gesträuch nach der Mütze. Schützend zog er sie über die kahle Stelle auf seinem Kopf. Sorgfältig säuberte er das Messer mit einem Taschentuch, steckte es weg und schob den leblosen Körper mit den Füßen tiefer ins Gebüsch. Lautlos wie ein Schatten verschwand er im Dunkel der Nacht.

EIN ASCHENPUTTEL IN MARRAKESCH

Sandra blinzelte in den Julimorgen. Ihre Stimmung war genauso düster wie gestern und sie überlegte, ob sie nicht noch etwas liegen bleiben könnte. Energisch dehnte und streckte sie sich, schob das kuschelig weiche Deckbett zur Seite und stand auf. Eine Stunde später war sie fertig geschminkt, ansprechend gekleidet und mental für den neuen Tag gerüstet. Sandra, schlank, gut gebaut und jung, streifte das Band mit ihrem Namensschild über den Kopf und zog die Wohnungstür fest hinter sich zu.

Nach wenigen Minuten hatte sie das luxuriöse Hotel mit den mittelalterlichen Arkadenbögen erreicht. Am Empfang wurde sie schon von einer unübersehbar großen Gruppe von Gästen erwartet.

„Guten Morgen, allerseits!", rief sie betont schwungvoll und seufzte innerlich. Eigentlich war das nicht ihre Welt. Sie würde auf Reisen niemals in einem spießigen Hotel absteigen und eine geführte Tour durch die Stadt buchen. Sie war und blieb eben ein *tramp, doch* wenn sie ihre geliebten, filzigen *dreadlocks* nicht abgeschnitten hätte, wäre sie niemals an den Job als Gästeführerin gekommen.

Wie die Leute hier in Goslar auf Kleidung achteten! Raphael, der gern knallgrüne Hippiehemden trug, hatte ihr erzählt, dass sogar ein harmlos wirkendes Krawattenmuster eine Bedeutung hatte. Aufsteigende oder absteigende Querstreifen machten eine Aussage über die Philosophie des Trägers und auch Tätowierungen enthielten oft verborgene Botschaften. Was der alles wusste! Er kannte beinahe jeden Einwohner der Stadt und wenn er sich darüber ausließ, was so hinter den Kulissen abging, sehnte sie sich nach der Anonymität einer Großstadt zurück, nach Berlin.

Sandra fehlten die Kneipen, die Discotheken und die alternative Szene der Hauptstadt, sie war im Kreuzberger Kiez aufgewachsen und dort hatte sie gelernt, mit jedem noch so eigenartigen Typen irgendwie zurechtzukommen. Und ohne Raphael wäre sie niemals aus Berlin weggegangen. Sie kannte ihn schon seit ihrer Schulzeit, für ihn war der Harz mit den vielen Touristen eine Gegend, in der er seine Fähigkeiten in den unterschiedlichsten gastronomischen Servicebereichen unter Beweis stellen konnte. Er träumte davon, eines Tages ein eigenes Hotel zu besitzen.

War es verkehrt gewesen, ihm zu folgen? Ja, denn seit er sich von ihr getrennt hatte, kam sie sich in Goslar sehr verloren vor und Sandra plante, im Winter nach Berlin zurückzukehren. Aber während des Sommers wollte sie noch so viel Geld wie möglich mit Stadtführungen verdienen, vielleicht kam genug zusammen, dass sie sich endlich ihre erste Reise ins Ausland finanzieren konnte.

Seit einigen Wochen schrieb sie sich mit einem Mann namens *Sunny*. Er hatte auf ihrer Facebook-Seite eine Nachricht gepostet und interessierte sich für jedes noch so kleine Detail aus ihrem Leben. Er wohnte weit weg, irgendwo in der Gegend von Regensburg und sie bekam Herzklopfen, wenn eine Mail von ihm auf sie wartete.

Er wollte sie unbedingt kennenlernen, doch er lehnte es ab, Fotos auszutauschen oder über Video zu chatten. Das würde die Spannung zerstören, meinte er, erst wenn sie sich eines Tages gegenüberstanden, wollte er ihre Schönheit genießen. Vor dieser Begegnung fürchtete Sandra sich allerdings, würde sie ihm gefallen?

Sunny war mit Angaben zu seiner Person eher zurückhaltend und so wusste Sandra nur, dass er sehr kurze, hellblonde Haare und grüne Augen hatte und nicht besonders groß war. Ob sie das stören würde? Sandra verneinte belustigt. Sie achtete nicht sonderlich auf Äußerlichkeiten und bewunderte ihn für seine Offenheit. Die meisten Leute bastelten sich eine Wunschpersönlichkeit zurecht und gaben nur Dinge preis, die ihnen vorteilhaft erschienen. Spontan gemachte Äußerungen erweckten zwar den Anschein, man ginge sehr offen miteinander um, aber das stimmte nicht immer so ganz.

Sandra führte die etwa zwanzig Touristen durch die Gassen der Altstadt. Die Frauen stießen immer wieder Laute des Entzückens aus, wenn mittelalterliche Fachwerkhäuser oder Reste der hohen Stadtmauer in Sicht kamen. Die Männer betrachteten verstohlen den hübschen Körper der Stadtführerin und wenn Sandra stehen blieb und zu Erklärungen ansetzte, badete sie in einem Meer von Wohlwollen, das sich in den freundlichen Gesichtern widerspiegelte.

Sie räusperte sich. „Sehen Sie dort das romanische Fenster aus dem 13. Jahrhundert? Das Haus wurde durch dieses Fenster betreten, mit einer Strickleiter, die nachts hochgezogen wurde. So schütze man sich vor Dieben. " Ihre helle Stimme wetteiferte mit dem Lärm der Autos und im Wechsel von Stehen und Gehen schilderte sie die bewegte Goslarer Stadtgeschichte.

Schon kurze Zeit nach den Führungen hatte sie die Leute wieder vergessen, doch heute war ihr ein Mann aufgefallen. Er machte einen etwas seltsamen Eindruck. Der hochgewachsene Fremde trug trotz des inzwischen bewölkten Himmels eine dunkle Sonnenbrille, die seine Augen verdeckte und einen Schlapphut. Hinter den verspiegelten Gläsern schien er sie mit Blicken zu durchbohren und Sandra musste sich bemühen, beim Reden nicht dauernd in sein Gesicht zu starren. Als er ihre Unsicherheit bemerkte, stellte er sich so, dass sein Kopf von den anderen verdeckt wurde. Schließlich vergaß sie seine Anwesenheit.

Am Abend spürte sie ihre schmerzenden Füße und machte sich erschöpft auf den Heimweg.

„Bitte entschuldigen Sie, darf ich Sie ein Stück begleiten?", fragte eine männliche, wohlklingende Stimme hinter ihr. Es war der Mann mit der Sonnenbrille.

„Wie bitte?", fragte Sandra überrascht.

„Ob ich Sie ein Stück begleiten darf, hab ich gefragt!"

„Oh, ja, ja, natürlich! Haben Sie noch Fragen zu heute morgen?" Verlegen blieb sie stehen und stellte fest, dass er seine Augen noch immer verdeckte. Endlich nahm er die Brille ab und ein sympathisches Gesicht lächelte sie jungenhaft an.

„Mein Name ist Rufus, und nein, Fragen hab ich nicht, aber ich fand, Sie haben so nett erzählt und als ich Sie eben sah, da dachte ich... Da dachte ich, Sie würden vielleicht mit mir zu Abend essen?"

Sandra war unschlüssig. Zurück in ihre leere Wohnung, zu einem weiteren einsamen Abend?

„Ja, gern! Aber... würden Sie irgendwo in einem Lokal auf mich warten? Ich muss mich nämlich erst umziehen, aber ich könnte in einer halben Stunde dort sein!"

Sie verabredeten sich im Wirtshaus zur „Schwarzen Eiche" und hinter der Straßenecke stieß Sandra einen kleinen Jubelschrei aus. Trotz ihrer müden Füße lief sie das letzte Stück des Weges wie ein übermütiges Kind und schon nach zwanzig Minuten war sie geduscht und umgezogen und zehn Minuten später stand sie vor dem Restaurant.

Unsicher suchte sie den Raum ab. In einer schummrigen Ecke sah sie ihn sitzen und winken. Sie hätte ihn ohne den Hut beinahe nicht erkannt. Er hatte hellbraunes, halblanges Haar und dunkle Augen, die erfreut ihr Kommen registrierten und anerkennend auf ihrem Körper ruhten, als sie sich in seine Richtung bewegte. Wohlerzogen erhob er sich, bedankte sich, dass sie ihre Zeit für ihn opferte und fragte, was sie trinken wolle, sie sei natürlich sein Gast. Schon nach kurzer Zeit stellte sich eine Vertrautheit zwischen ihnen ein, die Sandra lange nicht mehr erlebt hatte. Erst jetzt fiel ihr auf, wie sehr sie nach Zuneigung hungerte.

Sie lachte übermütig über seine witzigen Bemerkungen und er nahm die affektierte Art eines Kellners zum Anlass, um ihr einen kleinen Vortrag über die Absurdität menschlichen Verhaltens zu halten. Während er sprach, sah er sie unentwegt an, überhäufte sie mit Komplimenten und seine Blicke glitten immer wieder bewundernd über ihren Körper hinweg. Das übertriebene Interesse irritierte sie manchmal ein wenig.

„Sandra, du bist klasse! Ich sage dir: ich werde nicht ohne dich von hier wegfahren!" Geschmeichelt stellte sie fest, dass dieser supertolle Mann in sie verknallt zu sein schien. Und er gefiel ihr auch, sehr sogar, Männer wie er verirrten sich nur selten in eine so kleine Stadt. Er war kultiviert, intelligent, gebildet, sah gut aus und außerdem prickelte es ganz wild in ihrem Bauch, wenn er sie berührte.

Sie kicherte. Der Wein und drei Aperitifs hatten ihre Wirkung entfaltet und sie unbeschwert und hoffnungsvoll gemacht.

„Wohin willst du mich denn mitnehmen, Rufus?", fragte sie neugierig und war dankbar für die entkrampfende Wirkung des Alkohols. Nüchtern wäre es beschämend gewesen, wenn er hinter der scherzhaft dahin geworfenen Frage ihr echtes Interesse an einer Ortsveränderung bemerkt hätte. Rufus lehnte sich zurück und musterte sie schweigend, auch als er antwortete, ließ er sie keine Sekunde aus den Augen.

„Ich fliege morgen nach Marokko, Marrakesch. Eine sehr schöne Stadt. Eine wunderschöne, orientalische Stadt voller Leben, Abenteuer und Erotik..." Bei dem Wort *Marrakesch* zuckte Sandra zusammen und wurde rot. Es gelang ihr nicht, die Verlegenheit zu überspielen. Ausgerechnet Marokko und Marrakesch, ihre Traumziele! Wenn er jetzt gefragt hätte, ob sie sofort mit ihm zum Flughafen käme, hätte sie bedingungslos zugestimmt.

Er spielte mit ihren Händen, küsste jede einzelne Fingerspitze und flüsterte: „Sandra, du bist so süß!"

Die Hitze in ihrem Kopf wurde so stark, dass sie sich mit der Speisekarte kühle Luft zufächeln musste. Sie benahm sich wie ein Schulmädchen! Dabei hatte sie in der Vergangenheit schon ziemlich krasses Zeug erlebt, in Berlin, nicht in Goslar. Schnell verscheuchte sie die Erinnerungen und konzentrierte sich wieder auf die Gegenwart.

„Wie kann ein Mädchen wie du in so einem Provinzkaff versauern? Wieso bist du nicht in Berlin geblieben?"

Rufus verstummte und senkte schnell den Blick. Der

letzte Satz brachte das Prickeln in ihrem Bauch abrupt zum Stoppen und sie kämpfte unwillig gegen ihren Verstand an, der sich warnend bemerkbar machen wollte. Nicht jetzt! Es war gerade so schön! Um sich nicht anmerken zu lassen, wie verstörend seine Bemerkung auf sie gewirkt hatte, öffnete sie die Speisekarte und studierte die Getränkeliste.

Woher wusste er, dass sie aus Berlin in den Harz gezogen war? Von ihrer Facebook-Seite? Nein, das konnte nicht sein, sie waren sich ja gerade erst begegnet. EGAL! Als sie ihn wieder ansah, hatte sie sich fest in der Gewalt und wirkte so entspannt und harmlos wie zuvor. Unbestimmt antwortete Sandra, sie wisse auch nicht genau, wie man es in diesem Kaff aushalten konnte. Rufus sprach noch eine Weile über das Leben in Marokko und schwärmte von orientalischen Palästen an schneeweißen Sandstränden.

Wenn Sandra daran dachte, wie misstrauisch sie sonst Begegnungen aus dem Weg ging, verstand sie überhaupt nicht, was mit ihr los war. Etwas in ihr schrie danach, Rufus bedingungslos zu vertrauen und inzwischen war sie ziemlich sicher, dass sie den Umzug nach Berlin doch irgendwann erwähnt haben musste.

Nachdem er bezahlt hatte, schlug er vor, in sein Hotel zu gehen. Auf dem Weg dorthin überfiel sie erneut ein ungutes Gefühl und riet ihr, sich zurückzuziehen. NEIN, niemals! Wenn er das mit Marokko ernst gemeint hatte, dann würde sie mit ihm nach Marokko fliegen und nach allem, was er bisher erzählt hatte, schien das der Plan zu sein. Ein ganz spontaner Plan, denn für das Land brauchte man weder Impfungen noch ein Visum. Also, wo lag das Problem?

Rufus logierte in einem der ganz kleinen Hotels am Stadtrand und sie hatten kaum die Tür hinter sich geschlossen, da begann er schon, sie zu streicheln, zu küssen und zu entkleiden. Sie wehrte sich nicht. Während sie zusammen schliefen, beschrieb er flüsternd die traumhafte Kulisse von Palmen und blauem Meer und sein malerisches weißes Haus und Sandra sah sich bereits durch die sternenförmigen Straßen von Marrakesch schlendern. Sie war fasziniert. Wie oft hatte sie davon geträumt, in das nordafrikanische Land zu reisen! Leider war sie über ein fake-Foto auf ihrer Facebookseite nie hinausgekommen, da hatte sie sich selbst vor ihrer Fototapete mit dem Bahia-Palast in Marrakesch drauf fotografiert, um anzugeben.

Sandra war beschwipst. Was hatte er gerade gefragt? „Ob du einen gültigen Reisepass hast, Süße!?" „Na klar!" Schwer atmend knabberte er an ihrem Ohrläppchen, zog sie näher zu sich heran und flüsterte eindringlich: „Morgen sitzt du mit mir zusammen im Flieger!"

Marrakesch

Zitternd vor Schwäche und Übelkeit starrte sie auf den unerreichbar hohen, winzigen Mauerspalt, der ihr Versteck mit der Außenwelt verband. Die Hitze war unerträglich. Schweiß rann über ihre Stirn und brannte in den Augen. Wenn es ihr doch nur gelingen würde, die kleine Kiste, die ihr als Tisch diente, senkrecht aufzustellen und auf den wackligen Untersatz zu klettern, ohne gleich wieder hinzufallen! Doch schon beim ersten Versuch war sie immer wieder kraftlos zurück auf den Boden gekracht. Irgendetwas hatte er mit ihrem Körper und mit ihren Stimmbändern gemacht, ein heiseres Röcheln war alles, was sie hervorbringen konnte und ihre

Muskeln schienen aus einer glibberigen Masse zu bestehen.

Durch die kleine Luke hörte sie Geräusche, die eine fremdartige Welt untermalten, die sie nicht sehen konnte. Das Patschen nackter Füße auf dem Straßenpflaster, scheppernde Laute, Geschrei und Stimmengewirr erklangen den ganzen Tag über, ebbten im Morgengrauen ab, zerflossen für kurze Zeit in bedrückende Stille, um dann erneut in Lärm auszuarten. Wie lange war sie schon hier? Sie hasste sich für ihre Blödheit! Inzwischen wusste sie, warum alles so gekommen war. Rufus hatte sie in eine Falle gelockt. Rufus, ein lächerlicher Name! Natürlich hieß er nicht wirklich so. Der eiskalte Verführer war in Wirklichkeit Sunny, ihre Chat-Bekanntschaft, und hatte sie die ganze Zeit geschickt ausspioniert.

Mädchenhandel. Er verdiente sein Geld mit Entführungen, brachte junge Europäerinnen nach Nordafrika, verkaufte sie und kehrte anschließend zurück nach Deutschland. Er lieferte die „Ware" ab und irgendein arabischer Millionär oder Milliardär konnte sich dann rühmen, in seinem Harem eine hellhäutige *huri* zu besitzen. Die Nachfrage war groß und die Preise entsprechend hoch.

Gleich nach der Ankunft in Marokko hatte Rufus ihr grinsend alles erklärt. Er suchte im Internet nach passenden Opfern, reiste in ihre Stadt und machte sich unter falschem Namen mit ihnen bekannt. Rufus verfügte über die magische Anziehungskraft eines Rattenfängers und war stolz darauf, dass alle Mädchen ihm freiwillig gefolgt waren. Und wenn eine nicht mit ihm verreisen wollte, zog er sich einfach wieder zurück und verschwand aus ihrem Leben, er ging überhaupt kein Risiko ein.

Ganz überwältigt vor Glück war sie damals nach ihrer Ankunft in Marokko aus dem Flugzeug gestiegen, genauso hatte sie sich ihre erste Auslandsreise vorgestellt! An der Seite des erfahrenen Mannes fühlte sie sich vollkommen sicher und genoss während des Fluges seine unzähligen Nettigkeiten und Komplimente. Im Flughafen Marrakesch-Menara hatte er dann einen Geländewagen gemietet.

Sandra war erschöpft gewesen, sie hatte in den letzten Tagen kaum geschlafen und freute sich auf ihre baldige Ankunft in seinem Haus. Sie wusste, dass der Flughafen nur wenige Minuten von der Stadt entfernt war, doch die Fahrt in dem Mietwagen dauerte sehr lange und führte sie in immer einsamere Gegenden. Nach einer Stunde schweigsamen Fahrens überfiel sie plötzlich die Angst. Rufus fuhr gar nicht in die Stadt hinein, sondern aus Marrakesch hinaus!

Ein Seitenblick auf sein Gesicht hatte ihre Befürchtungen bestätigt. Das zärtliche Lächeln war verschwunden, nur Kälte spiegelte sich in seinen unbeteiligten Zügen. Ihre Abenteuerlust verflog wie Staub im Wind und sie musste mehrmals ansetzen, ehe sie es schaffte, ihn anzusprechen. Bereitwillig ließ er seine Maske fallen und Sandra erfuhr, dass sie sein schönes, vielgepriesenes Haus in Marrakesch niemals betreten würde. Sie waren auf dem Weg nach Agadir, wo ein Flugzeug bereitstand, um sie nach Katar zu bringen. Er grinste sie an.

„Dort wirst du schon sehnsüchtig von einem alten arabischen Geldsack erwartet, der ganz heiß ist auf deine blasse Haut!"

Sandra hatte in Panik die Autotür aufgerissen und war mit dem Mut der Verzweiflung aus dem fahrenden Jeep gesprungen. Lieber wollte sie in der Sandwüste verdursten, als noch eine Sekunde länger mit ihm im Wagen bleiben. Die heiße Glut, von der man wegen der Klimaanlage nichts bemerkt hatte, traf sie wie ein Keulenschlag und der gewagte Fluchtversuch misslang. Anstatt abzurollen und schnell wieder auf die Füße zu kommen, knallte sie unglücklich gegen etwas Hartes und brach sich ein Bein. Rufus bremste, riss den Wagen herum und zerrte sie zurück ins Auto. Er war außer sich vor Wut. Ihre Verletzung minderte den Wert seiner Ware und in diesem Zustand konnte er sie nicht abliefern. Er schnürte ihre Hände zusammen, kramte eine Spritze hervor und injizierte ihr etwas, von dem sie einschlief. Dann wendete er und sie fuhren zurück nach Marrakesch.

Durch ihren Beinbruch ging Rufus ein großes Risiko ein, er musste sie notgedrungen mitten im Stadtzentrum von Marrakesch in seinem Haus versteckt halten. Dabei handelte es sich nicht um den Palast am Strand, von dem er ihr vorgeschwärmt hatte, sondern um ein schmales Haus zwischen anderen rötlich verputzten Gemäuern in einer engen Gasse. Sie hatte es bei ihrer Ankunft nur einmal ganz kurz von außen gesehen.

Ein alter Mann, der die ganze Zeit kein Wort sprach, schiente ihr Bein und verschwand wieder. Rufus spritzte ihr jetzt öfter ein Mittel, das die Schmerzen betäubte und sie ganz apathisch werden ließ, bis sie jedes Zeitgefühl verlor.

Wenn er die Mahlzeiten brachte, blieb er nie lange in ihrem Gefängnis im Keller. Er stellte ein Tablett auf die kleine Kiste und entfernte sich wieder. Das Essen war gut, wirklich sehr gut! Sie sollte ja nicht abmagern, sondern einen wohlgefälligen Anblick bieten und als sie sich ein paar Tage lang weigerte zu essen und nichts anrührte, wurde er furchtbar wütend und schrie sie an: „Araber mögen keine dürren Gerippe!" Seitdem spritzte er ihr etwas, von dem sie ganz heißhungrig wurde. Gierig verschlang sie alles, was er ihr vorsetzte und fühlte sich danach wie ein aufgedunsener Ballon.

„HELP! MY NAME IS SANDRA KOCH. PLEASE CALL POLICE! I AM PRISONER HERE!", hatte sie mit einer Gabel in ein Stück Pappe geritzt und die Buchstaben dann mit Dreck dunkel eingefärbt.

Wenn sie es nur schaffen könnte, die Pappe durch den Mauerspalt da oben unter der Decke zu werfen! Der Schwindel in ihrem Kopf bewirkte, dass die Welt sich drehte wie ein Kreisel und die kleine Öffnung war einfach unerreichbar hoch. Ihr Körper bestand aus Blei, das sie schwer zu Boden drückte.

Sie war hilflos und verzweifelt. Anfangs erkannte sie noch an dem Lärm, der draußen brodelte, ob es morgens oder abends war. Doch inzwischen brachte sie alles durcheinander. Das schrille Wiehern der Esel, das laute Geschrei der Händler und die monotonen Rufe eines Muezzin verschmolzen von Traum zu Wirklichkeit und wieder zurück. Manchmal hielt sie sich die Ohren zu. Schon im Morgengrauen erklang die Stimme des Ausrufers zum ersten Mal und es lag nichts Tröstliches in ihr. Sie verstand kein Wort von dem, was gesagt wurde, aber die aufpeitschenden Sätze, die seltsam hohl aus einem Lautsprecher tönten, zerrten an ihren Nerven.

Ununterbrochen grübelte Sandra über ihr Leben nach. Gab es so ein Art Aschenputtel-Virus? Wenn ja, dann war sie infiziert. Naiv wie im Grimmschen Märchen hatte sie gehofft, ihrem Prinzen begegnet zu sein. Doch

Männer wie Rufus waren keine Prinzen, sondern skrupellose Geschäftemacher. An unscheinbaren, grauen Mäusen gehen Männer wie Rufus achtlos vorüber, aber die Attraktiven sind immer in Gefahr, weggefangen zu werden. Sandra dachte resigniert an ihr früheres Leben in Berlin, mit dreadlocks und Punker-Klamotten wäre sie Rufus bestimmt nicht aufgefallen.

Einmal hatte er eine Zahl genannt und ihr hatte der Atem gestockt. Eine halbe Million Dollar bekam er für junge Europäerinnen, zuzüglich aller Ausgaben wie Tikkets, Hotels, das Dinner bei Kerzenschein vor dem Flug und anderen Spesen.

Sie hatte ihn wütend gefragt, was mit den Mädchen geschah, wenn sie dann älter wurden und er hatte wieder so hämisch gegrinst und gesagt:

„Das ist jetzt wirklich noch nicht dein Problem, Süße!"

Da hatte sie die Autotür aufgerissen und war gesprungen.

Ihr verletztes Bein unter dem verdreckten Gips tat noch immer höllisch weh. War der schweigsame Marokkaner überhaupt ein Arzt gewesen? Ein hinkendes Mädchen wäre sicher keine gute Gabe für einen dieser Paschas, die im High-Tech-Zeitalter die Harems des mittelalterlichen Orients fortführten.

Sandra war speiübel und ihr wurde schwarz vor Augen. Sie stützte sich auf die Ellenbogen und übergab sich würgend. Ein wässriger, sauer riechender Brei sammelte sich in einer Mulde am Boden. Danach war ihr wohler. Sie kroch zur Seite und schüttete sich etwas von dem abgestandenen Wasser aus einem Eimer über den Kopf.

Von oben drangen die vielfältigen Geräusche des Marktes durch die kleine Maueröffnung und sie roch die Straßenabfälle und die strengen Düfte orientalischer Gewürze. Die Freiheit war so nah und sie konnte nicht einmal einen hilflosen Schrei ausstoßen.

Bevor ihre Gedanken wieder im Nebel verloren gingen, versuchte sie erneut, sich auf die kleine Holzkiste zu stellen. Mit schlappen Fingern kramte sie die Pappe unter der Matratze hervor und schob sie unter ihr T-Shirt. Den Rücken gegen die Wand gedrückt, kam sie schwankend Zentimeter um Zentimeter in die Höhe. Sandras Gesicht war trotz der Hitze mit kaltem Schweiß bedeckt und sie fürchtete, jeden Augenblick umzukippen. Die Kraftanstrengung war viel zu groß, ebenso die Verlockung, sich einfach fallen zu lassen.

Wie sollte sie oben an die Pappe unter ihrem T-Shirt kommen, ohne das Gleichgewicht zu verlieren? Fest an die Wand geschmiegt, stand sie schließlich mit geraden Beinen auf der Kiste. Jetzt noch die Pappe hervorziehen und durch den Spalt werfen. „Leg dich hin!" befahl Rufus, der plötzlich eingetreten war. Nein, er war es doch gar nicht, es war nur ihre Angst, die ihr diese Möglichkeit vorgegaukelt hatte.

Unendlich vorsichtig, ganz langsam, zog sie die Pappe hervor, hielt den rechten Arm an die Wand gedrückt, streckte den linken Arm aus, so hoch sie konnte und gab ihrer Hand einen kräftigen Schwung, der Hilferuf rutschte durch die Öffnung nach draußen und Sandras Füße rutschten von der Kiste und sie fiel krachend zu Boden, die Schmerzen im Bein waren unerträglich. Rufus würde toben, wenn sich ihr Zustand durch den Sturz wieder verschlechterte.

Zwei, drei Tage waren vergangen, ohne dass Rufus kam. Sandra fügte sich in ihr Schicksal. Sie würde hier sterben. Als plötzlich lärmende Stimmen zu hören waren, die sich näherten, konnte sie nichts mehr empfinden. Die Tür wurde aufgerissen, mehrere Menschen platzten in ihr Versteck, beugten sich über sie, fassten sie an und lamentierten laut in einer fremden Sprache. Hände ergriffen sie, hoben sie hoch und trugen sie weg. Dann versank sie in tiefer Dunkelheit.

Irgendwo im Nirgendwo

Sandra sitzt in irgendeiner deutschen Großstadt und starrt aus dem Fenster. Seit sie damals Rufus gefolgt ist, geht sie nur noch ungern oder gar nicht allein aus dem Haus. Der harmlose Anblick irgendeiner Person kann eine Welle von Panik bei ihr auslösen. Sandra wurde nur eine kurze Zeit gefangen gehalten, doch schon ein ein einziger Tag, den ein entführter Mensch in seinem unauffindbaren Versteck verbringen muss, ohne zu wissen, ob er jemals freikommt, kann schwere traumatische Folgen haben.

JOHANNE

Reglos lag sie hinter einem Holundergebüsch versteckt und blickte auf das langsam dahinfließende Wasser des Gosebaches. Wohlig streckte sie ihren mageren Körper den Strahlen der Sonne entgegen und drehte sich so, dass auch der straff gerundete Bauch etwas von der Wärme abbekam. Wie sehr liebte sie die Augenblicke der Einsamkeit in den Waldungen am Rande der Stadt! Nur selten war es ihr vergönnt, dem eintönigen Drill des Arbeitshauses zu entfliehen, in dem von früh bis spät die Webstühle ratterten und die Spinnräder surrten. Das emsige Geklapper von zahllosen Stricknadeln wurde nur vom gelegentlichen Herabsausen des Stockes unterbrochen, den der Hausvater missmutig schwang, wenn er seine Kontrollgänge machte.

Gleich beim Betreten des Hauses wurde einem der Atem genommen durch den strengen Geruch von übereinander gestapelter Schafwolle und unordentlich vom Boden bis an die Decke aufgetürmte Flachs- und Hanfbündel, die darauf warteten, von zarten Kinderhänden zu Wolle gesponnen zu werden. Die kratzigen Fasern bissen so lange in die Finger der Mädchen, bis sich über den wunden Stellen eine dicke Hornhaut gebildet hatte. Bis auf die Dachböden hatte man Spinnrocken und Webstühle verteilt, um sämtliche Insassen beschäftigen zu können und in jedem Stockwerk stießen kleine Hände die Weberschiffchen zwischen den straff gespannten Fäden hindurch. Aus groben Fasern entstanden feine Tücher, deren angenehme Weichheit die wohlhabenden Bürger der Freien Reichsstadt Goslar erfreuen sollte. Im Arbeitshaus schlief man auf Strohsäcken oder besser gesagt, man lag auf ihnen wach, denn die dünnen Hanfsäk-ke schützten kaum vor der eisigen Kälte. Der Schlafsaal befand sich zu ebener Erde direkt neben einem Mühlka-nal, dessen Feuchtigkeit durch die Mauerritzen bis ins Innere des Hauses drang.

Ein Arbeitstag begann um fünf Uhr morgens mit einer langweiligen Betstunde und ging nach dem Frühstück in einen sechzehnstündigen, von vielen religiösen Un-terweisungen unterbrochenen, Arbeitstrott über und endete um acht Uhr abends mit einer letzten Betstunde. Danach krochen die alten und jungen Zöglinge auf ihre Strohlager. Wer nun glaubte, endlich ein wenig Ruhe finden zu können, der hatte sich getäuscht. Denn sowie die Hauseltern hinauf in ihre Kammern gestiegen waren, begann das lautlose Treiben. Die Knaben rannten in den Schlafsaal der Frauen und Mädchen, rissen die Decken an sich, zischten böse Schimpfworte und wenn das laute Schnarchen des Hausvaters durchs ganze Treppenhaus ertönte, verfluchten sie sich gegenseitig in allen nur er-denklichen Variationen.

Das Arbeitshaus sollte dem *Gesindel* eigentlich die dringend benötigte erzieherische Hand angedeihen las-sen, um sie aus dem Sumpf ihrer Verderbtheit zu erlösen, aber an Erziehung war dabei überhaupt nicht zu denken und die erhofften Einkünfte für die leere Kasse blieben auch aus. Deshalb mussten die Kinder allwöchentlich mit rasselnden Sammelbüchsen durch die Gassen laufen, um den Almosenpfennig zu erbetteln. Besonders geeig-net für die Sammelaktionen waren gebrechliche Kinder, von denen man aber nur eins aufgenommen hatte, weil sie ja zur Arbeit nicht taugten. Johanne durfte also das Haus nur verlassen, um Almosen zu erbetteln, nichts war geeigneter, um Mitleid zu erregen, als so ein bedauernswert verwachsenes Geschöpf.

Das Waisenmädchen Johanne lebte schon seit vielen Jahren zwischen den Ausgestoßenen der Stadt und konnte sich kaum noch an die Jahre erinnern, als sie mit den Eltern in der kleinen Kammer am Schuhhof gehaust hatte. Plötzlich fürchtete sie sich vor der Zukunft und dem tiefen Abgrund, der sich auftun würde, wenn man von ihrer Schandtat erfuhr!

Das städtische Armen- und Waisenhaus am Liebfrauenberg war ein düsterer Ort im Schatten der Stadtmauer, den die Sonne nie zu erreichen schien. Neben dem feuchten Mühlgraben und der gleichgültig dahinfließenden Abzucht lehnte ein Fachwerkhaus gegen die Stadtmauer und verdeckte einen lichtlosen Hof mit Ställen und Gemüsebeeten. Dreißig Insassen bekamen hier die Zuchtrute Gottes zu spüren und Johanne hatte ihre Wirkung schon bei ihrem Eintreffen überdeutlich abbekommen. Die Hausmutter hatte es kaum erwarten können, ihr leutselig mitzuteilen, dass man Johannes letzte lebende Verwandte, die Großmutter, erfroren in einem Schuppen gefunden hatte. Johanne schien es, als begänne sie selbst nun auch zu sterben. Seitdem hatte sie aufgehört zu wachsen und empfand sich als eine böse, störende Last, die man den rechtschaffenen, guten Menschen aufgebürdet hatte.

Unter der Obhut der Hauseltern Jobst und Ernestine Schneider wuchs sie heran und während sie immer mehr verkümmerte, wuchs der Wohlstand des Ehepaares, bestehend aus Nahrungsmittelspenden oder konfiszierten Waren, die eigentlich dem städtischen Armenwesen zugute kommen sollten. Selten erreichte etwas anderes als

Brot die darbenden Kinder. Johanne jedenfalls konnte sich nicht erinnern, wann sie zuletzt etwas anderes als Roggenbrot gegessen hatte und wenn die Hausmutter das bestürzte Gesicht des Provisors bemerkte, der für das Wohlergehen der schlecht genährten Insassen verantwortlich war, jammerte sie über die hoffnungslose Verderbtheit und die unausrottbare Boshaftigkeit der Kinder, die von einem Fluch beladen zu sein schienen und trotz allerbester Fürsorge dahinsiechten. Besonders das verstockte Mädchen da, das wuchs ganz und gar nicht, sah aus wie eine Greisin und wurde obendrein vom Zittern befallen.

Manchmal erkannte Johanne beim Betteln am Straßenrand bekannte Gesichter, wenn sie mit den anderen Kindern singend durch die Gassen von Goslar zog. Hochmütig, beschämt oder kalt wurden sie angestarrt, frech grinsten die wohlgenährten Knaben ihnen zu und sie blickte am liebsten zu Boden. Waren denn all diese Menschen ohne Fehl gewesen, hatte Gott sie deshalb bevorzugt und ihnen ein redliches Auskommen beschert, während Johannes Familie mit Krankheit und Tod gestraft wurde? Wie schwer wog die Sünde, die der Vater begangen haben musste und wie konnte sie getilgt werden? Die meisten Kinder am Straßenrand sahen kräftig und gesund aus und durften Ziegenmilch trinken, soviel sie wollten, während sie selbst von morgens bis abends für etwas büßen musste, was sie gar nicht begangen hatte.

Die Hausmutter überwachte laut fluchend und nach Schnaps stinkend die Arbeitseinsätze auf den Feldern und schonte weder Alt noch Jung. Die kleineren Mädchen saßen gebeugt im Halbdunkel nebeneinander und strickten Strümpfe, die am Abend abgezählt, verwahrt und zum Verkauf gebündelt wurden. Wehe, wenn sie ihr Soll nicht erfüllten! Wie ein Aufseher schlich der Hausvater umher und ließ den Stock bei den kleinsten Verfehlungen auf Finger, Arme und Rücken niedersausen.

Am liebsten spazierte er durch die Reihen der eng beieinander stehenden Webstühle, an denen die Mädchen hantierten und befingerte unter einem Vorwand die kleinen Oberkörper, die sich unter seiner Berührung ängstlich wegbogen. Älteren Insassen schenkte er kaum einen Blick, gleichgültig verpasste er einem Knaben gelegentlich eine schnelle Ohrfeige, um sich nicht nachsagen zu lassen, er würde einigen Zöglingen mehr Beachtung schenken als anderen.

In dem Schlafsaal des Armenhauses war es sogar im Sommer noch kalt und in den Winternächten weinte man sich zitternd in den Schlaf. Besonders die heranwachsenden Burschen trachteten danach, sich anderswie warm zu halten und es war nicht ungewöhnlich, dass eines der Mädchen zur Baderin nach Blankenburg gebracht werden musste. Diese Frauen galten als verschwiegene Helferinnen bei unerwünschten Schwangerschaften, denn trotz der strengen Aufsicht kamen die Mädchen immer wieder in andere Umstände.

Erniedrigung und Bestrafung bildeten den Hauptbestandteil des erzieherischen Lebens im Armenhaus und das sah man den Kindern auch an. Die fünfzehnjährige Johanne mit der eingefallenen, rachitischen Brust war ein kräftiges, kleines Mädchen gewesen, als sie ins Haus kam und nun gaben ihr der gebeugte Rücken und ihre zitternden Hände das Erscheinungsbild einer uralten Frau. Ihr trauriger Anblick war kein Ruhmesblatt für eine Einrichtung der öffentlichen Armenfürsorge und bei repräsentativen Anlässen behielt man sie lieber im Haus und so durfte sie weder die Gottesdienste besuchen, noch auf dem Marktplatz mit den anderen vorsingen.

An solchen Tagen fing sie schon in der Morgendämmerung an, Gemüse zu putzen, Brotteig zu kneten und Treppen und Dielen zu schrubben. Das gefiel Jobst Schneider, dem Hausvater, ausgesprochen gut, endlich ergab sich eine Gelegenheit, mit einem der Mädchen allein zu sein und er wusste es einzurichten, plötzlich in den Ställen oder an einem beschädigten Webstuhl zu hantieren. Er hätte sich wahrlich ein hübscheres Kind ausgesucht als die magere Johanne, aber sie war immerhin besser als nichts, und das Mädchen hielt sein plötzliches Interesse an ihr für eine göttliche Fügung.

Wo er heute nur blieb? Immer schmerzlicher sehnte sie das Eintreffen von Jobst Schneider herbei. Sie seufzte gramvoll und war auf einmal ganz sicher, dass er sie vergessen hatte. Die Vorstellung, hier im Gebüsch zu hocken und vergeblich auf ihn zu warten, ließ sie schon wieder verzagen und schnell drängte sie die düsteren Gedanken beiseite, um sich auf die bevorstehende Begegnung mit ihm einzustimmen. Er mochte es nicht, wenn sie traurig war. Sie sollte sich freuen, dass er sich auf sie legte und ermunterte sie, das mit zustimmenden Rufen zum Ausdruck zu bringen. Wie sehr er sie doch liebte! Viel mehr als seine Frau, die gebückt dahin kriechende alte Säuferin, vor der er sich ekelte!

Das Mädchen lächelte verträumt, denn sie wusste, dass ihr Leben bald ganz anders aussehen würde. Alles hatte sich verändert, seit er sich ihrer angenommen hatte! Zum ersten Mal nach vielen, vielen Jahren hatte sie die

Zuneigung eines Menschen erfahren und das Kribbeln, das sich immer wie ein Feuer in ihrem Bauch ausbreitete, wenn er sie berührte, ganz so wie das heimelige Feuer in der warmen Stube der Hauseltern, die man nicht betreten durfte. Wie unerwartet hatte alles angefangen!

Sie war ganz allein unten in der Küche gewesen, denn alle anderen mussten zum Unkrautjäten auf den Feldern in Jerstedt ausrücken. Johanne kniete neben einem Eimer mit eiskalter Seifenlauge und da war Jobst Schneider plötzlich hinter ihr gewesen und hatte sie mit seinen großen Händen so schön gestreichelt. Ganz warm war ihr davon geworden und die Wärme und seine Hände waren immer höher gestiegen und auf einmal legte er sich auf sie und suchte etwas zwischen ihren Beinen. Der Rücken tat ihr weh, als er keuchend Rock und Schürze nach oben schob und das mit ihr tat, was sie schon bei den anderen Mädchen gesehen hatte. Die Schmerzen waren beinahe unerträglich, doch sie wollte ihn das nicht merken lassen und als er laut und glücklich neben ihrem Ohr brummte, da jubelte auch sie innerlich vor Freude darüber, wie sehr er ihr zugetan war! Seither sorgte er dafür, dass sie beide oft allein im Haus zurückblieben und dann vergnügten sie sich miteinander. Johanne hatte schon gehofft, dass sich ihr Leben endlich zum Guten wenden würde, sie hatte ja inzwischen genug gebüßt! Würde Gott die Verfehlungen ihrer Vorfahren nun bald tilgen?

Vor einiger Zeit wuchsen aus ihrem eingefallen Brustkorb kleine rundliche Hügel hervor, ihr Bauch begann sich zu wölben und der Blutfluss blieb aus. Die Hausmutter bemerkte die Veränderungen sofort und ehe Johanne wusste, wie ihr geschah, wurde sie unflätig beschimpft.

„Du hast mir den Jobst weggenommen, dreimal verfluchtes Dreckstück!", hatte Ernestine gebrüllt und mit dem Besen nach ihr geschlagen. Seitdem wies sie ihr die gröbsten und schmutzigsten Arbeiten zu und Johannes Hoffnung auf baldige Erlösung schwand dahin. Auch Jobst war seither ganz verändert. Früher nutzte er jede Gelegenheit, um mit ihr allein zu sein und nahm sie sogar manchmal mit in die Mühle vor den Toren der Stadt, um Getreidesäcke und Spenden für die Armenküche abzuholen. Wenn alles aufgeladen war, lenkte er den Wagen unauffällig in das kleine Waldstück vor dem Klausthor und ließ das Pferd grasen. Dann hob er sie vom Kutschbock und sie verbargen sich im Dickicht der Holunderbüsche. Rasch ergoss sich dort seine ganze Liebe in ihren Schoß und anschließend durfte sie sich die besten Brocken aus einem Bottich mit Essensresten herausfischen, die sie gierig verschlang. Müde und satt hockte Johanne auf der Rückfahrt neben ihm auf dem schaukelnden Gefährt und war glücklich .

Einen ganzen Sommer lang war sie heimlich sein Liebchen gewesen und nun zeigten sich die Folgen. Die kleine Rundung in der Mitte ihres mageren Leibes wuchs beinahe täglich und sie versuchte sie mit der Schürze zu verdecken. Johanne glaubte dennoch, dass niemand außer Ernestine die Veränderung bisher bemerkt hatte. Heute wollte sie Jobst mitteilen, dass sie guter Hoffnung war, er würde sich freuen, da war sie ganz sicher, denn die Hauseltern hatten keine eigenen Kinder und nun bekam er endlich einen Sohn. Es würde bestimmt ein Sohn werden!

Johanne wartete geduldig, doch als sie seine Schritte hörte, bekam sie Angst. Wenn er sich nun doch nicht freute? Bevor er etwas sagen konnte, platzte sie mit der

Nachricht heraus und zu ihrem großen Erstaunen nickte er nur mit dem Kopf und drängte ärgerlich und ungeduldig, sie müsse ganz schnell mit ihm zur Baderin fahren, am besten gleich morgen! Mit ihrer hohen, kindlichen Stimme erinnerte sie ihn zaghaft daran, dass er doch versprochen hatte, sie bald zur neuen Hausmutter zu machen.

Da verfärbte sich sein Gesicht ganz rot, er schnaubte vor Wut, quetschte ihre Schultern fest zusammen und schüttelte sie wütend hin und her und lockerte erst dann seinen Griff, als sie ihm versprach, niemandem von dem Kind zu erzählen und es schleunigst wegmachen zu lassen! Ihre Enttäuschung war bodenlos und sie begriff, dass sie weder Jobst noch irgendeinem anderen Menschen jemals etwas bedeuten würde und dass sie nun erst ihre eigentliche Strafe von Gott empfangen hatte.

Für elende Wesen wie sie gab es keine Erlösung. Niedergeschlagen befühlte sie ihre schmerzenden Schultern. Jobst mochte sich auch nicht wie sonst auf sie legen, sondern zerrte sie durch die Büsche zurück zum Weg und befahl ihr barsch, sie solle morgen in aller Frühe mit ihm nach Blankenburg fahren! Plötzlich ging so etwas wie Aufruhr durch sie hindurch und sie fand, dass es nicht richtig sei, das kleine Wesen einfach so wegzumachen. Empört war sie stehen geblieben, hatte ihn zornig angeblickt und laut ausgerufen:

„Nein, nein und nochmals nein!" Über dem Lärm der holpernden Räder schrie er ihr zu, sie solle bloß das Maul halten, besann sich dann aber und versicherte ihr in besänftigendem Ton, dass alles bald ins Lot kommen würde. Sie solle nur endlich still sein.

Johanne litt in den folgenden Tagen ganz schrecklich

und ihr Martyrium glich einem Kreuzgang, denn sie wurde die bevorzugte Zielscheibe des allgemeinen Spottes. Ernestine lästerte und fluchte erbarmungslos innerhalb der Armenhausmauern und schrie ihr nach:

„Liederliche Metze, krummbucklige Hure, der liebe Gott strafe dich und dein Wechselbalg!" Seit die Alte das stetige Anwachsen des kleinen Bäuchleins bemerkt hatte, kürzte sie dem Mädchen auch die Essensrationen und ihr vom Branntwein aufgedunsenes Gesicht verzerrte sich, wenn Johanne nur in ihre Nähe kam. Sie konnte nicht ertragen, dass dieses magere, schmalbrüstige Gerippe von ihrem Jobst geschwängert worden war, während ihr üppiger Schoß zeitlebens unfruchtbar geblieben war! Der verfluchte geile Bock, seit Jahren lauerte er den Mädchen auf und vergewisserte sich jedes Mal, dass Ernestine die Wollust in seinen Augen nicht entging, wenn er um die gebeugt an den Spinnrocken sitzenden Zöglinge herumschlich.

Wütend lief die Hausmutter mit dem Branntweinkrug durch die Flure und Jobst befürchtete das schlimmste, wenn er die Betrunkene im Haus umherwanken sah. Es fehlte nicht mehr viel und sie würde sich im Vollrausch verplappern und dem Provisor würde ein Licht aufgehen.

Was das bedeutete, mochte er sich gar nicht vorstellen! Seines Amtes würde man ihn entheben, ins Gefängnis werfen und vorher an den Pranger stellen. Für immer wäre sein gutes Auskommen dahin und das alles wegen dieser liederlichen Johanne, die ihn fortwährend zur Unzucht verleitete! Sämtliche Bewohner des Armenhauses hatten längst erkannt, dass ungeheuerliche Vorgänge den geregelten Ablauf ihres trostlosen Lebens durcheinander brachten und der Hausvater hatte ihnen auf drastische Weise vor Augen geführt, dass sie darüber in der Öffentlichkeit zu schweigen hatten. Seit gestern hing Albertine, ein freches achtzehnjähriges Mädchen, verkrümmt im Halseisen. Sie war ertappt worden, als sie im Schlafsaal lauthals „Hurenbalg, Hurenbalg, trägt den Bastard vom Schneider aus!" geschrieen und obendrein verkündete hatte, beim nächsten Besuch den Verwandten von Johannes Schwangerschaft zu erzählen. Mit der Faust versetzte Jobst ihr einen Hieb auf den Mund, schleifte sie wutentbrannt am Arm nach draußen und befestigte ihren Hals mit einem eisernen Ring an dem hölzernen, etwa zwei Meter hohen Pflock, der mitten in der Diele als hauseigener Pranger verwendet wurde.

Mit Zustimmung des Rates war es den Hauseltern erlaubt, faule und widerspenstige Insassen innerhalb der Einrichtung zu maßregeln, denn hinter den Mauer zu strafen, wurde allgemein für sinnvoll erachtet. Am Pranger stehend, hatte sich Albertine schon dreimal eingenässt, wie die anderen sich hämisch und schadenfroh zuraunten und niemand im Haus wagte mehr, in der Öffentlichkeit etwas zu Johannes Missgeschick verlauten zu lassen. Mit zu Stein gefrorenen Gesichtern gingen die Zöglinge umher und mit zusammengepressten Lippen starrten sie Johanne hasserfüllt an.

Längst hatte das Mädchen erkannt, dass nur das ungeborene Kind sie noch mit dünnem Faden an das Schicksal von Jobst knüpfte und instinktiv weigerte sie sich starrköpfig, nach Blankenburg zu fahren. Ernestine schleuderte ihr nasse Wischlumpen ins Gesicht, stellte ihr ein Bein, so dass sie der Länge nach auf den Boden schlug und Jobst drohte, ihre uneheliche Schwanger-

schaft beim Gericht zu melden. Seine Einschüchterungs-
versuche blieben ohne Erfolg, sie sah einfach durch ihn
hindurch, ballte die Hände zu Fäusten und er begriff, sie
würde niemals freiwillig ihre Zustimmung geben! Inzwischen war es auch viel zu spät, um nach Blankenburg zu
fahren, denn die Bademutter nahm sich nur der ersten
Monate einer Schwangerschaft an.

Eines Tages war ihr Bauch schon so rund, dass sie sich
kaum bücken konnte und plötzlich stand Jobst neben
ihr und fragte flüsternd, ob sie ihn am Abend in ihrem
Versteck treffen wollte. Johanne war überglücklich! Seit
Monaten durfte sie das Haus nicht verlassen und begie-
rig ließ sie sich von ihm einen Schleichweg nach draußen beschreiben, der zu der Stelle führte, wo sie früher
beieinander gelegen hatten. Die alte Stadtmauer war an
vielen Stellen eingesunken und es gab einen Spalt hinter
dem Schuppen, durch den man sich auf die andere Seite
zwängen konnte. Niemand außer Jobst wusste davon.

Am späten Nachmittag folgte sie seinen Anweisungen.
Sie wartete, bis alle den Betsaal betreten hatten und blieb
wie immer ganz allein im leeren Schlafsaal zurück. Eine
Verworfene wie sie durfte an den Segnungen der religiösen Unterweisung nicht mehr teilhaben. Unbemerkt
verließ sie das Haus, hielt an der Stalltür Ausschau, ob
jemand sie beobachtete und spähte im unbeleuchte-
ten Hof hinüber zur Straße. Das kräftige Rauschen des
Mühlbaches verschluckte das Geräusch ihrer Schritte,
lautlos schlich sie hinter den Schuppen und zog das Brett
beiseite, das einen kleinen Durchschlupf verdeckte. Der
Spalt in der Stadtmauer war wirklich sehr schmal und sie
blieb beinahe stecken, doch nach einiger Anstrengung
befand sie sich auf der anderen Seite.

Die Knechte und Mägde der Papiermühle waren gerade dabei, Türen und Fensterläden zu verschließen, um rechtzeitig vor Anbruch der Dunkelheit in die Stadt zurückkehren. Im Gebüsch verborgen, beobachtete sie, wie die Leute scherzend ins kaum gefüllte Flussbett der Abzucht stiegen und im Gewölbe des Oberen Wasserloches verschwanden. Geduckt schlängelte sie sich zwischen den zum Trocknen ausgelegten Papierfladen den Hang hinauf und ließ sich hinter dem Mühlengebäude vorsichtig den Hang hinabgleiten. Unten band sie Rock und Schürze hoch und kroch im seichten Wasser auf allen Vieren durch den dunklen Gewölbetunnel, um auf den glitschigen Steinen nicht auszurutschen. Schwer atmend kletterte sie die Böschung wieder nach oben und war gleich neben dem Klaustor vor die Stadt gelangt.

Das war vor einer Stunde gewesen, sie hatte das Glockengeläut gehört und sich gefragt, ob er sie vergessen hatte? Wenn er nicht bald kam, musste sie zurückkehren und sich eine Ausrede ausdenken, aber wahrscheinlich hatte ihre Abwesenheit ohnehin niemand bemerkt. Den Hauseltern war es mit Drohungen und Bestrafungen gelungen, sie von den anderen zu isolieren, niemand wagte, ihr viel Beachtung zu schenken. Nach und nach verstummten die Vögel und nächtliche Stille breitete sich aus, nur den Rammelsberg erreichte noch ein letzter Sonnenstrahl. Bald würden sich auch die Wachen entfernen. Um diese Zeit passierte kaum jemand das Stadttor, bei Dunkelheit konnte man nicht erkennen, ob einem Freund oder Feind entgegenkam. Im Inneren der Stadt verkündete der Nachtwächter mit seinem hohl klingenden Horn, dass die siebte Stunde angerückt war.

Verängstigt kauerte Johanne im Gebüsch. Die Bäume hatten sich in unheimliche Gebilde verwandelt, die sie heimtückisch zu belauern schienen und ständig ihre Form wechselten. Stand dort nicht ein Mann mit einem tief in die Stirn gezogenen schwarzen Hut? Sie zitterte in der abendlichen Kühle und begann sich immer mehr zu fürchten. Nun gab es kein Zurück mehr, es war unmöglich, ohne Laterne den Weg durch das Gewölbe zu finden und Jobst hatte ihr doch versprochen, gemeinsam mit ihr heimzukehren. Doch zuvor wollte er ihr etwas sehr wichtiges mitteilen und sie glaubte zu wissen, was es war. Alles wird gut, hatte er ihr zugeraunt und versprochen, sie und das Kind nicht im Stich zu lassen.

Endlich hörte sie das knisternde Geräusch von Schritten. „Jobst?", flüsterte sie, als eine Gestalt sich durch die Büsche schob, vor ihr stehen blieb und auf sie herunter blickte. „Jobst, bist du das?", fragte sie noch einmal ganz leise und wollte schon aufstehen, aber eine Hand stieß sie zu Boden und ihre dünnen Beine knickten um wie trockene Halme. Ein schwerer Körper warf sie nieder und zwei Knie pressten sich rechts und links gegen ihren Bauch, zwei kräftige Hände umschlangen ihre Kehle und drückten so lange zu, bis ihr röchelndes Keuchen beinahe verstummt war.

Plötzlich ließen die Hände los und hustend und würgend pumpte Johanne wieder Luft in ihre Lungen. Doch da drückte ein grauenvoll schmerzhafter Krampf ihren Bauch zusammen und vollkommen erschöpft versank sie in einer Wolke der Bewusstlosigkeit.

Jobst lehnte sich gegen die Mauer, blieb keuchend stehen und wischte sich mit zitternden Händen den Schweiß von der Stirn. Sein Herz raste und es dröhnte laut in seinem Kopf. Er befürchtete, auf der Stelle tot umzufallen, wenn er nur einen einzigen Schritt weiterging. Die Anstrengung, ihr zu folgen, ohne gesehen zu werden, sie festzuhalten, ohne dass sie schrie und die Strapazen der vergangenen Monate waren einfach zuviel gewesen. Er stand kurz vor seinem fünfzigsten Lebensjahr, er war doch ein alter Mann. Verflucht, das war zuviel für ihn! Er hatte es nicht geschafft, das Dreckstück aus dem Weg zu räumen oder war sie gar schon tot? Auf einmal packten ihn Gewissensbisse und er wollte nur weg.

Ängstlich schaute er sich um, hielt den Atem an und lauschte. Die Nacht schwieg. Leise murmelnd plätscherten die Wasser der Abzucht dahin und die Räder der Stegmühle drehten sich holpernd. Da hörte er ein wimmerndes Röcheln. Nochmals verflucht! Sie lebte immer noch und würde mit ihrem Gestöhn die Leute aufwecken. Ob das Kind jetzt kam? Irgendwo kläfften Hunde und sogleich blökten die Schafe einer Herde in der Nähe des Stadttores.

Sein Herz hatte sich etwas beruhigt, er schlich zurück zu ihrem Versteck und dankte dem Mond, der soeben von den Wolken frei, die Umgebung schwach beleuchtete. Johanne lag mit geschlossenen Augen reglos auf dem Boden, ihr Rock war hochgerutscht und zwischen ihren Schenkeln hing der wachsbleiche Körper eines winzigen Säuglings, der noch mit der Nabelschnur verbunden war. Weder Mutter noch Kind gaben ein Lebenszeichen von sich und es gelang Jobst, trotz seiner wachsenden Angst, kühle Berechnungen anzustellen. Der Allmächtige war ihm gnädig und würde ihm helfen, seinen Kopf vor dem Schwert des Henkers zu retten, das sich schon bedrohlich genähert hatte!

Rasch bückte er sich und behielt dabei aufmerksam die

geschlossenen Augen des Mädchens im Blick. Vorsichtig berührte er das blutigfeuchte Neugeborene und als er dessen Wärme fühlte, durchströmte ihn für einen Augenblick so etwas wie Vaterliebe. Er rang mit sich selbst, doch schließlich siegte der Selbsterhaltungstrieb. Es kostete ihn nicht viel Mühe, die Kehle des Kindes so lange zusammenzudrücken, bis ein kaum wahrnehmbares Zucken anzeigte, dass ein Leben erloschen war, bevor es überhaupt hatte beginnen können.

Noch immer lag Johanne reglos am Boden. Hastig legte er den Leichnam zwischen den Beinen der Mutter zurecht, kroch vorsichtig bis an den Rand der Straße und hielt lauschend inne. Gegenüber spiegelte sich der Mond im Feuerlöschteich und weit und breit war kein Mensch zu sehen. Er klopfte seine Kleider ab und entfernte sich lautlos im Schutz der Bäume. Erst unter dem finsteren Gewölbe der Abzucht wagte er, die mitgebrachte Laterne zu entzünden und watete im seichten Wasser, bis er die Böschung unterhalb der Papiermühle erreicht hatte und im Mauerspalt verschwinden konnte.

Als Jobst Schneider endlich im Hof des Waisenhauses angelangt war, erfüllte ihn Erleichterung. Er war gerettet! Zufrieden und dankbar schlich er die knarrende Treppe nach oben, stopfte in der halbdunklen Schlafkammer die Tabakpfeife und betrachtete die laut schnarchende Ernestine. Mit einem Schluck aus dem Branntweinkrug, der stets gut befüllt in Reichweite seines Weibes stand, beendete er den überaus erfolgreichen Tag.

Im Dämmerlicht des Morgengrauens hatte der Hirte Isajah Renneberg Mühe, seinen übermütigen Kühen zu folgen. Wie immer waren sie froh, die engen Ställe verlassen zu dürfen und heute würden sie nicht wie sonst zur Hohen Kehl hinaufziehen, sondern einen Abstecher zur Grummet im Trüllketal machen. Mit zusammengekniffenen Augen prüfte der junge Bursche im dunkelblauen Hirtenkittel den Anblick des Himmels und stellte erfreut fest, dass nach einigen verregneten Wochen ein sonniger Tag auf ihn wartete.

Der gelbbraune, zottelige Hütehund rannte besorgt um die Herde herum und versuchte nebenbei, eine der vielen Ratten zu erwischen, die über die Wiesen huschten. Auf einmal schoss er in ein Gebüsch und stieß ein durchdringendes Heulen aus. Isajah brachte die Kühe mit einem lauten Ruf zum Stehen und folgte dem Hund. Er wusste, das Tier würde niemals ohne Grund seine Aufgaben vernachlässigen.

Und tatsächlich, nachdem er sich kriechend durch die Hecken gezwängt hatte, entdeckte er am Boden einen reglos daliegenden Frauenkörper. Das war doch Johanne, ein Zögling des städtischen Waisenhauses, über die man in letzter Zeit seltsame Dinge hörte. Der Hirte kratzte sich ratlos am Kopf. Soviel er in der Dämmerung erkennen konnte, war das Mädchen mausetot, und ohne sich zu vergewissern, ob das auch wirklich stimmte, kroch er auf allen Vieren zurück auf den Weg. Das Stadttor war nicht weit entfernt und die ersten Torwachen müssten sich bald eingefunden haben. Man musste Meldung machen. Doch er zögerte. Sie würden ihn verhören und festhalten und der gesamte Tageslohn ginge verloren!

Grübelnd blieb er so lange stehen, bis er in der Ferne einen Bergmann entdeckte, der, von den Gruben des Rammelsberges kommend, auf dem Weg zurück in die Stadt war. Eilig lief Isajah auf ihn zu, grüßte mit einem „Glück auf!" und schilderte seine schwierige Lage. Nach einigem Zögern willigte der Mann ein, die Torwachen zu verständigen. Der Hirte war erleichtert, pfiff nach seinem Hund und war bald mitsamt der Herde hinter den Ausläufern des Schieferbruches verschwunden.

Die bewusstlose Johanne wurde von zwei Wachen aufgespürt und in Gewahrsam genommen, das zerdrückte Kind zwischen ihren Beinen diente als Beweis für ihre Schuld. Man verwies den Fall ans Halsgericht, das für schwere Vergehen zuständig war und teilte Johanne einen Defensor zu.

Einige Monate später, an einem sonnigen Herbsttag, wurde die Delinquentin vom Kerker in den Gerichtssaal des Goslarer Rathauses geführt. Ihr dünner Körper bestand nur noch aus Haut und Knochen, ihr Gesicht war eingesunken, das Zittern ihrer Hände hatte inzwischen den ganzen Körper befallen.

Namens der beiden Räte der Kaiserlich Freien Reichsstadt wurde das Mädchen beschuldigt, ihr Neugeborenes getötet zu haben. Da sie nur mit gesenktem Kopf dastand und nichts hervorbrachte, was ihrer Verteidigung hätte dienlich sein können, und auch der ihr zugewiesene Defensor nichts Entlastendes von sich gab, verurteilte man sie als Kindsmörderin zum Tode durch Enthauptung.

An einem kalten Wintermorgen stieg der städtische Gerichtsknecht den kleinen Hügel zum Kaiserhaus hinauf. Dort wartete schon ein Einspänner mit einem unruhig schnaubenden mageren Pferd. Der Mann öffnete die Schlösser der ehemaligen Pfalzkapelle zum heiligen Ulrich, die nach der Reformation als Kerker genutzt wurde und verschwand im Inneren des Sandsteingebäudes. Nach einer Weile sah man ihn mit der an den Händen gefesselten Johanne hervortreten. Er half dem zitternden

Mädchen auf den Gerichtskarren und stieß sie dort auf den Boden. Ein Pfarrer und ein Diakon der Kirchengemeinde zum Frankenberg hatten bereits auf den seitlich angebrachten Bretterbänken Platz genommen und hielten betreten die Köpfe gesenkt. Um die Geistlichen vor den Blicken der Neugierigen zu verbergen, bildeten Angehörige der Goslarer Schützengilde und andere achtbare Bürger einen Kreis um den Wagen und gaben ihm Geleit. Als die Kirchenglocken schwer und dunkel zu läuten begannen, setzte sich die Gesellschaft in Bewegung und während das Gefährt durch die Straßen schunkelte, vermehrte sich die Prozession um viele hundert Schaulustige.

Die Hinrichtungsstätte, der Köppelsbleek, der Platz der ausgebleichten Köpfe, befand sich auf einem kahlen Hügel vor den Toren der Stadt. Dort hatte sich bald eine unübersehbar große Menschenmenge versammelt, um der Hinrichtung beizuwohnen. Einige Schaulustige hofften, dass es dem Henker nicht sofort gelingen möge, den Kopf abzutrennen. Andere hatten Mitleid mit dem mageren Ding und hofften auf eine schnelle Prozedur.

Der Ratsknecht zerrte das Mädchen vom Karren und verband ihre Augen mit einem schwarzen Tuch. Um der Gerechtigkeit Genüge zu tun, fragte der Stadtvogt laut, ob jemand gegen die zu vollziehende Strafe ein Veto einlegen mochte. Niemand erhob seine Stimme und so gab er dem Henker das Zeichen.

Todesstille lag über dem Platz. Selbst die Vögel verstummten und die respektlos spottenden Knaben hielten entsetzt den Atem an. Der kräftig gebaute Scharfrichter Finck ließ das Richtschwert durch die Luft sausen und schlug Johanne mit einem einzigen Hieb den Kopf ab.

DIE FRAU IM SCHNEE

Während eines Arztbesuches vertrieb ich mir die Wartezeit, indem ich Boulevardzeitschriften durchblätterte. Dabei entdeckte ich zufällig ein Foto des prominenten Herzchirurgen Professor von B. und schlagartig standen mir die bedrückenden Ereignisse wieder vor Augen, die ich so gern vergessen hätte.

Vor ungefähr drei Jahren war ich mit einem Freund nach Hahnenklee in den Harz gefahren. Er wollte Ski laufen, ich wollte spazieren gehen. Mein Spaziergang war beendet und ich saß schon seit einer halben Stunde wartend in einem Gasthaus, doch Jürgen kam nicht. Gelangweilt beobachtete ich durch die beschlagenen Fensterscheiben das bunte Treiben der Harztouristen, die im grellbunten Ski-Outfit vorbeiflanierten. Bäume und Häuser trugen weiße Schneemützen und bildeten mit dem strahlend blauen Himmel eine wunderschöne Kulisse mit der Überschrift: Ein Wintertag im Harz.

Mein Magen knurrte. Wir waren zum Essen verabredet, es wurde immer später und nur noch an wenigen Stellen reflektierten die Schneekristalle glitzernd das Sonnenlicht, bald würde es stockdunkel sein. Hatte Jürgen sein uraltes Handy überhaupt dabei? Meine Anrufe waren jedenfalls ins Leere gegangen.

Um die Zeit zu verkürzen, begann ich, die abgestellten Skier zu zählen, die vor den Gasthäusern aus dem Schnee ragten, doch als die Sonne ganz unterging, fing ich an, mir Sorgen zu machen. War Jürgen etwas zugestoßen? Genervt stand ich auf und drängelte mich an einer neu ankommenden Besuchergruppe vorbei nach draußen. Ich musste etwas tun.

Die Luft war eiskalt, von den wärmenden Sonnenstrahlen war nichts mehr zu spüren. Schlagartig wurde mir die Lebensfeindlichkeit der Harzer Winter bewusst, die in der Vergangenheit so manches Todesopfer gefordert hatten. Ich folgte der Straße hangaufwärts in Richtung Wald, immer bemüht, vereisten Stellen auszuweichen, die mit heimtückischer Glätte darauf lauerten, einen zu Fall zu bringen. Ich ließ die von Lampen erhellte Dorfidylle hinter mir und hatte bald den Waldrand erreicht.

Aber wo sollte ich Jürgen suchen? Unwillkürlich hatte ich den Weg zur Loipe eingeschlagen, bei der er mittags gestartet war. Er hatte sich vorgenommen, die Bocksberg-Loipe in ihrer ganzen Länge abzufahren. Anschließend wollten wir im Restaurant „Brockenhexe" zu Abend zu essen.

Erst nach einer Weile entdeckte ich das Hinweisschild zum Einstieg in die Bocksberg-Loipe. Vor mir lag ein unheimliches, düsteres Waldgebiet. Die Beleuchtung des bewohnten Ortes endete hier und nur der Schnee erzeugte noch ein schwaches Licht, das jedoch die Konturen verschwimmen ließ. Unentschlossen blieb ich stehen. Nun fing es auch noch an zu schneien, zuerst ein leichtes Schneegestöber, dann dichtes Schneetreiben, und ich sah gar nichts mehr.

Wenn Jürgen da irgendwo lag? Ich lauschte. Es war sehr still, der Schnee dämpfte die Geräusche und ein geradezu feierliches Schweigen umhüllte mich, das so typisch ist für die Harzer Bergwildnis. Bilder von Bergleuten mit Fackeln stiegen in mir auf, ich sah hungrige Wolfsrudel, geschmeidige Luchse, erfrorene Wanderer und verirrte Skiläufer.

Also beschloss ich, den noch sichtbaren Skispuren ein

Stück in den Wald hinein zu folgen. Ich durfte nur den Rückweg nicht verfehlen, der Neuschnee würde bald die Abdrücke der Skier völlig überdecken. Ich war vielleicht zehn Minuten gegangen, da nahm ich im schwindenden Licht etwa fünfzig Meter entfernt eine Bewegung wahr und machte instinktiv einen geräuschlosen Schritt nach links hinter einen Baum.

Mein Herz klopft so laut, dass ich fürchtete, man könne es hören. Es war schwierig, in der Dämmerung zu erkennen, was da zwischen den kahlen Fichtenstämmen vor sich ging. Ein Mensch oder ein Tier machte sich an etwas am Boden liegendem zu schaffen und ich fragte mich, ob es der bewusstlose Jürgen war? Angst gelähmt blieb ich stehen und wartete ab.

Das Schneetreiben hatte sich beruhigt, doch die Kälte nahm zu und ich begann unwillkürlich zu zittern. Das Geräusch meines raschelnden Jackenstoffes kam mir so laut vor, als ob es weithin zu hören war. Ich blickte mich suchend nach Bäumen um, auf die ich im Notfall klettern konnte, doch weit und breit gab es nur kahle Stämme.

Die Gestalt erhob sich plötzlich zu seiner vollen Größe und wirkte nun doch eher wie ein Mann in einem langen, dunklen Mantel, dessen Schultern weiß beschneit waren. Er blickte suchend umher und ich war froh über die Farbe meines gesamten Outfits: alles weiß, die perfekte Tarnung.

Als ich es kaum noch aushielt, entfernte sich der Mann langsam in die entgegengesetzte Richtung und war bald in der Dunkelheit verschwunden. Ich atmete erleichtert auf und zog das silberne Schnapsfläschchen hervor, dass ich im Winter bei Exkursionen immer bei mir trage. Ich nahm einen kräftigen Schluck.

Nachdem sich meine Nerven beruhigt hatten, tippte ich mit steifen Fingern den Notruf der Polizei ein, doch ich hatte kein Netz. Schließlich gab ich mir einen Ruck und machte mich auf den Weg zu dem am Boden liegenden Ding, es konnte ja Jürgen sein.

Der leichte Schneefall hatte wieder eingesetzt und die Skispuren verschmolzen immer mehr zu einer glatten Oberfläche. Ganz kurz wagte ich, die Lampe anzuschalten. Das am Boden liegende Etwas war ein Mensch, aber es war nicht Jürgen.

Im Schnee lag eine Frau im dunklen Schneeanzug mit knallroter Pudelmütze, das Gesicht stark geschminkt, ungefähr fünfzig Jahre alt. Sie sah aus, als würde sie schlafen, die Langlaufskier waren noch angeschnallt und in den behandschuhten Händen hielt sie die Stöcke.

Ich beleuchtete ihren Mund und sah Dunstwölkchen, also lebte sie noch. Ich klopfte auf ihre Wange, redete leise auf sie ein, doch es kam keine Reaktion.

Warum hatte der Mann die Verunglückte im Schnee liegen gelassen? Das würde doch ihren Tod bedeuten! Was sollte ich tun? Ich ganz allein war für sie verantwortlich, die Frau musste so schnell wie möglich ins Warme. Sie zu tragen war mir unmöglich und telefonieren ging auch nicht, ich konnte also nur Hilfe holen.

Nochmals vergewisserte ich mich, dass weit und breit niemand zu sehen oder zu hören war und rannte los. Ich folgte meinen eigenen Fußstapfen und als ich endlich die Lichter der Ortschaft vor mir sah, lief ich zum nächstbesten Haus und drückte auf alle Klingeln.

Dann ging alles sehr schnell. Krankenwagen, Notarzt und Bergwacht wurden informiert und aus den Häusern kamen Neugierige herbeigeeilt, es dauerte nicht lange, da hatte sich der stille Waldrand in ein geschäftiges Basislager verwandelt.

Ein paar Männern, die nicht bis zur Ankunft des Krankenwagens warten wollten, zeigte ich den Einstieg zur Loipe mit meinen Fußspuren und sie machten sich mit Taschenlampen auf den Weg. Bald folgten Notarzt und Sanitäter mit einer Trage im Gepäck und als alle gemeinsam zurückkamen, hielten wir den Atem an. Die Frau lebte noch, sie war in eine Aluminiumfolie gehüllt und wurde sofort in den Krankenwagen verfrachtet. Die Tür schloss sich und die Umstehenden begannen, Theorien über das Ereignis auszutauschen.

Ein Mann, der sich mir als Polizeibeamter ohne Uniform vorstellte, erkundigte sich nach dem Hergang des Geschehens und schrieb alles auf, was ich sagte. Er notierte meine Personalien und als er fertig war, lobte er zwar mein mutiges Handeln, meinte aber gleich, dass es vor allem der hochwertige Skianzug gewesen sei, der die Frau vor dem Schlimmsten bewahrt habe. Nein, so ganz allein dürfe man im Wald nicht unterwegs sein, schon ein kleiner Unfall könne schnell tragisch enden!

Ich weiß bis heute nicht, was mich davon abhielt, die Person im langen Mantel zu erwähnen, jedenfalls erzählte ich nur, dass ich die Frau zufällig entdeckt hatte, mehr nicht.

Als der Krankenwagen mit Blaulicht in Richtung Clausthal-Zellerfeld davonfuhr, zerstreute sich die Menge und als auch der Polizeibeamte gegangen war, fiel mir Jürgen wieder ein.

Schnell machte ich mich auf den Weg zum Auto, vielleicht hatte er sich dort inzwischen eingefunden.

Vollkommen durchgefroren erreichte ich den Parkplatz. Ich drückte die Fernbedienung und mit einem Klick löste sich die Türverriegelung, die Lichter blinkten und ich wollte mich gerade in den Sitz fallen lassen, da kam jemand auf mich zugeschossen. Es war der sehr aufgeregte Jürgen, der mich abwechselnd mit Vorwürfen und Freudenbekundungen überschüttete.

Während sich das Auto langsam erwärmte, begann sich das Rätsel zu lösen. Er hatte den Gasthof „Brockenhexe" mit dem „Hexenkeller" verwechselt und dort auf mich gewartet und erst nach mir gesucht, als ihm der Fehler endlich aufgefallen war. Ich berichtete von meinem seltsamen Erlebnis und wieder erwähnte ich die unheimliche Gestalt mit keinem Wort.

Am Morgen des folgenden Tages machten Jürgen und ich uns auf den Weg zum Krankenhaus in Clausthal, ich wollte wissen, wie die Frau die Nacht überstanden hatte.

Von einer geschwätzigen Frau an der Rezeption erfuhr ich, dass es sich bei dem gestrigen Notfall um Ramona von B. handelte, der Gattin des prominenten Herzchirurgen Professor von B. Ach, was für ein toller Mann, schwärmte sie, in den müsste man sich einfach verlieben, sie hätte ihn schon des öfteren im Fernsehen bewundert. Die Schwester oben auf der Station für Privatpatienten riet mir, nicht lange zu bleiben, die Frau müsse sich schließlich von den Strapazen des Unfalls erholen.

Mein Klopfen an der Zimmertür war wohl zu zaghaft, es erfolgte keine Antwort. Ich öffnete die Tür und lugte vorsichtig ins Zimmer. Nur das Bett am Fenster war belegt, unschlüssig blieb ich stehen und erst als ich mich laut räusperte, blickte die Frau in meine Richtung. Ihre Arme ruhten auf der Bettdecke und sie trug ein schlichtes Krankenhaushemd, das gar nicht zu den teuren Ringen passen wollte, die an ihren Fingern blitzten.

Dunkelblondes Haar umrahmte ein schmales Gesicht, das zwar mitgenommen aussah, aber trotzdem sehr schön war. Die Züge waren absolut symmetrisch und der weichen Haut merkte man an, dass sie regelmäßig mit teuren Cremes verwöhnt wurde. Auf einmal war es mir peinlich, wartend an der Tür zu stehen und ich wollte schon den Rückzug antreten. Da zeigte sie auf einen Stuhl und rief:

„Bitte bleiben Sie! Haben Sie mich im Wald gefunden?"

Ich nickte mit dem Kopf, ging zu ihr und setzte mich.

Sie stieß einen gequälten Laut hervor.

„Ach, wenn ich nur dankbar sein könnte!"

Ich suchte nach tröstenden Worten, mir fiel nichts ein und ich sagte:

„Machen Sie sich keine Sorgen, alles wird gut!"

Sie quittierte meinen stereotypen Beschwichtigungsversuch mit einem verächtlichen Schnauben.

„Jaja, das sagt man jetzt immer so gerne, alles wird gut, alles wird gut! Dauernd hört man diese Phrase, beim Einkaufen, beim Arzt, zuhause, an den Börsen, in den Banken, in der Politik... Ich hasse das! Gar nichts wird gut!"

Das stieß sie trotzig hervor und begann dann lautlos zu weinen. Auf dem Nachtisch lag ein Päckchen Taschentücher, ich zog eines hervor und drückte es ihr in die Hand. Nachlässig betupfte sie die Augen und putzte sich die Nase.

„Wissen Sie, mein Mann ist ja Arzt, und was für ein Arzt! Jeder kennt ihn, den berühmten Professor, alle lieben ihn, nein, bewundern ist vielleicht das passendere Wort. Aber ich sage Ihnen, nichts an ihm ist bewunderungswürdig! Er ist ein Lügner, ein Betrüger, ein Mörder! Zweiunddreißig Jahre bin ich mit ihm verheiratet gewesen und die ganze Zeit hat er sich eine Geliebte nach der anderen gehalten.

Aber jetzt wird er alt und ich bin ihm lästig geworden, eine Junge will er heiraten, weil ihm langsam die ganz jungen Betthasen ausgehen und weil das letzte Häschen von ihm schwanger ist. Loswerden will er mich, im Wald entsorgen wollte er die Alte! Eine Scheidung kommt ja nicht in Frage, wissen Sie, was eine Scheidung kostet, wenn der Mann so richtig reich ist? Ha, ein Vermögen!"

Wütend setzte sie sich auf.

„Ich will mich aber nicht scheiden lassen!"

Sie fixierte meinen Blick.

„Haben Sie ihn gesehen, gestern, da im Wald?"

Ich erschrak. Nein, gerade sie durfte nicht wissen, dass ich ihn gesehen hatte! Um meine Verlegenheit zu überspielen, schlug ich vor, sie solle die Polizei informieren. Sie lachte höhnisch auf.

„Die Polizei wäre doch wohl die letzte Instanz, bei der ich Hilfe finden würde. Die würden sich totlachen über eine Professorengattin in den Wechseljahren, die ihren berühmten Ehemann des Mordes bezichtigt! Ja, und wenn Sie nichts gesehen haben, dann habe ich doch überhaupt keine Beweise! Dieser Teufel, wir sind gestern zu einer Langlauftour aufgebrochen und haben ganz stilvoll im Wald Glühwein getrunken, den hatte er im Rucksack mitgenommen, in einer Thermoskanne. Da muss er was rein getan haben, ich bin einfach umgekippt, weg, Filmriss. Ein schöner Tod wäre das gewesen, angeblich durch Erfrieren, denn ein guter Arzt kennt sich aus mit Substanzen, die keine Spuren hinterlassen!"

Die Erkenntnis war erschreckend. Der berühmte Professor von B. hatte seine Frau betäubt und im Schnee zurück gelassen, die Umstände waren günstig, der Schneefall verdeckte alle Spuren, ein jeder würde denken, sie sei einem Schwächeanfall erlegen. Ich saß da und starrte aus dem Fenster. Schneeflocken tanzten durch die Luft, harmlose Schneeflocken, die verräterische Fußabdrücke zudeckten.

Jemand klopfte an die Tür. Ramona von B. fuhr auf und beschwor mich eindringlich, nicht wegzugehen, sie nicht allein zu lassen, sie habe so schreckliche Angst. Durch die abrupten Bewegungen lockerte sich die Venenkanüle und Blut floss aus ihrem Arm.

Wieder klopfte es und Jürgen steckte seinen Kopf durch die Tür. Ich rief ihm zu, er solle eine Schwester holen, denn inzwischen war Ramona von B. aus dem Bett gesprungen und zum Schrank gelaufen, sie versuchte, sich in ihren Schneeanzug zu zwängen.

Nach einer halben Ewigkeit kam eine Schwester ins Zimmer und herrschte mich vorwurfsvoll an, was ich getan hätte, dass die Patientin plötzlich so aufgelöst sei?! Ihr folgte ein Arzt, der sich bemühte, die verstörte Frau mit sanfter Gewalt zum Bett zurückzuführen.

Um sie zu beruhigen, teilte er ihr mit, dass ihr Mann gerade angerufen habe und schon auf dem Weg ins Krankenhaus sei. Nun geriet Ramona von B. vollends aus der Fassung. Sie vollführte eine schnelle Drehung, riss sich los und hetzte zur Tür. Die Schwester rannte hinterher, eine weitere eilte herzu und schließlich waren es zwei Schwestern und ein Arzt, die sich um die Frau kümmerten. Ich sah gerade noch, wie man ihr eine Injektion verabreichte, dann wurde ich energisch aus dem Zimmer geschoben und stand zitternd im Flur.

Jürgen, der nach Hause wollte und überhaupt nicht begriff, worum es ging, zog mich zum Fahrstuhl und ich ließ es geschehen.

Als der Fahrstuhl kam, öffneten sich die Türen und ein hochgewachsener, gutaussehender Mann in einem eleganten, langen Lodenmantel stieg aus. Ich erschrak von seinem Anblick, doch er musterte uns nur kurz und uninteressiert und rauschte vorbei.

Doch dann blieb er abrupt stehen und drehte sich um. Er taxierte mich sekundenlang aus zusammengekniffenen, kalten Augen, legte eine falsche Freundlichkeit über sein Gesicht wie eine Maske und setzte ein Lächeln auf. Ich bemühte mich, seinen Blick harmlos zu erwidern.

„Ja, gnädige Frau, Sie müssen die Dame sein, die meiner lieben Ramona das Leben gerettet hat! Der Kollege hat mich gerade angerufen und darüber informiert, dass eine Besucherin bei ihr ist, oder habe ich mich da etwa geirrt? Sind Sie nicht diejenige?"

Hinter der überschwänglichen Freundlichkeit und dem charmanten Wiener Dialekt verbarg sich eine lauernde Bosheit, die mich frösteln ließ. Ich wäre am liebsten in den Fahrstuhl geflüchtet, doch der gute Jürgen, der weder meine Verwirrung noch die Kaltherzigkeit des Mannes wahrnahm, bestätigte stolz, dass ich die besagte Retterin der Professorengattin sei.

Wieder blitzte es kalt auf in den Augen des Mannes. Mit übertriebener Dankbarkeit schüttelte er uns abwechselnd die Hände, entschuldigte sich, weil er jetzt keine Zeit habe, begreiflicherweise müsse er sich zuerst um seine Frau kümmern und verlangte nach meiner Adresse. Er wolle sich so bald wie möglich erkenntlich zeigen!

Dieser Schlusssatz klang für mich wie eine Drohung. Während wir die reichlich mit Streusalz bestreuten Straßen nach Goslar hinunter rollten, quälten mich Zweifel und Selbstvorwürfe. Ich fand, ich hätte da bleiben und der Frau beistehen sollen.

Am nächsten Tag nahm ich den Bus nach Clausthal-Zellerfeld. Ich verzichtete darauf, mich im Schwesternzimmer zu melden und drückte die Klinke, ohne zu klopfen. Schon durch den Türspalt konnte ich erkennen, dass alle Betten leer waren. Ich rannte zum Schwesternzimmer und rief aufgeregt, dass man mir sagen müsse, wo Frau von B. sei, ich hatte sie doch im Wald gefunden. Die Schwestern blickten betreten zu Boden, eine nahm mich am Arm und zog mich beiseite. Es tue ihr sehr leid, aber Frau von B. sei heute Nacht verstorben, das Herz sei den Strapazen wohl nicht gewachsen gewesen.

Ich solle nicht allzu traurig sein, dass mein Rettungsversuch vergebens geblieben war, vielleicht könne mich die Gewissheit trösten, dass Herr Professor von B. sich ganz rührend um seine Frau gekümmert habe, er sei auch zugegen gewesen, als sie starb. Ganz friedlich sei sie in seinen Armen entschlafen.

Das Blut pochte mir in den Schläfen, ich brachte kein Wort hervor. Wie aus weiter Ferne hörte ich die Schwester aufmunternd sagen: „Lassen Sie den Kopf nicht hängen, alles wird gut!"

ALSO SPRACH ZARAH-GUSTA

„Gustel, wo bist du denn?" Der anklagende Ton in der dünnen Stimme war nicht zu überhören.

„Ich bin hier, Mutter, ich bin hier! Komme sofort!"

Ich weiß nicht, welcher Teufel meine Eltern geritten hat, als sie beschlossen, mich Zarah-Gusta zu nennen. Natürlich ist es Vater gewesen, der diesen Einfall hatte. Er, der hochgeschätzte Professor für Alte Geschichte, dessen Werke nicht nur im ganzen Reich gelesen wurden, sondern als Broschüren zur Rassenhygiene in jeder höheren Schule als Unterrichtsmaterial Verwendung fanden.

Vater war ein großer Bewunderer des Philosophen Nietzsche und fest entschlossen, seinem einzigen Sohn den Zweitnamen Zarathustra zu geben. Selbst die schwere Enttäuschung über die Geburt einer Tochter brachte ihn nicht ab von seinem Plan und da er auch ein Verehrer der rauchigen Stimme Zarah Leanders gewesen ist, sollte ich eben als Zarah-Gusta ins Taufregister eingehen.

Dem Pfarrer unseres Heimatortes Bad Harzburg gefiel der Name nicht, mit sturer Freundlichkeit versuchte er, Vater davon abzubringen und schlug biedere Frauennamen wie Herta, Elisabeth, Luise und sogar Marlene vor.

Verärgert verzichtete Vater schließlich auf den kirchlichen Segen und ich wurde in einer privaten Zeremonie unter den besonderen Schutz des Führers gestellt. Laut Nietzsche war Gott ohnehin längst tot, wozu also die Form wahren? Mutter war mein Name zu umständlich, sie beschränkte sich darauf, mich mit Gustel anzureden, wenn Vater nicht in der Nähe war.

An den tieferen Sinn meiner Namensgebung erinnerte uns die alljährliche Gedenkfeier an jedem 25. August, dem Todestag Friedrich Nietzsches. Auch nach Kriegsende wurden im ganzen Hause Kerzen angezündet, Vater rezitierte stehend aus dem *Zarathustra* und am Ende der Festlichkeit rief er pathetisch aus:

„Zarah-Gusta, lösche die Kerzen und geh auf dein Zimmer!"

Vaters Beerdigung liegt nun schon mehr als zehn Jahre zurück. Eines Abends fand Mutter ihn leblos in seinem Arbeitszimmer am Schreibtisch und bat mich laut rufend, ihr behilflich zu sein. Ich war peinlich berührt von dem Anblick seines verkrampften Körpers und der wenig heldenhaften Art seines Ablebens.

Sein edler Charakterkopf war kraftlos auf die Seiten eines Buches gesunken, die Augen traten aus den Höhlen, das hellrosa verfärbte Gesicht war verzerrt und aus seinem Mund troff Schleim. Wir taten unser möglichstes, um ihn in eine würdige Position zu bekommen. Glücklicherweise war die Leichenstarre noch nicht eingetreten und als schließlich unser treuer Hausarzt erschien, saß der Verstorbene aufrecht und sauber in seinem Lehnstuhl. In den Händen, auf dem Schoß, hielt er Band II der Schmeitzner-Originalausgabe des Zarathustra von 1884. Wie ein Evangelium, geöffnet auf Seite 126.

Dr. Geschwinde blieb ehrfürchtig im Türrahmen stehen, hob andeutungsweise den Arm zum Hitlergruß und nahm bewundernd zur Kenntnis, mit welch tadelloser Haltung Mutter diesen Schicksalsschlag aufnahm. Er warf nur einen kurzen Blick auf Vater und schrieb gewissenhaft in den Totenschein: Ich habe den vollständig entkleideten Leichnam vollständig untersucht, Todesursache: Herzversagen.

Seitdem Vater von uns gegangen war und Mutter und ich allein waren, lebten wir noch zurückgezogener als vorher in unserem kleinen Häuschen am Elfenstein in Bad Harzburg. Geld aus Vaters Tantiemen, Ersparnissen und Rücklagen floss so reichlich, dass wir über Jahrzehnte unser beschauliches Leben fortführen konnten.

„Vater ist ein Genius!"

Mutter hatte das immer betont und der Meinung war ich auch. Wenn er einen Vortrag zu halten hatte, trug er uns zuerst seine Thesen vor und erläuterte wie vor einem wichtigen Auditorium seine Ausführungen zur Kulturleistung dominant nordischer Völker. Er war ein wahrhaft großer Historiker und die Rolle, die seine Leistungen im Kampf gegen das Untermenschentum gespielt haben, kann gar nicht hoch genug bewertet werden.

Mit seinen Büchern ist es ihm in einem regelrechten Triumphzug gelungen, dem Arischen zum Siege zu verhelfen und es traf ihn wie ein Dolchstoß, die Schändung der nordischen Rasse nach dem Zusammenbruch des Reiches miterleben zu müssen.

Wenn wir den Krieg gewonnen hätten, pflegte er mit ernster Miene zu sagen, dann lebten wir jetzt nicht in dem entlegenen Bad Harzburg, sondern in einem Villenviertel von Berlin oder wo immer der Regierungssitz unseres Führers sich befunden hätte! Mutter seufzte dann und bekam einen verkniffenen Ausdruck im Gesicht. Sie teilte zwar seine unerschütterliche Hinwendung zur Zielsetzung des Deutschen Reiches, aber sie konnte ihm nur schwer verzeihen, dass sein vielversprechender Aufstieg nach dem Krieg so perspektivlos geendet hatte. Und nun war er zu alt, um noch eine Wende zu vollziehen.

Aber es war ja nicht seine Schuld, dass wir hier im Harz

gelandet waren! Schuld war der Feind, der uns um den Sieg gebracht hatte und nun die Welt mit seinen abartigen, demokratischen Ideen in den Untergang zog.

Es war auch nicht so, dass wir uns keine Dienstboten hätten leisten können, aber Vater zog es eben vor, mit Mutter und mir allein zu sein. Er wollte nicht befürchten müssen, dass jemand unsere privaten Gespräche mithörte, denn seit dem Zusammenbruch des Reiches darf man niemandem mehr trauen! Das hat er oft gesagt und mir war es recht so, ich blieb gern für mich und war stolz darauf, dass es mir oblag, die Ordnung im Hause und die Bewirtschaftung der Küche zu besorgen.

Auch als Vater noch viel unterwegs war, der Mittelpunkt seines Lebens waren wir! An uns hing sein Herz und uns hat er ebenso leidenschaftlich die Treue gehalten wie dem untergegangenen Reich. Treue bis in den Tod und Ehre, das waren die Werte, die Vaters Stärke ausmachten. *Schwäche zeigen nur minderwertige Memmen!*, stieß er immer verächtlich hervor, wenn ich als Kind geweint hatte.

Doch trotz aller Strenge teilten Vater und ich ein Geheimnis! Wenn ich ihm spät abends den Tee auf sein Arbeitszimmer bringen musste, weil Mutter schon ihr Schlafpulver genommen hatte, durfte ich den tiefen Schmerz miterleben, den er seit dem Zusammenbruch empfand. „Mitansehen zu müssen, wie alles untergeht, wofür man sein Leben lang gekämpft hat, Zarah-Gusta, das ist bitter!", sagte er und wenn Mutter schon schlief und wir ganz allein waren, zog er mich zu sich aufs Sofa und drückte mich fest in seine Arme. Wie oft hat er an meiner Schulter geweint, niemals hätte er gewagt, sich so der Mutter zu zeigen! Sie hätte ihn ja auch verachtet!

Mutter ließ einem keine Gefühlsregung durchgehen. Wenn man sich gehen ließ, zeigte sie unerbittliche Härte. Die Narben auf meinen Handrücken erinnern daran, dass sie gewiss kein Anhänger neumodischer Erziehungsmethoden war. *Wer einen Fehler macht, der muss sofort bestraft werden, sofort, hörst du, sonst hätte die Strafe keine Wirkung!*

Für Mutter wäre es auch undenkbar gewesen, sich die Tochter als berufstätige Frau vorzustellen. Anfangs hatte ich den Vorschlag gemacht, meinen Volksschulabschluss mit einer Lehre zur Hauswirtschafterin abzurunden. Doch sie hatte energisch ausgerufen: *Unsinn! Eine von Hoehnemann muss nichts lernen! Du hast Mutter und Vater, die dich brauchen und das genügt!*

Inzwischen bin ich auch längst zu alt für irgendeine Ausbildung. Ich habe die vierzig überschritten und bin daran gewöhnt, Mutter als meinen Lebensmittelpunkt zu betrachten. Doch an manchen Tagen überkommen mich melancholische Gedanken und ich stelle mir insgeheim vor, wie es wohl gewesen wäre, wenn ich einen Ehemann oder sogar Kinder gehabt hätte.

Heute war wieder so ein Tag. Ich saß mit einer Stickerei am Fenster und seltsame Bilder drangen in mein Bewusstsein. In meiner Fantasie beugte sich Herr Willigut zu mir herab, tätschelte meine Wange und drückte mir einen Kuss auf die Stirne.

Karl Maria Willigut war der einzige Besucher gewesen, den Vater nach dem Zusammenbruch des Reiches in unserem Haus am Elfenstein duldete. Der begnadete Künstler hatte das Emblem mit dem Totenkopfe für die tapferen Krieger der SS entworfen und sich nach dem Untergang des Reiches nach Goslar zurückgezogen. Dort war man stolz auf den berühmten Schöngeist, bis zu seinem Tod gewährte man ihm ein Wohnrecht im ehrwürdigen Werderhof am Breiten Tore.

Wenn Herr Willigut in meine Nähe kam, wurde mir immer ganz heiß und ich stellte mir verbotene Dinge vor. Manchmal schlug er mit seinem Gehstock gegen meinen Oberschenkel und sagte: *Gnädiges Fräulein, Sie haben recht hübsche Beine!*

Ach, das ist schon so lange her, doch ich denke noch immer gern daran, wenn er vom untergegangenen Germania sprach, das sich eines Tages in Goslar am Klusfelsen zeigen würde. Mutter mochte es gar nicht, wenn ich unseren Gast so bewundernd anstarrte, als würde sie meine Gedanken lesen können, wies sie mich dann scharf zurecht und befahl: *Gustel, zieh sofort den Bauch ein und halt die Luft an!*

Besonders wenn die Nacht hereinbrach und ich nicht einschlafen konnte, sehnte ich mich manchmal nach Ablenkung, nach einem neumodischen Fernsehgerät zum Beispiel. Wenn Mutter und ich zeitig um neun Uhr schlafen gingen, war ich noch lange nicht müde. Es wäre mir bestimmt leichter gefallen, einzuschlafen, wenn ich mir noch einen Film hätte ansehen oder noch hätte lesen dürfen, aber Mutter störte das Licht der Nachttischlampe. Seit Vaters Tod schlafe ich neben ihr im großen Doppelbett.

Früher einmal ging ich mit zwei Klassenkameradinnen heimlich ins Kino, nach der Schule. Ich wäre gern öfter mitgegangen, aber die Eltern erlaubten es nicht und nachdem ich allen Versuchen widerstanden hatte, Verabredungen zu treffen, fragte mich bald niemand mehr.

Um die langen Stunden in der Dunkelheit abzukürzen, habe ich ein Spiel erfunden. Ich reihe Gegenstände mit demselben Anfangsbuchstaben aneinander und erst wenn mir diese geistige Anstrengung allmählich zu mühsam wird, schlafe ich ein.

Seit Jahrzehnten bekommen wir unsere Lebensmittel auf telefonische Bestellung geliefert und ich darf das Haus verlassen, um zur Sparkasse gehen und etwas Geld abzuheben.

Zum Todestag unseres großen Helden muss ich jedoch die Busfahrt nach Goslar unternehmen. Denn die Zarathustra-Gedenkfeier stellt noch immer den Höhepunkt unseres recht eintönigen Jahresablaufes dar. Nur schwer kann Mutter es ertragen, mich für kurze Zeit außer Haus zu wissen, um das geweihte Wasser aus der Klus-Quelle von Goslar nach Bad Harzburg zu holen. Eine derartige Kostbarkeit kann man eben nicht bestellen und auf Vaters ausdrücklichen Wunsch mache ich mich jedes Jahr im August ganz allein auf den Weg nach Goslar. Nur so können wir die Feierlichkeiten angemessen begehen.

Mir ist immer angst und bange vor diesem Tag, ich finde mich in der lärmenden Welt mit den vielen Autos und fremden Leuten kaum noch zurecht und in diesem Jahr empfand ich meinen Ausflug zur Klus-Quelle als besonders schwere Bürde.

Düstere Vorahnungen lähmten mich so stark, dass ich kaum gehen konnte. Meine Beine fühlten sich an wie Blei. Etwas Schreckliches würde geschehen. Konnte es etwas schrecklicheres geben als das, was Vater den Tod gebracht hatte? Schweißgebadet lag ich in der Nacht neben Mutter und vor lauter Unruhe musste ich immer wieder zur Toilette gehen. Nach dem dritten Mal wachte Mutter trotz ihres Schlafpulvers auf und rügte mich. Sie hielt mein Handgelenk fest und ich blieb bis zum Morgen still liegen.

Ich wünschte, man würde die Feier einmal absagen. Doch noch bevor der Wecker geklingelt hatte, trällerte sie mit ihrer hohen Stimme: *Gustel, es ist so weit! Steh auf und hol die gute Jacke und den Bundrock hervor! Du sollst Vater alle Ehre machen!* Also zog ich die weißen Kniestrümpfe an, band die Senkel der ledernen Schnürschuhe fest und streifte den braun karierten Bundfaltenrock über. *Denk daran, Zarah-Gusta, es ist eine große Ehre!*

Schon vorher hatte ich mich telefonisch vergewissert, dass der Bus auch wirklich rechtzeitig abfahren würde. Eigentlich durfte ich das nicht, denn wir benutzten das Telefon ausschließlich für die Lebensmittelbestellungen. Das Telefon war das einzige Zugeständnis an eine feindliche Welt, die Vater verabscheut hatte und nur im äußersten Notfall betrat, um treu dem verstorbenen Führer zu dienen.

Das Telefonat brachte mich vollkommen durcheinander. Meine Nachfrage wegen des Busfahrplanes stieß am anderen Ende auf Unverständnis. Ich wusste auch nicht recht, wie ich mich ausdrücken sollte.

„Bitte. Der Bus, der von Bad Harzburg nach Goslar fährt, damit ich zum Mittagessen wieder zuhause bin. Fährt der Bus so ab, dass ich zum Mittagessen wieder zuhause bin?"

Lautes Schimpfen drang in mein Ohr und am anderen Ende wurde der Hörer auf die Gabel geknallt. Das war kein guter Anfang. Also würde ich das Haus verlassen müssen, ohne den genauen Fahrplan zu kennen.

Wie jedes Jahr stand ich viel zu früh auf. Mit zum Führergruß erhobenem Arm wartete Mutter im Flur und schärfte mir nochmals ein, das Wasser nur mit der hölzernen Kelle zu schöpfen. Als ob ich das nicht wüsste!

Das heilige Wasser hatte nämlich eine besondere Bedeutung. Die versunkene Stadt Germania sollte eines Tages genau dort wieder auftauchen, wo das Wasser der Klus sich den Weg aus den Felsen bahnte. Und genau an diesem Tage würden die großen deutschen Kaiser des untergegangenen Reiches auferstehen und eine neue Weltordnung ausrufen. An diese Prophezeiung hatte Vater unerschütterlich geglaubt und dafür hatte er an vorderster Front gekämpft. Auch wenn er zu alt war, um mit der Wehrmacht nach Frankreich oder Russland zu ziehen, so kämpfte er mit den Waffen des Geistes, wie er sich gern ausdrückte. Er und Mutter hielten eisern daran fest: Das deutsche Reich war untrennbar mit uns verbunden und wir waren dazu ausersehen, es bis zur Wiederauferstehung am Leben zu halten!

Der Bus kam nicht und ich befürchtete schon, er würde heute, an diesem Schicksalstag, einer bösen Vorsehung folgen und einfach ausfallen. Als er endlich um die Ecke bog, war ich sehr erleichtert, stieg ein, bezahlte, setzte mich schnell auf eine Bank und klammerte mich an der Haltestange fest. Ich mag eigentlich nichts anfassen, was Fremde berührt haben, aber das Schlingern in den Kurven zwang mich dazu.

Mir war ganz übel und ich hatte Angst vor der Welt da draußen mit dem hektischen Autoverkehr, den schrecklich aufdringlichen Werbeplakaten und den riesigen Schildern überall und war froh, als ich endlich das Breite Tor erblickte und aussteigen konnte. Ich überquerte zügig die Straße und fühlte mich erst einigermaßen sicher, als ich den gelben Sandstein des Klusfelsens erreicht hatte. In meinem olivgrünen Leinenrucksack schepperten Schöpfkelle und Wasserflasche gegeneinander und vorsichtig stieg ich die vom Regen schlüpfrigen, in Stein gehauenen Stufen empor.

Mutter würde den ganzen Vormittag unruhig hin und her laufen. Sie ertrug es nicht, wenn ich weg war. Auch ich war unruhig, denn ich musste mich beeilen, der Bus nach Bad Harzburg fuhr schon in einer Stunde wieder zurück.

An der uralten Sandsteingrotte, in der sich eine mittelalterliche Kapelle befand, überfielen mich plötzlich diese seltsamen Empfindungen, die Herr Willigut immer in mir wachgerufen hatte. Hier? Warum denn nur? Ich fühlte, wie es in meinen Beinen zu stechen begann und ich setzte mich auf die kleine Holzbank neben der Kapelle, um kurz zu verschnaufen.

Aber anstatt vernünftig zu sein und zügig zur Quelle hinabzusteigen und das Wasser zu holen, malte ich mir aus, dass ich hier eine Verabredung hätte. Doch als ich Mutters tadelnde Stimme zu hören glaubte, gab ich mir einen Ruck und kletterte schnell den Pfad zur Quelle hinab.

Schon bald empfing mich das vertraute Geräusch sprudelnden Wassers und ich kniete mich auf einen Felsvorsprung. Mit fester Stimme sagte ich die Verse auf:

„Das Sein und das Werden - im tiefsten Wesen, dem Schlafe der Götter entsprungen – Wodan, Freya..."

Die Monotonie der altbekannten Verse aus der Edda ließ mich in eine Art Trance verfallen. Ich leierte die ersten drei Strophen herunter, konnte mir aber nicht verkneifen, zwischendurch immer wieder auf die Uhr zu sehen. Dann kam Zarathustra an die Reihe.

„Das Erdbeben macht neue Quellen offenbar. Im Erdbeben alter Völker brechen neue Quellen aus. Und wer da ruft: Siehe hier ein Brunnen für viele Durstige, Ein Herz für viele Sehnsüchtige, Ein Wille für viele Werkzeuge: um den sammelt sich ein Volk, das ist: viel Versuchende. Wer befehlen kann, wer gehorchen muss. Die Menschen-Gesellschaft: die ist ein Versuch, so lehre ich's, ein langes Suchen: sie sucht aber den Befehlenden! Ein Versuch, oh meine Brüder! Und kein ´Vertrag!´ Zerbrecht, zerbrecht mir solch Wort der Weich-Herzen und Halb- und Halben...“

Die Knie taten mir weh, weil ich es nie schaffte, in weniger als zehn Minuten fertig zu sein. Außerdem musste ich diesmal immer wieder daran denken, wie schön es wäre, mich noch eine Weile auf die Bank zu setzen und die Träumereien von vorhin fortzuführen.

„Oh, ihr Gottheiten, wir verneigen uns vor Euch und Eures Werkes Größe! Heil, Wodan, heil!“

Fertig. Hastig schöpfte ich das Wasser in die Flasche, verschloss sie sorgfältig und legte sie behutsam in den Rucksack zurück. Geschwind lief ich den Pfad wieder nach oben und schaute auf Vaters Taschenuhr, die mir Mutter für den heutigen Tag anvertraut hatte. Etwas Zeit blieb mir zwar noch zum Sitzen, aber Mutter würde ja bemerken, wenn ich ihr etwas verschwieg, also ging ich weiter.

Sie wusste über alles Bescheid, was ich tat und sie würde alles über meinen Ausflug wissen wollen, jede noch so kleine Einzelheit hatte ich ihr nach meiner Rückkehr zu berichten. Ich bekam eine Gänsehaut, denn plötzlich musste ich an unseren Keller denken. Ich schnappte nach Luft. *Zarah-Gusta, du warst nicht artig!* Vaters Stimme. *Das wird Mutter aber gar nicht gefallen!*

Vor mir ragten die schwärzlich verfärbten Umrisse der Sandsteinkapelle auf und ich hielt unwillkürlich den Atem an. Warum musste ich gerade jetzt an den Keller denken? *Zarah-Gusta, geh hinunter und warte dort so lange, bis du wieder ein braves Kind geworden bist!* Seine Hände drückten mich durch die Tür und ich tappte mit bloßen Füßen nach unten. Schwärze, Finsternis, Kälte. Wie oft mochte mir das geschehen sein?

Die Erinnerung an den Keller war eine Warnung und ich hätte sofort aufbrechen sollen. Doch es war schon zu spät, etwas hielt mich fest, ich hatte ein paar verlockende Bilder zugelassen und nun überfielen sie mich mit einer Macht, der ich mich nicht entziehen konnte. Bilder, in denen ich auf dem Boden lag und Herr Willigut sich auf mich legte. Die stechenden Schmerzen in den Beinen nahmen zu. Ich setzte mich auf einen der Steinbänke und presste die Knie fest zusammen, was nur dazu führte, dass neue Bilder aufstiegen und mir ganz heiß wurde. Ich knöpfte die viel zu enge Lodenjacke auf, lehnte mich zurück und schloss resigniert die Augen.

Als mich etwas berührte, zuckte ich zusammen, sprang auf und drehte mich dabei so unglücklich, dass ich gefallen wäre, wenn mich nicht zwei Arme aufgefangen hätten. Sie schlossen sich fest um meinen Körper und ich schrie:

„Loslassen!"

Ein fremder Mann, so nahe, dass ich ihn riechen konnte, hielt mich fest. Pfui, alles in mir widerstrebte einer derart intimen Nähe. Litt ich an Wahnvorstellungen, war das Wirklichkeit? Ich befreite mich energisch aus der Umklammerung des Fremden, doch weil mein Herz so raste, plumpste ich auf die Bank zurück. Der Mann trug einen dunkelbraunen Mantel, Knickerbocker, Baskenmütze und war ungefähr sechzig bis siebzig Jahre alt und blickte besorgt lächelnd zu mir herab. Ich fand keine Worte und fühlte, wie ich unter seinem Blick mehr und mehr zu erröten begann. Verschämt wie ein Schulkind senkte ich den Kopf. Abwartend blieb er weiterhin dicht vor mir stehen und eine Art Lähmung breitete sich in mir aus. Ich kam mir vor wie ein Kaninchen in der Falle. Je länger ich hier saß, umso heftiger quälten mich Gewissensbisse. Alles was jetzt geschah, durfte Mutter niemals erfahren. Sie würde nicht begreifen, warum ich nicht sofort weggerannt war. Und Mutter konnte man nicht belügen!

Fieberhaft begann ich nach der Taschenuhr zu suchen und als könne der Herr meine Gedanken lesen, sagte er:

„Es ist noch früh am Tage, junges Fräulein!"

Da geriet ich vollends durcheinander. In weniger als zehn Minuten wäre ich an der Haltestelle und könnte Mutter noch einigermaßen unbefangen gegenübertreten. Da schnellte seine Hand vor und legte sich unter mein Kinn.

„Wohin denn so eilig? Ich habe mich noch gar nicht vorgestellt!"

Das sagte er tadelnd und zwang mich mit festem Griff, sitzen zu bleiben, so fest, dass mir die Haut weh tat.

„So lassen Sie mich doch!"

Ich hörte meine weinerliche Stimme und schämte mich. Er setzte sich neben mich auf die Bank und mein Asthma machte sich plötzlich bemerkbar. Seit Vaters Tod habe ich keine Anfälle mehr gehabt. Nur gut, dass Mutter darauf bestanden hatte, die kleine Sprühdose einzustecken! Ich sog das Cortison ein und bekam wieder Luft.

„Ich habe Sie unten am Wasser beobachtet, wertes Fräulein. Sie haben aus der „Edda" und aus Nietzsches Werken frei rezitiert! Wundervoll! Wer kennt heute noch Werke von so einzigartigem Wert?"

Er hatte sich mir zugewandt und ergriff meine beiden Hände, die wie immer eiskalt waren.

„Trotz Ihrer Jugend kennen Sie Nietzsche!"

In seiner Stimme schwangen Begeisterung und Freude mit und gaben ihr einen ganz veränderten, heiseren Klang.

„Würden sie mir Ihren Namen verraten, gnädiges Fräulein?"

Er nannte mich wie Herr Willigut *Gnädiges Fräulein*!

Mir fehlte die Kraft, einen zweiten Fluchtversuch zu unternehmen. „Zarah-Gusta von Hoehnemann, das ist mein Name."

Ich sagte es so brav wie ein Kind.

„Von Hoehnemann? Doch nicht die Tochter des hochgeschätzten Professors??"

„Doch, ja, das war mein Vater."

Ich hörte schon Mutters verärgerte Stimme: *Du benimmst dich wie eine Dirne!*

Der dicht mit Buschwerk umwucherte Felsvorsprung lag verlassen in der Mittagssonne und weit und breit war kein Mensch zu sehen.

„Wie Ihr werter Herr Vater, so bin auch ich noch immer den Idealen des Reiches und des Führers treu ergeben!

Den Schwur eines Mannes kann man nicht zurücknehmen und auch mit dem Tode unseres geliebten Führers ist meine Treue nicht erloschen! Sie verstehen das, meine Liebe, Sie verstehen das! Ich fühle, wir sind zwei anverwandte Seelen!"

Mit leuchtenden Augen sah er mich an, strich über meine Wange und meine hochgesteckten Zöpfe.

„Trinken Sie einen Schluck, gnädiges Fräulein!"

Ich hielt es für unhöflich, nicht wenigstens an der Flasche zu nippen.

Was dann geschah, kann ich nicht beschreiben. Es ist mir unbegreiflich, wie ich mich dazu hinreißen lassen konnte, all diese Dinge zu tun. Als ich wieder Herr meiner selbst war, fand ich mich allein auf der Bank sitzend.

Bundfaltenrock, Bluse, Jacke und wollene Unterhose waren verrutscht und wenn Mutter mir erlaubt hätte, einen Büstenhalter zu tragen, so wäre er wohl hochgeschoben. Meine empfindliche, helle Haut war an vielen Stellen gerötet und als ich auf die Taschenuhr sah, musste ich zu meinem Entsetzen feststellen, dass die für die Rückfahrt geplante Zeit bereits seit einer Stunde verstrichen war.

Selbst geringfügige Lügen hatten vor Mutter keinen Bestand, aber eine Entgleisung dieser Kategorie kam einem Todesurteil gleich. Der Fremde war verschwunden und nur das seltsame Stechen in den Beinen erinnerte daran, dass ich entweiht worden war. Ich wünschte mir den Tod!

Eilig verließ ich den Ort der Schande und stand niedergedrückt an der Bushaltestelle. Ich wartete lange, bis endlich ein Bus um die Ecke bog und als er in Bad Harzburg hielt, fand ich kaum die nötige Kraft, auszusteigen. Was sollte ich Mutter sagen? Was würde sie tun, wenn sie die roten Abdrücke auf meiner Haut entdeckte? Wie konnte ich in diesem Zustand das Haus betreten? Vor der Tür blieb ich stehen. Ich drückte die Klingel. Nichts geschah. Erst nachdem ich noch dreimal geläutet hatte, hörte ich ihre zornige Stimme durch die Tür.

„Zarah-Gusta! Wie konntest du deiner Mutter das nur antun, du ungezogenes Gör!?"

„Mutter, bitte! Mach auf!"

Sie öffnete die Tür nur einen ganz kleinen Spalt und rief mit schriller Stimme:

„Ich bin fast umgekommen vor Sorge!"

Ich bekam schon wieder keine Luft und drückte mir das Sprühdöschen gegen den Mund. Als ich atmen konnte, sah ich aus den Augenwinkeln, wie mich vom Nachbarhaus jemand beobachtete.

„Bitte, Mutter, lass mich herein!"

Schweigend gab sie die Tür frei und musterte mich mit eisigen Blicken. Ich legte umständlich die Lodenjacke ab und entdeckte zeitgleich mit Mutter die Grasflecken auf Rock und Bluse. Ich blieb an der Tür stehen und brachte kein Wort heraus. Sie kehrte schweigend zu ihrem Sessel am Fenster des Wohnzimmers zurück und sprach auch kein Wort mehr. So verging der Nachmittag. Ich hatte schreckliches Kopfweh und das Stehen im kalten Flur machte es noch schlimmer.

„Das Wasser kannst Du weg schütten. Du hast es entweiht. Ich sehe doch, dass du etwas schlimmes getan hast, du schamlose Hur!"

Mutter konnte meine Gedanken lesen, das war schon

immer so gewesen. Ich wollte mich so gern hinsetzen, aber ich wagte es nicht. Mit einer Schnelligkeit, die bei alten Frauen selten ist, kam sie plötzlich in den Flur und schlug mir mit der flachen Hand ins Gesicht, der Schlag traf mich mit voller Wucht an der Schläfe.

Schon wollte sie zu einem neuen Schlag ansetzen, da griff sie sich ans Herz. Mutters Gesicht hat eigentlich immer eine rötliche Färbung, aber jetzt hatte es einen Stich ins bläuliche angenommen. Wortlos schleppte sie sich zu ihrem Sessel. Ich war besorgt und wollte ihren Puls mit dem Blutdruckgerät messen, wie ich das mehrmals täglich tat, doch ein kurzer hasserfüllter Blick von ihr gebot mir, weiterhin auf meinem Platz stehen zu bleiben.

Nach einer Weile schien sie sich erholt zu haben. Ihr Gesicht hatte wieder einen normalen Farbton bekommen. Mühsam erhob sie sich, kam auf mich zu und bedeutete mir mit einer Handbewegung, in den Keller hinabzusteigen. Kurz vor der Tür streckte sie ihren Arm aus und gab mir mit einer Kopfbewegung zu verstehen, dass ich ihr meine Kleidung auszuhändigen hatte. Sie faltete Bundfaltenrock, Bluse und Kniestrümpfe betont langsam zusammen, hängte sich alles ordentlich über den Arm und sagte:

„Das muss verbrannt werden, es ist dreckig!"

Ihr verzerrter Mund zeigte das ganze Ausmaß des Schmerzes, den ich ihr zugefügt hatte. Nur mit Unterhose und Unterhemd bekleidet tastete ich mich gehorsam die Stufen hinab und als sie die Türe schloss, war es stockdunkel. Der Lichtschalter befand sich oben im Flur hinter der Tür. Der modrige Hauch des uralten Kellergewölbes umfing mich mit finsterer Schwärze. Ich blieb auf der untersten Stufe stehen, die Treppe war aus Stein.

Dass irgendwann der Morgen dämmerte, konnte ich nur daran erkennen, dass Licht durch das von außen mit Brettern zugenagelte Kellerfenster drang. Mir war kalt, es gab nichts, mit dem man sich wärmen konnte. Konserven und Vorräte bewahrte Mutter hinter der Speisekammertür auf, deren Schlüssel in der Küche hing.

Mutter hielt auf Traditionen und pflegte zu sagen: *So ist es seit Urzeiten gewesen, die Mütter sind die Hüterinnen des Lebens und wenn eine Mutter sich bewährt hat, wird der Schlüssel an die Tochter weitergereicht.* Ich war immer sehr stolz, wenn sie mich mit dem großen, altmodischen Schlüssel nach unten schickte, um ein Glas Marmelade oder eine Dose mit Erbsen zu holen.

Jetzt schien sie mich vergessen zu haben. Ich hatte die Hände unter meinen Po gelegt, um die Kälte des Bodens etwas abzuhalten. Wenn ich vor Erschöpfung einschlafen wollte, war es so kalt, dass ich sofort wieder aufwachte. Ich musste aufstehen und mit den Armen rudern, um mich warm zu halten. Der Morgen verging und auch der Mittag. Wie lange würde Mutter mich hier unten behalten? Doch schlimmer als alles andere empfand ich die Schwere meiner Schandtat. Ich hatte gewiss eine harte Strafe verdient!

Gegen Abend hielt ich es nicht mehr aus.

„Mutter, bitte!"

Ich rief durch die Tür. Es blieb still. Die Nacht verging und ich vertrieb die Kälte mit Umherlaufen. Irgendwann wachte ich steif gefroren auf, hatte taube Arme und Beine und lief wieder umher. Ich musste niesen und meine Nase lief. Als es hinter dem Fensterspalt etwas heller wurde, setzte ich mich ganz oben auf die Steintreppe.

„Mutter, bitte, bitte, es tut mir so leid! Ich schäme mich, lass mich raus, mir ist so kalt!!"

Nichts geschah. Mir wurde ganz übel vor Angst und Hunger und ich fürchtete, dass Mutter mich diesmal mit dem Tod bestrafen wollte. Ich klopfte erst zaghaft, dann immer heftiger gegen die Tür. Schließlich war mir alles egal und ich fing an, laut zu schreien und gegen das Holz zu hämmern. War ihr etwas zugestoßen?

Noch einmal sah ich den Morgen durch die Fensterritze dämmern, dann überkam mich die Angst vor dem Tod mit einer solcher Heftigkeit, dass ich mit einem Hammer aus der Werkzeugkiste und mit aller Kraft gegen das Schloss hämmerte. Von der Anstrengung wurde mir schwindlig und als die Tür aufflog, versank ich im Nebel.

Als ich wieder zu mir kam, lag ich auf dem obersten Treppenabsatz am Boden. Auf einem Stuhl saß Mutter und starrte auf mich hinunter. Sie stieß mir ihren Gehstock in die Rippen.

„Los, steh auf!" Der Stock traf mich schmerzhaft in die Seite und wenn ich nicht so erschöpft gewesen wäre, wäre ich ja auch aufgestanden. Aber mir drehte sich alles vor Augen und ich hatte ganz steife Gelenke. Ich zog mich am Geländer hoch und griff nach einem Mantel an der Flurgarderobe. Notdürftig wickelte ich mich darin ein. In Mutters Gesichtsausdruck lag nichts als Verachtung. Wieder traf mich der Stock, diesmal am Bauch.

Als sie erneut zum Schlag ansetzte, sprang ich trotz meiner Schwäche auf, um mich in Sicherheit zu bringen und verlor dabei das Gleichgewicht. Ich wollte mich irgendwo festhalten, fiel gegen Mutters Stuhl und riss uns beide mit meinem Gewicht zu Boden. Sie schrie und strampelte mit den Beinen, ruderte mit den Armen und dann lag sie still am oberen Rand der Treppe. Und da konnte ich nicht anders, ich musste sie nur noch kleines Stück weiterschieben und sie purzelte kopfüber die Treppe hinunter.

Plötzlich sah ich mein ganzes Leben wie in einem Film, dem einzigen Film, den ich je gesehen hatte. Ich sah mich immer älter werden und hörte Mutters befehlende Stimme. Ich sah unzählige Tage, Wochen und Jahre unendlich langsam verrinnen, ein jeder Tag wie der andere und jedes Jahr wie das Jahr zuvor.

Ich verschloss die Kellertür.

Ich packte ein paar Sachen in die alte Aktentasche, die Vater immer zu seinen Reisen mitgenommen hatte und öffnete die Schublade, in der mein Ausweis verschlossen lag. Ich steckte die kleine Karte ein, mit der ich einmal im Monat Geld von der Sparkasse holen musste, zog mich an und verließ das Haus.

DER BESUCH DER JUNGEN DAME

Der kleine Harzer Kurort Braunlage kann durchaus mit Stolz auf eine langjährige Fremdenverkehrstradition zurückblicken. Schon in der Gründerzeit sind wohlhabende Sommerfrischler per Pferdekutsche in die idyllische Waldsiedlung im Tal der Bode gereist, die allerdings während der schneereichen Wintermonate nur schwer zu erreichen war. Das änderte sich schlagartig mit dem Bau der Südharz-Eisenbahn im ausgehenden 19. Jahrhundert. Seitdem durchpflügten kraftvolle Lokomotiven die Schneemassen und wohlhabende Kranke aus dem gesamten preußischen Kaiserreich logierten in luxuriösen Sanatorien im Harz.

Klangvolle Eintragungen wie `Königlicher Schauspieler Andreas Poor nebst Frau und Sohn aus Hannover, Herr Oberregierungsrat Walther aus Berlin nebst Frau und 3 Kindern und Bedienung´ zierten die Kurlisten des Ortes. Bahnbrechend für einen geradezu sensationellen Aufschwung des Fremdenverkehrs war jedoch die Erfindung des Skisportes, die im Harz ein Braunlager Förster für sich beanspruchen darf.

Das Skilaufen, das zunächst nur als heilsame Ergänzung zu den medizinischen Kuren gedacht war, verwandelte sich allmählich in einen prosperierenden Wirtschaftszweig. Der Harz mit seinen konstanten Schneehöhen bot einzigartige Wintersportbedingungen und seitdem die Skipisten und Langlaufloipen sogar bei Nacht beleuchtet wurden, schnellten die Besucherzahlen in Braunlage noch mehr in die Höhe.

Eine weitere Sensation war der Gondelteich. Auf seiner zugefrorenen Eisdecke tummelten sich Kinder und Erwachsene in eng geschnürten Schlittschuhen, drehten Pirouetten

oder sprangen in die Luft und kauften Glühwein an einer
der Buden am Uferrand, um warme Finger zu kriegen.

Ärgerlich blickte Rosemarie Wiegand auf ihren Sohn
Wolf-Dietrich hinab, der andauernd über vereiste Stellen
schliddern wollte. Sie hatte es eilig, doch er wollte spielen.

Sie war so wütend auf den Jungen, den ganzen Weg
zum Kindergarten hatte sie umsonst gemacht. Als sie ihn
abliefern wollte, hielt er sich den Bauch und das Fräulein Günther, die Kindergartenleiterin, ordnete an, ihn
gleich wieder mitzunehmen. Anweisungen von Fräulein
Günther durfte man sich nicht widersetzen und siehe da,
kaum hatten sie den Rückweg angetreten, da verflog das
Bauchgrimmen des Jungen so schnell, wie es gekommen
war. Gern hätte sie ihm eine Ohrfeige verpasst.

Trotz des zarten Alters von fünfeinhalb Jahren wirkte
der Kleine manchmal schon so durchtrieben wie Rudi,
sein Vater, der für jede Schweinerei ein offenes Ohr hatte.
Betont langsam trottete der Junge hinter seiner Mutter
her, um die vorweihnachtlichen Girlanden aus Fichtenzweigen, weiß bestäubten Plastikglocken, Engeln und
Weihnachtsmännern zu bestaunen, die quer über den
Straßen hingen. Von den Christbäumen mit elektrischen
Kerzen, die vor den Läden Spalier standen, musste er mit
Gewalt weggerissen werden und Rosemarie platzte beinahe vor nervöser Ungeduld.

Im „Haus Rosi", ihrer Pension im Birkenweg, warteten
doch die Gäste aufs Frühstück. Alle vier Zimmer waren
belegt und zwar bis einschließlich Neujahr. Um Weihnachten herum herrschte meistens Hochbetrieb und
nicht einmal der Bau der schrecklichen Zonengrenze

vor wenigen Monaten hatte dem Zustrom des Fremdenverkehrs Einhalt bieten können. Rosemarie schauderte. Nicht wegen der Kälte, sondern vor Unbehagen. Die Nähe der verminten Grenze, auch Todesstreifen genannt, machte ihr Angst.

Tief in Gedanken versunken, trat sie ohne nach rechts und links zu blicken auf die Straße und wäre beinahe in ein Auto mit ausländischem Nummernschild - silberne Buchstaben auf schwarzem Grund - hineingelaufen. Das Auto schlingerte, als der Fahrer die Richtung ändern wollte und blieb in einem Schneewall stecken. Mit heulendem Motor und durchdrehenden Reifen versuchte er, von der vereisten Straße wegzukommen und wirbelte jede Menge Schnee durch die Luft, doch das Auto fraß sich nur immer tiefer ins Eis hinein.

Es dauerte jedoch nicht lange, da war der Wagen von hilfsbereiten Männern umringt, die ihn keuchend anschoben, bis die Räder Halt gefunden hatten. Rosemarie beobachtete versteinert vor Schreck vom Straßenrand aus, wie eine schick gekleidete Frau ins Auto stieg. Wolf Dietrich bemerkte fachmännisch: „Ein Borchward!"

Tatsächlich handelte es sich um ein Fahrzeug der Marke Borgward und es gehörte Avraham Singer, der sich auf dem Rückweg zum Hotel befand. Er und seine Frau logierten im renommierten Hotelensemble *Waidmannsheil, Waidmannsdank und Waidmannslust,* das aus mehreren Neubauten und einem nostalgischen Forsthaus der Gründerzeit bestand.

Der Borgward kam zum Stehen und sogleich eilten zwei Pagen herbei. Einer half der ausgesprochen attraktiven Gattin aus dem Wagen, während Singer dem zweiten Pagen die Autoschlüssel aushändigte. In der Empfangshalle wurden die Ankömmlinge vom Hotelier persönlich begrüßt.

„Guten Morgen, Herr Singer, guten Morgen gnädige Frau! Heute Abend wollen Sie wirklich schon wieder abreisen, wie bedauerlich!"

Beflissen ging er noch so lange neben den Gästen aus Frankreich her, bis sie von einem dritten Pagen am Lift in Empfang genommen wurden.

Der Chemiker Avraham Singer arbeitete für die Firma Bayer und vor allem der Vertrieb von Insektiziden führte ihn quer durch Europa. Als Zofia, seine Gattin, hörte, dass er nach Hannover fuhr, wollte sie ihn begleiten und bat darum, auf der Rückreise einen Abstecher nach Braunlage anzuhängen.

Neugierig hatte Avraham nach ihrer Ankunft in den Werbeprospekten geblättert und las, dass der mondäne Kurort Braunlage auch das *Sankt Moritz des Harzes* genannt wurde. Trotz dieser vollmundigen Ansage wurde die extravagante Zofia begafft wie ein exotischer Papagei. Eine schöne Frau in leuchtend rotem Cape mit schwarzem Nerzbesatz und dazu passender Kappe, spitz zulaufenden, roten Lederstiefeletten und engen schwarzen Keilhosen war im Sankt Moritz des Harzes anscheinend eine echte Sensation.

Zofia hatte es während ihres Einkaufsbummels wenig amüsant gefunden, so sehr im Mittelpunkt des Interesses zu stehen. Als sie sich von Avraham verabschiedete, um allein ein paar Weihnachtsgeschenke einzukaufen, war sie noch in bester Verfassung gewesen.

Doch schon bald bereitete ihr der Gang durch die von Urlaubern überfüllten Straßen immer größeres Unbehagen, ja beinahe Angst. Die Wortfetzen in deutscher Sprache klangen bedrohlich und jeder Mensch schien gefährlich zu sein.

Während sie in einem Laden stand, wurde sie von einem uniformierten Polizeibeamten durch die Schaufensterscheibe mit unergründlichen Blicken fixiert. Sie bekam kaum noch Luft und musste ihre Einkäufe abbrechen.

Eine halbe Stunde zu früh wartete Zofia an der verabredeten Stelle vor der Trinitatis-Kirche und als der dunkelrote Borgwart endlich um die Ecke bog und zur Begrüßung ein leises Hupen erklang, rannte sie los, rutschte aus und fiel hin. Avraham hatte vor Schreck das Steuer verrissen und war in einem Schneehaufen gelandet. Als Zofia endlich im warmen Auto saß, fing sie vor Erleichterung an zu weinen.

Im Birkenweg angekommen, versuchte Rosemarie mit vor Kälte steifen Fingern die Haustür aufzuschließen. Im Flur bückte sie sich, um Wolf-Dietrich aus den Winterstiefeln zu helfen, doch der strampelte mit den Beinen und Rosemarie landete unsanft mit dem Hintern auf den Fliesen. Wütend verpasste sie ihm die schon länger geplante Ohrfeige und der Junge begann laut zu heulen. Wortlos beförderte sie das schreiende Kind die knarrende Holztreppe hinauf und schob es ins unbeheizte, elterliche Schlafzimmer.

Als sie sah, wie der Junge zitternd das breite Doppelbett erklomm, das seit dem Herbst zur Hälfte leer stand, und sich in die Federbetten kuschelte, tat ihr die Ohrfeige schon wieder leid. Im Speisezimmer wurde Rosemarie von vorwurfsvollen Blicken empfangen. Anklagend betrachtete Herr Butzmann sein leeres Frühstücksbrettchen und murmelte leise:

„Himmelherrgott, wann gibt's denn hier endlich was zu essen?"

Schuldbewusst rief Hannelore eine Begrüßung in den Raum und rannte schnell in die Küche. Seit ihr Ehemann, der Forstarbeiter Rudi Wiegand, sich mit einem wasserstoffblonden Pensionsgast namens Petra aus dem Staub gemacht hatte, blieb alles an ihr hängen. Monatelang hatte er nichts von sich hören lassen und nun, wo sie gerade angefangen hatte, das Leben ohne den notorischen Säufer in den Griff zu kriegen und Pläne für die Zukunft zu schmieden, da kam er zurück.

Gestern hatte das Telefon geklingelt.

„Mausi, ich komme wieder! Rosilein, freust du dich? Das mit Petra war ein Fehler!"

Rosemarie empfand überhaupt keine Freude über seine Rückkehr, ganz im Gegenteil, die Vorstellung, dass nun alles wieder von vorne losgehen würde, war fast so beklemmend wie der Bau der Zonengrenze.

Geistesabwesend verstaute sie die Kaffeekanne unter dem gehäkelten Kaffeewärmer und trug Brötchen, Aufschnitt, Käse, Ei und Marmelade zu den Tischen. Stille breitete sich aus und man hörte nur noch das Bullern des Kohleofens.

„Ihr Kaffee schmeckt aber jut, Frau Wiegand!"

Die Berliner hatten in Windeseile ein Brötchen nach dem anderen mit einer Tasse Kaffee nach der anderen die Kehle hinab gespült und verlangten nach mehr.

„Muss wohl am Harzer Wasser liegen, wat? Is noch welcher da?"

Alle drei Herren streckten ihr die leeren Tassen entgegen und Rosemarie eilte mit der Kanne herbei.

„Jaja, unser Wasser ist ganz ausgezeichnet, es kommt direkt aus der Bode!"

Allerdings nur, wenn das Rohr zur Küchenleitung nicht eingefroren war und sie mit geschmolzenem Schnee auskommen musste, dachte sie, aber das brauchte ja keiner zu wissen.

„Ach Frau Wiegand, wir war´n jestern wieder im Kaffeehaus Junker! Det war ´n Abend!"

Begeistert schilderten sie ihre Après-Ski-Erfahrung zu den Rhythmen einer sechsköpfigen Kapelle und Rosemarie musste sich das Lachen verkneifen. Sie fand den Anblick von Urlaubern in Keilhosen und klobigen Skistiefeln, die ausgelassen über die Tanzfläche hüpften, ziemlich albern. Der Berliner schwärmte weiter.

„Und wie immer hat det Junker viel zu früh dicht jemacht und wir mussten durch die eisige Kälte hoch zur Bergklause wandern, aber det hat sich jelohnt! Heute Mittach jehn we dann inne Tanne zum Essen un heute Abend wird et ooch wieder spät!"

Die drei lebenslustigen Junggesellen standen auf und schoben rumpelnd ihre Stühle zurecht.

„Wir ham uns im Lichtspielhaus Apollo verabredet. Da wird det „Wirtshaus im Spessart" jezeigt."

Das Ehepaar aus Hannover wollte in puncto Unternehmungen nicht nachstehen. Mit leicht näselnder Stimme verkündete Frau Butzmann:

„Wir haben eine Pferdeschlittenfahrt von Braunlage nach Hohegeiß gebucht! Das wird ein Abenteuer!"

Rosemarie hörte nur mit halbem Ohr hin. Wenn der

Rudi nicht wäre! Sie könnte die Pension mit Zuschüssen aus der Zonengrenzlandhilfe auf zwölf Betten vergrößern, ein zweites Bad und eine Zentralheizung einbauen und mit Wolf Dietrich unterm Dach wohnen. Die unteren Stockwerke wären dann nur für die Gäste.

Aber der Rudi, der würde eines Tages eine Hypothek aufnehmen und das wäre das Ende. Ein großer Teil seines Lohnes ging nämlich Monat für Monat auf rätselhafte Weise in den Besitz des Bergklausen-Wirtes über, Rudis Stammkneipe, und ohne Rosemaries Pensionsgäste hätten sie das Haus schon längst verkaufen müssen. Und jetzt rief der Armleuchter an, als sei nichts gewesen und wollte zurückkommen. Es musste etwas geschehen, aber was?

Der Besitzer des drei-einigen Hotelensembles *Waidmannsheil, Waidmannsdank und Waidmannslust* war zwar ein Kenner des Gewerbes - all seine Zimmer waren ganzjährig ausgebucht - doch die Attraktion des Hauses war Lulu, seine aus Braunschweig stammende Gattin, die eigentlich Edith hieß.

Lulu hatte durch ihre frivol-frechen Auftritte in der hauseigenen Tanzbar weit über Braunlage hinaus eine gewisse Berühmtheit erlangt und nicht nur die männlichen Besucher riss es von den Stühlen, wenn sie zu fortgeschrittener Stunde wie ein Bühnenstar zum Vorschein kam. Als echte Diva ließ sie sich erst nach lauten Zurufen dazu herab, ins Rampenlicht zu treten und begann mit den leise angestimmten Tönen eines bekannten Schlagers, um dann, begleitet von einem Pianisten, unter rasendem Beifall mit gekonnter Mimik und Gestik bekannte Melodien wie "Ich will keine Schokolade", „Ein

Schiff wird kommen" oder „Itsy Bitsy Teenie Weenie" zum Besten zu geben.

Wenn das letzte Lied verklungen war, kam der Höhepunkt des Abends: Mit lasziven Bewegungen zog Lulu einen ihrer zierlichen Pumps vom Fuß, ließ ihn mit Champagner füllen und die johlende Runde der Männer schlürfte ihn leer.

Obwohl der Ehegatte die Darbietungen seiner Frau mit gemischten Gefühlen verfolgte, ließ er sich davon nichts anmerken. Ihm war durchaus bewusst, dass Lulus morbide Eskapaden die Attraktivität der Hotelanlage ungemein steigerten. Vornehme Herrschaften wollten eben auf exklusive Weise unterhalten werden und das brachte Geld in die Kasse.

Im „Haus Rosi" hatte sich der kleine Wolf Dietrich im Federbett verkrochen und bohrte in der Nase. Aus dem ersten Stock unter ihm erklang plötzlich das Knarzen von Sprungfedern. Neugierig drückte der Junge sein Ohr gegen den Fußboden und hörte lautes Stöhnen, als hätte sich jemand weh getan. Es schien aber nicht so schlimm zu sein, denn bald war alles wieder still.

Er stand auf und hauchte ein Loch in die Eisschicht der zugefrorenen Fensterscheibe. In der Ferne erstreckte sich wie ein großer, weißer Teppich der tief verschneite Fichtenwald zu Füßen des Wurmbergs, auf dessen Gipfel, unterhalb der Sprungschanze, winzige Skiläufer den Hang hinabglitten.

Wolf Dietrich fiel der lauwarme Kamillentee wieder ein, den ihm die Mutter auf den Nachtschrank gestellt hatte. Er ließ ihn in den Eimer gluckern, den sie nachts immer benutzten, weil der Weg durchs kalte Treppenhaus bis zum Klo im Erdgeschoss zu weit war, die Toilette im ersten Stock war den Gästen vorbehalten.

Herr und Frau Butzmann saßen sich in Cocktailsesseln gegenüber. Berta Butzmanns steife Haltung zeigte den Minusgrad ihres Wohlbefindens an, angestrengt widmete sie sich dem Kreuzworträtsel der Bild-Zeitung.

Diese lästigen Anwandlungen, die Gustav im Urlaub immer hatte! Gleich nach dem Frühstück nestelte er an ihrer Bluse herum und brachte ihre ganze Frisur durcheinander. Er wollte sich mit ihr vergnügen und sie sollte sich dazu entkleiden. Berta kam ihren ehelichen Pflichten nur sehr ungern nach und schützte so oft es ging, Kopfschmerzen vor. Im Urlaub fehlten ihr jedoch die passenden Ausreden und sie musste Gustavs Triebe notgedrungen über sich ergehen lassen. Gerade wollte sie ihn nach einem Tier mit drei Buchstaben fragen, als er flüsterte:

„Mutti, mir ist gar nicht gut!"

Besorgt sah sie ihn an und wurde im selben Moment von einer so heftigen Übelkeit überfallen, dass sie sich direkt auf das Hemd ihres Mannes erbrechen musste. Ehe der entsetze Gustav seine Frau dafür tadeln konnte, sank sie um und blieb verkrampft am Boden liegen. Herr Butzmann rief um Hilfe und sackte ebenfalls polternd zusammen.

Wolf Dietrich hörte die Geräusche und hüpfte aus dem Bett. Neugierig steckte er den Kopf durch die Tür. Unten im Flur stand einer der Männer aus Berlin, hielt sich den Bauch und stöhnte. Hinter ihm kam ein zweiter Gast aus dem Zimmer getorkelt, keuchte und erbrach sich. Fasziniert starrte das Kind auf die Flecken, die sich auf der nagelneuen Auslegeware gebildet hatten. Da würde die Mutti aber schimpfen! Wo war sie überhaupt?

Stufe für Stufe rutschte er die Treppe hinunter und sah seine Mutter zusammengekauert auf dem Stragulaläufer im Korridor hocken. Ratlos blieb er auf der Treppe sitzen und fing an zu weinen.

Am frühen Nachmittag desselben Tages debattierte ein halbes Dutzend Männer in der Landesregierung Hannover über den Neubau der Staatskanzlei am Friederikenplatz. Zigarrenrauch verhüllte wie Nebel die Köpfe und überlagerte die markanten Ausdünstungen ihrer schwitzenden Körper. Fräulein Schnut, die Sekretärin des Ministerpräsidenten, musste viermal laut gegen die Tür hämmern, bis es ihr endlich gelang, sich Gehör zu verschaffen.

„Herr Kopf, ein dringendes Telefonat in Ihrem Büro!"

Unwillen über die Unterbrechung heuchelnd, entschuldigte sich das Landesoberhaupt und verließ erleichtert die festgefahrene Gesprächsrunde. Am Apparat empfing ihn die Stimme von Fritz Bothe, Bürgermeister aus Braunlage, der leutselig berichtete, dass die Parteikollegen gerade beschlossen hätten, sich morgen in den Harzer Wäldern zu einer kleinen Jagdpartie einzufinden. Und da habe man sich gefragt, ob der Herr Ministerpräsident nicht auch teilnehmen wolle, er sei jedenfalls aufs herzlichste eingeladen!

„Was, schon morgen?"

Bothe lachte durchs Telefon.

„Mensch, Hinrich, du weißt doch, wie das ist... So kurz vor Weihnachten drehen die Frauen durch, da muss man einfach mal raus! Die Schnapsidee stammt vom Günther, du weißt schon, unser Stadtdirektor. Also, mein Lieber, können wir auf dich zählen?"

Die Aussicht, von der zähen Debatte um den Abriss des Friederikenschlösschens erlöst zu werden, ließ sein Herz schneller schlagen. Kropf drückte die Bürotür hinter sich zu, damit Fräulein Schnut ihn nicht hören konnte.

„Ja, du lieber Himmel, ihr macht ja Sachen! Jawoll, ich bin dabei!"

Bothe lachte vor Begeisterung noch lauter und der Ministerpräsident hielt den Hörer vom Ohr weg, um die Geräuschkulisse des Bürgermeisters zu dämpfen.

„Mensch, Hinrich, am besten, du machst dich gleich auf den Weg, das Gästezimmer ist hergerichtet!"

Kopf zwirbelte unternehmungslustig beide Enden seines Bismarckschnauzers und erwiderte:

„Jut, Fritz, aber kein Wort an die Öffentlichkeit!"

Als Frau Schnut den Kopf durch die Tür steckte und fragte, ob sie neuen Kaffee kochen solle, war Kopf schon nicht mehr bei der Sache.

„Nee, lass mal jut sin, Mienchen, ich wer wech müssen."

Er kehrte zurück in den Besprechungsraum und verkündete mit verschlossener Miene: „Die Sitzung muss wegen eines dringenden familiären Notfalles vertagt werden!" Wortlos sammelte er seine Unterlagen ein, ließ die verdutzten Herren hinter sich und strebte zur Tür.

Die Ehefrau von Bürgermeister Bothe stand vorwurfsvoll im Wohnzimmer und jammerte: „Aber, Fritz, gerade jetzt, so kurz vor Weihnachten! Der ganze Baumschmuck liegt noch im Karton und vergiss nicht, die Leitungen sind eingefroren und wir haben kein fließend Wasser. Womit soll ich Bohnenkaffee kochen? Und beim Frisör war ich auch nicht!"

Der Bürgermeister hatte jetzt andere Sorgen. Er lief rot an und baute sich vor seiner pummeligen, kleinen Gattin auf:

„Ja begreifst du denn nicht, was das bedeutet, Hilde? Wenn wir morgen jagen, dann haben wir zu Heilig Abend frischen Rehrücken, Hasenbraten und Wildschweinragout!"

Väterlich legte er die Hände auf ihre Schultern.

„Ja ich weiß, Mutti, alles ein bisschen viel, aber der Hinrich bleibt doch höchstens zwei, drei Tage..."

Hilde schnaubte empört.

„Was, zwei drei Tage, hier bei uns?"

Fritz Bothe antwortete nicht, er war in Gedanken schon nicht mehr anwesend. Zufrieden lächelnd kehrte er in sein Arbeitszimmer zurück, klaubte eine seiner dicken Zigarren aus dem Holzkästchen auf dem Schreibtisch, holte den teuren Weinbrand aus dem Schrank und ließ sich entspannt in seinen schweren, braunen Bürosessel fallen.

Avraham Singer, dessen volles, schwarzes Haar schon einige grauweiße Strähnen zeigte, trat ins Hotelzimmer und rieb sich die kalten Hände. Auf seinem Mantel lag noch eine dünne Schicht Schnee.

„Ich habe mir gerade das hübsche Jugendstil-Sanatorium angesehen, gar nicht weit von hier. Und womit hast du dir die Zeit vertrieben?" Er sprach wie immer französisch. Zofia erschrak. Sie musste ihn anlügen und das war schrecklich. Sie senkte den Kopf.

„Ich bin auch ein bißchen durch die Straßen gewandert und habe mir vorgestellt, wie Vater sich gefühlt hat, damals, als Zwangsarbeiter im Krieg."

Avraham setzte sich mit einem Glas Cognac neben sie.

„Möchtest du mir davon erzählen?"

„Du kennst doch die Geschichten besser als ich, Papa hat mehr mit dir gesprochen als mit mir."

Zofias Vater Ignaz Szyszkowitz, Professor für Philosophie an der Sorbonne, hatte als junger Mann ein knappes Jahr in Braunlage verbracht. Es war das grauenvollste Jahr seines Lebens gewesen, von den Strapazen der Sklavenarbeit im eiskalten Winter 1944 hatte er sich niemals ganz erholt. In seinem Heimatland Polen hatten Soldaten der Wehrmacht den sechzehnjährigen eingefangen und verschleppt, auf Umwegen durch mehrere Lager war er kurz vor dem Winter im Harz gelandet. Nach dem Krieg gab es keine Rückkehr nach Polen mehr, seine Familie war ausgelöscht. Er emigrierte nach Frankreich, machte in Paris einen Verwandten ausfindig, studierte und versuchte zu vergessen. Doch der Hass, den er empfand, wenn er nur an Deutschland dachte, hatte sich auch in Zofia ausgebreitet. Und in ihrem Kopf war ein Plan entstanden, den sie auf dieser Reise ausführen wollte. Sie fand jedoch, es sei besser, ihn vor Avraham zu verbergen.

Avraham stand auf und küsste sanft ihren gebeugten Nacken. „Sei nicht traurig, Liebste, ich bin da!"

Seine Hände glitten unter ihren Pullover.

„Komm, lass mich dich trösten!"

„Nicht jetzt, Avraham, bitte, lass uns gleich wieder fahren!"

Erstaunt sah er sie an.

„Comme tu veux, Zofia, aber vor uns liegt noch eine sehr lange Fahrt, sollten wir nicht eine Nacht ausruhen?"

„Non, non, nur schnell weg von hier!"

„Gut, dann machen wir uns fertig zum Souper und danach fahren wir."

Er liebte die so zerbrechlich wirkende Zofia, ihr von dunklen Locken umrahmtes Gesicht mit den großen, dunklen Augen und würde hundert, nein, tausend Mal sein Leben für sie geben, wenn das erforderlich wäre.

Es dämmerte schon, als der schwarze DKW des Ministerpräsidenten über die schneebedeckten Straßen glitt und unbemerkt von der Öffentlichkeit vor der schmucken Jägervilla des Braunlager Bürgermeisters zum Stehen kam.

Der Chauffeur sprang aus dem Wagen und wäre beinahe mit den dünnen Halbschuhen ausgerutscht. Er war ganz plötzlich und unvorbereitet zu dieser halbprivaten Fahrt in den Harz verpflichtet worden. Frierend drückte er den Klingelknopf und eilte zurück, um dem Landesvater herauszuhelfen. Der stützte sich schwerfällig auf den Arm des Chauffeurs, das schlohweiße Haar hatte er unter einer Bommelmütze verborgen.

Frau Bothe stand versteinert in der Tür und der Bürgermeister musste seine Frau beiseite schieben, um den etwas hinfällig wirkenden Parteifreund mit ausgebreiteten Armen empfangen zu können. Gerade wegen der besorgniserregenden Lage in der Stadt freute er sich auf den gemeinsamen Jagdausflug.

„Mensch, Hinrich! Ganz der Alte geblieben!"

„Ach Fritz, nu übertreib man nich!"

Während die beiden Männer es sich auf dem ausladenden Ledersofa vor dem Kamin bequem machten, führte die Gattin den Chauffeur diskret in die Küche und überließ ihn der Fürsorge des Küchenpersonals, das nur aus einem ungeschickten, jungen Mädchen aus der Nachbarschaft bestand. Anschließend zog sich die Dame des Hauses gekränkt in ihr Handarbeitszimmer zurück. Männer!

Mit einem Cognakschwenker in der Hand blickten die Herren eine Weile wortlos aus dem Fenster in das dichte Schneetreiben. Dann erläuterte Bothe in allen Einzelheiten die Anzahl der Hunde, die geplanten Pirschwege und die Ausrüstung. Selbstverständlich bekäme der hohe Gast wie immer Gewehr, Fernglas, Rucksack und Stock gestellt und um die Mittagszeit, wenn das Wild die Sonnenstrahlen zum Aufwärmen nutzte, sollte die Jagd beginnen. Für morgen war nämlich bestes Wetter angekündigt.

Plötzlich sprang der Bürgermeister auf, er musste ja weg. Eine Krisensitzung war anberaumt worden, weil im Krankenhaus zahllose mysteriöse Notrufe eingegangen waren, die seltsamerweise immer aus denselben Straßenzügen kamen. Eine Art Seuche schien sich auszubreiten. Alle drei Rettungswagen waren im Einsatz, um immer mehr Erkrankte ins Braunlager Krankenhaus zu bringen, die sich mit Symptomen von Übelkeit und Erbrechen quälten. Den Verdacht einer Seuche ließ der Bürgermeister unerwähnt.

„Hinrich, mich ruft die Pflicht! Nein, nein, nichts ernstes, nur ein paar Probleme, nein, nein, nichts besonderes, aber ich muss dummerweise persönlich erscheinen! Und wenn ich fertig bin, so in dreißig Minuten, dann setzen wir uns beim Waidmanns-Wirt ins Séparée, da sieht dich keiner und der macht den besten Harzer Hasen im Speckmantel!"

In der Hotelhalle hinterlegt Avraham Singer den Zimmerschlüssel und bezahlt die Rechnung. In fast akzentfreiem Deutsch erkundigt er sich, ob sie ohne Vorbestellung noch einen Tisch zum Souper bekommen können, sie möchten doch noch essen, bevor sie abfahren. Der Empfangschef teilt den Gästen beflissen mit, dass er sie unverzüglich zu einem freien Tisch führen werde und setzt sich sogleich in Bewegung.

Das Restaurant ist nur spärlich beleuchtet und die neue Heizanlage verbreitet eine so brütende Hitze, dass das Lametta des Weihnachtsbaumes wie von Zauberhand hin und her gewedelt wird. Dezente Weihnachtsmusik erklingt.

Avraham bestellt zwei Mal Forelle *Müllerinnen Art* mit Bratkartoffeln, weil alle anderen Gerichte irgendwas mit unkoscherem Schwein zu tun haben und weil Zofia so nervös ist und an jedem Gericht etwas auszusetzen hat. Auch die Hühnersuppe darf er nicht bestellen. Während sie an ihren Weingläsern nippen und auf das Essen warten, betreten zwei Männer den Raum.

Der hochgewachsene jüngere, der Ortsbürgermeister von Braunlage, schreitet voran, sieht sich misstrauisch im Lokal um und wirft nur einen kurzen Blick auf die beiden Gäste. Er bedauert die Verschwiegenheit der Zusammenkunft, die verhindert, dass er mit dem Besuch des Ministerpräsidenten in aller Öffentlichkeit prahlen kann. Trotzdem wird das Treffen die Stufen seiner Karriereleiter zementieren.

Der ältere Mann, der niedersächsische Ministerpräsident Hinrich Wilhelm Kopf, geht am Stock und kommt nur langsam hinterher, es dauert eine ganze Weile, bis er den Eingang des Séparées erreicht hat, hinter dessen Tür der jüngere schon verschwunden ist. Der Tisch ist festlich gedeckt, die Getränke schon aufgetragen. Genüsslich lassen die Herren den fruchtigen Weißwein im Mund hin und her rollen. Man freut sich auf die Jagd.

„Prost, Hinrich! Morgen stoßen wir ins Horn, Petri Heil!"

Unter angeregtem Geplauder widmen sie sich dem Hasenbraten und nach der Mahlzeit geht es mit dem feierlichen Anschneiden der Feinhals-Zigarren weiter ins Detail.

Avrahams bronzefarbenes Gesicht hat sich aschgrau verfärbt. Zofia bemerkt es und berührt seinen Arm.

„Was ist mit dir, Liebster? Du siehst aus, als hättest du einen Geist gesehen!"

Mit einer Geste der Verzweiflung fährt er sich übers Gesicht.

„Man kann es so nennen. Die verfluchte Vergangenheit, sie lauert überall."

Zofia versteht sofort.

„Ja! Es gibt Menschen, die haben gute Erinnerungen, an die denken sie gern zurück, aber wir..."

Sie schweigt und er vollendet ihren Satz.

„...wir sind die, denen all das widerfährt, wovor Gott die anderen beschützt!"

Sein Blick wandert zur Tür des Séparées und Zofia fragt:

„Einer von denen, die gerade vorbeigingen?"

„Ja, ich habe ihn sofort erkannt, ein Profiteur, einer mit ganz niederen Instinkten, ein *roshe!*"

Mit unterdrückter Wut stößt er das jiddische Schimpfwort hervor.

„Er war in Lublin, er hat die Inventarlisten erstellt. Immobilien, Schmuck, Kunstgegenstände, Einlagen, Ländereien, Möbel, Kleidung, alles. Er war der..."

Avraham sucht nach der treffenden, französischen Übersetzung für *Enteignungskommissar*, kann sie nicht finden und verfällt ausnahmsweise ins Polnische. Sein Atem geht schnell, er zerrt an seiner Krawatte. Sein Mund fühlt sich ganz trocken an, er füllt das Glas mit Wein und leert es in einem Zug. Als der Kellner kommt und die Bestecke auslegt, möchte er ihn am liebsten wieder verscheuchen. Sein Appetit ist verflogen. Zofia fragt noch einmal.

„Tu es sûr? Bist du sicher?"

„Oh ja, absolut sicher, da sitzt der *Generaltreuhänder* von Lublin."

Die ostpolnische Stadt Lublin war früher das wichtigste Zentrum des chassidischen Judentums. Die frommen Männer mit den langen Bärten brauchten keinen Wein, um in Verzückung zu geraten, sie berauschten sich an Tänzen und Gesängen, mit denen sie die Weisheit und Liebe ihres Schöpfers priesen.

Nach der Besetzung Polens durch die deutsche Wehrmacht verstummte der Gesang. In Lublin wurden die Vernichtungslager Belzec, Sobibor, Treblinka und das KZ Majdanek gebaut. Mehr als zehntausend Lubliner Juden wurden deportiert, viertausend in Majdanek erschossen und dreißigtausend in Belzec mit Gas getötet. Es gab nur wenige Überlebende, Avraham war einer von ihnen.

Sechzehn Jahre nach dem Krieg sind die Erinnerungen noch frisch, Avraham sieht die große Diele des elterlichen Gutshauses in allen Einzelheiten vor sich. An den hohen Festtagen wurden lange Tische und silberne Kerzenleuchter aufgestellt und nachdem der Rebbe eingetroffen war, strömten auch die weniger begüterten jüdischen Familien aus der Umgebung herbei, mit ihnen eine große Kinderschar. Auch die Armen sollten sich satt essen. Es wurde gebetet, gesungen, getanzt und musiziert und das Lachen der Kinder klang unbeschwert und froh.

Dann wurden sie abgeholt, systematisch, einer nach dem anderen, Alte, Junge, Frauen, Kinder.

Die Bilder fangen an, in Avrahams Kopf weh zu tun.

„Er war dabei, von Anfang an. Diese kalten Augen kann man nicht vergessen. Er nannte sich *Flüchtlingsbetreuer*! Er war immer da, wenn die Häuser der deportierten Juden geplündert wurden, er schrieb alles auf, jedes Stück wurde registriert."

„Und war er auch... war er auch in...?"

Zofia wagt nicht, den Namen Majdanek auszusprechen.

„Nein, er war in Lublin, schon vor Majdanek, um das Vermögen der jüdischen Familien zu konfiszieren. Das Vermögen!"

Avraham lacht bitter auf.

„Die meisten waren arme Chassiden."

„Avraham, bitte lass uns gehen, ich kriege hier keinen Bissen hinunter!"

Zofia zuckt schaudernd zusammen. Sie ist nach Braunlage gekommen, um der Vergangenheit ihres Vater nachzuspüren, der im Granit-Steinbruch beinahe zu Tode gekommen war. Schon als Kind hatte sie beschlossen, eines Tages dorthin zu fahren. Sie wollte die Menschen sehen, die ihm das angetan hatten. Und nun begegneten ihnen hier auch die Todesschatten aus Avrahams Vergangenheit. Nur weg!

Avraham gibt sich einen Ruck und winkt nach der Rechnung, manchmal ist es besser, die Flucht anzutreten. Der Ober fragt konsterniert, ob es ihnen nicht geschmeckt habe, sie hätten ja das Essen überhaupt nicht angerührt! Statt einer Antwort legt Avraham einen größeren Geldschein auf den Tisch und erkundigt sich nach den Gästen im Séparée. Der Ober besinnt sich auf seine Verschwiegneheit, überlegt, wieviel er preisgeben darf und entscheidet sich für die Wahrheit, das französische Ehepaar würde ja ohnehin gleich verschwinden.

„Mein Herr, da sitzt unser Bürgermeister!"

„Welcher ist er, der jüngere Mann?"

„Ja, der jüngere. Der Bürgermeister von Braunlage speist gerne und oft hier bei uns!" Der Stolz in seiner Stimme ist nicht zu überhören. Avraham wird ungeduldig.

„Und der andere, der ältere der beiden, wer ist der?"

Der Ober senkt die Stimme.

„Das müssen Sie aber bitteschön für sich behalten, der

ist nämlich inkognito hier. Das ist Herr Kopf, unser Ministerpräsident!"

Wortlos legt Avraham einen weiteren Geldschein auf den Tisch und nickt Zofia bestätigend zu. Der Ober ist unsicher geworden und hastet in die Hotelhalle, um die Pagen für die Mäntel, die Koffer und das Auto zu rufen. Als das elegant gekleidete Paar in die winterliche Dunkelheit hinaus tritt, wartet der Page mit den Autoschlüsseln und dem Borgward mit angelassenem Motor vor der Eingangstür.

Rosemarie ist verwirrt. Warum liegt sie auf dem Boden? Was macht der Rudi hier? Sie blinzelt in das gerötete Gesicht ihres Mannes, der sich über sie beugt und Alkoholdunst verströmt. Von oben hört sie die Butzmanns und die Berliner lamentieren, Gott sei Dank, sie leben noch. Wolf Dietrich sitzt neben ihr und zupft an ihrer Schürze. Rudi sieht aus wie immer, unordentlich, unrasiert und benebelt.

„Mensch, Rosi, was ´n los mit dir? Hier, dein Rudi ist doch wieder da! Warte mal!"

Zielstrebig steuert er auf die Küche zu und kehrt mit einer Flasche Korn zurück. Grinsend hält er ihr ein gefülltes Gläschen entgegen.

„Los, nimm einen!"

Rosemarie dreht angeekelt den Kopf weg. Sie muss sich um die Gäste kümmern, doch sie ist zu schwach, um aufzustehen.

„Rudi, geh mal hoch, kuck mal, was die Leute machen!"

Gehorsam schwankt er zur Treppe, stolpert, flucht und

steigt schwerfällig nach oben. Ein Wunder, dass ihm bei der Waldarbeit noch kein Baum auf den Kopf gefallen ist.

Plötzlich wird an der Haustür geläutet und der kleine Wolf-Dietrich schießt durch den Flur, um zu öffnen. Inge Lehmann von zwei Häuser weiter lugt um die Ecke.

„Huhu, Frau Wiegand, ist mit Ihnen alles in Ordnung? Wollte nur mal vorbeischauen!"

Unschlüssig steht sie auf dem Tritt, atmet Dampfwölkchen in die Luft und stampft den Schnee von den Füßen. Rosemaries missliche Lage bemerkend, fragt sie: „Oh weh, Sie hat´s wohl auch erwischt? Mein Mann liegt im Bett, aber ich war den ganzen Tag weg, mit mir ist nichts!"

Unaufgefordert tritt sie ein, hilft Rosemarie auf die Beine und setzt sich mit ihr in die Küche.

„Das wird ein Weihnachten werden..."

Während sich unter ihren Schuhen eine Pfütze aus geschmolzenem Schnee bildet, schmückt sie den Verlauf der rätselhaften Vorkommnisse mit Mutmaßungen aus.

„Wissen Sie schon, was die Polizei sagt? Unkrautgift im Wasser ist es gewesen, das schmeckt nach nichts, die haben das Wasser im Labor untersucht, weil immer nur dieselben Straßen krank geworden sind. Naja, wenigstens hat es keine Toten gegeben!"

Rosemaries Blick fällt auf Rudi, der gerade die Treppe herunter kommt, und sie denkt: Ja, leider!

Frau Lehmann beschreibt ausführlich, wie oft ihr Mann erbrechen musste und Rudi erzählt, dass die Gäste oben auch alles vollgekotzt hätten. Aber sonst seien die schon wieder ganz munter.

Da fällt Rosemarie der Kanister mit Unkrautvernichter ein, der seit Jahren im Keller steht. Geschmacklos und geruchlos. Ein Plan reift in ihrem Kopf. Energisch steht sie auf und schiebt die Nachbarin mit einem gemurmelten Gruß hinaus in die Kälte, anschließend bringt sie Wolf Dietrich ins Bett. Dann ruft sie: „Komm, Rudi, wir machen es uns beim Fernsehen schön gemütlich."

Rudi grinst erfreut, schleppt sich zum Fernsehsessel und plumpst schwer hinein. Hannelore hat Salzstangen in ein Gefäß getan und den guten Schierker Feuerstein aus dem Keller geholt. Rudi kann sein Glück kaum fassen und nach weniger als einer Stunde ist die Flasche leer. Plötzlich fängt er an zu würgen, schnappt nach Luft und verfärbt sich gelbgrünlich, sein Oberkörper kippt vornüber, Erbrochenes verunziert den Norweger Strickpullover.

Rosemarie dreht den Fernseher lauter. Sie trägt Rudis Glas und die Flasche in die Küche und wäscht alles sauber. Sie nimmt eine neue Flasche, stellt sie vor Rudi auf den Tisch und füllt ein Glas mit dem Harzer Likör. Dann kippt sie selber zwei Gläser hinunter. Sie hat Angst, doch es gibt nun kein Zurück mehr, eine Zukunft mit Rudi darf es nicht geben. Sie oder er. Mit beiden Händen zerzaust sie ihre Hochsteckfrisur und reibt sich die Augen, bis sie ganz rot und verweint aussehen. In Gedanken geht sie wieder und wieder durch, was sie den Sanitätern gleich erzählen wird. Dann wählt sie den Notruf: „Hilfe, Hilfe, schnell, ein Arzt! Mein Mann, er ist, ich glaube, er ist tot!"

Zofia betrachtet Avrahams Profil, das nur schwach von den Lichtern des Armaturenbrettes beleuchtet wird. Sie sind schon einige Stunden unterwegs, seine Aufmerksamkeit ist konzentriert auf die Straße gerichtet. Plötzlich hält sie es nicht mehr aus. Was sie getan hat, ist doch genauso verwerflich wie die bösen Taten der Deutschen! Sie hat einen Massenmord in Braunlage angerichtet, Kinder werden sterben, unschuldige Kinder! Zofia fängt an zu schluchzen und Avraham steuert den Wagen erschrocken an den Straßenrand.

„Oh, Avraham, wäre ich doch niemals hierher gekommen! Ich habe etwas ganz schlimmes getan! Ich war so wütend. Es gibt bei den Deutschen kein Zeichen von Reue oder Bedauern, da ist nichts, gar nichts! Sie sind so glücklich und zufrieden wie vor dem Krieg. Es ist, als wären die entsetzlichen Dinge, die sie meinem Vater angetan haben, nie geschehen! Als gäbe es keine Schuld! Das hat mich so wütend gemacht! Ich habe einen Kanister aus dem Kofferraum unseres Autos geholt und in den Bach geschüttet. Jetzt schäme ich mich so!"

Zofia war am nachmittag auf der Suche nach der Trinkwasseranlage durch Braunlage gewandert und in der Mitte einer kleinen Holzbrücke stehen geblieben. Der kleine Bach, die Bode, aus der die Stadt das Trinkwasser bezog, war an den Rändern zugefroren und verschwand wenige Meter hinter der Brücke in einem gemauerten Tunnel. Sie hatte sich vorsichtig umgeschaut und ihrer weiten Umhängetasche einen metallenen Kanister entnommen. Sie hatte den Schraubverschluss aufgedreht und den Inhalt ins Wasser rinnen lassen. Den leeren Kanister hatte sie wieder in ihrem Beutel verstaut und war frierend ins Hotel zurückgekehrt.

Avraham schaut sie ungläubig an. Dann lacht er.

„Du hast einen Kanister mit Unkrautvernichter ins

Trinkwasser geschüttet? Oh, ma petite Zofia, das ist nicht gut! Aber sei beruhigt, ein so kleiner Kanister ist viel zu wenig für eine ganze Stadt! Niemand wird daran sterben, aber ein bißchen leiden werden sie schon!"